簡西 著

# 不羈的晚霞

## 忘情 墨爾本

# 目次

一

馬克的老靈魂

　　傍晚散步一直是伊琳最愛的運動，一路上可以看閒眼，澳洲的家家戶戶都有前後院，沿街的花園就是自家對外的展示窗口，漂亮的英式花園裡種滿各種異域花草，對伊琳這麼個植物控就像打開了阿裡巴巴的寶庫，每每都有新奇的發現。

　　安靜的街道上行人寥寥，只有在日落時分會遇到遛狗的鄰居，互相頷首微笑打個招呼；遇到出門浪的貓咪也可以上前去逗一逗，投奔自由而來的伊琳發現澳洲的家養貓咪也無比自由，不用被禁錮在方寸之地，家貓放浪不羈的天然野性被完全釋放。

　　此刻，南半球灼熱的陽光已失去了勇猛的威力，天空開始呈現出柔和沉靜的風格，就像伊琳現在的年紀已收斂了光芒萬丈的羽翼，透著恬靜安逸的獨特風韻，這反倒是令伊琳安於享受這過了焦躁彷徨的年紀，看上去像個理智壓倒感性的女人，只有伊琳自己知道理智不過是武裝到牙齒的避免措不及防崩潰時的盔甲。

　　歲月是條大浪淘沙的河流，她想起讀過的句子：「我來不及認真地年輕，待明白過來時，只能選擇認真地老去。」想到這裡伊琳的嘴角不覺露出一絲莞爾。

　　伊琳走累了，會選一戶街角鄰居家的矮圍牆上坐著，從一排溜屋簷瓦楞留出的空檔裡看天空漸變的晚霞。這天的夕陽落得晚，伊琳想再繞著街區走上兩圈就能等著看晚霞了。

　　轉過街角，花園門裡的黃貓咪對著伊琳撒嬌撒癡地「喵」了兩聲，伊琳停下腳步探身彎腰隔著小鐵門撫摸著貓咪。

　　背後不遠處傳來一位男性磁性的英倫腔：

　　「Hello，你好！我家的這只貓一向都是只喜歡親近美女的。」

　　伊琳趕緊縮回了手，轉身看見一位男士，背對著夕陽正健步

向她走來。

　　就像老外分辨不出亞裔女性的年齡，往往被看年輕，伊琳這個年級還經常被人誤認為是留學生，等伊琳說出自己的兒子已經上大學時，對方往往掩飾不住地驚歎！伊琳早已習以為常，這自然得益於東方人嬌俏的外形和時尚簡約的穿著。同樣老外的年齡也是讓華人猜不準的，因為他們往往比實際年齡老成。

　　但此刻伊琳猜到這一定是貓主人了，夕陽把男人健碩的身材勾出一圈金色的光環，逆光下伊琳看不真切對方的臉，一雙寬大粗糙的大手伸到了伊琳面前，伊琳只好抱歉地也伸出手展開迷人的微笑：

　　「抱歉，我以為貓咪是在和我打招呼，不知道它是在等自己的主人！」

　　伊琳蹩腳的英語只能用柔和的嗓音來彌補，反正把意思表達了就可以了。

　　男人嘰哩咕嚕冒了一堆英語，伊琳一緊張只能挑重點詞語聽，想老外的寒暄和問題不外那幾個：天氣怎樣？你來自哪個國家？你喜歡澳洲嗎？

　　伊琳回答這些問題已經很熟練了。伊琳知道了他叫馬克，逐漸看清他有一張輪廓分明的石膏像般滄桑的臉，一雙灰藍色的眼睛和他家貓咪的眼睛一個顏色，露出天真又迷惑的神情。藍眼睛裡的笑意隱去時便滲出憂傷的灰色，只是剎那的黯淡被伊琳捕捉到了。

　　伊琳盯著馬克的眼睛告訴他，她住在附近，出來散步正在等著看晚霞，馬克自豪地抬手指著自家一排映著夕陽的窗戶告訴伊琳這是看晚霞最好的位置，他也會坐在窗前看風景等美女，有機

會也請伊琳進去坐坐一起看夕陽。

伊琳此刻懷疑自己是不是把英文意思理解錯了，老外都這麼熱情自來熟嗎？

馬克又熱切地拉過伊琳的手並把另一隻手也蓋在上面問：

「你有家庭嗎？」

伊琳慌忙抽出被捂得滾燙的手：

「Of Course！當然，我有家庭！」回答奪口而出。

老外也這麼愛八卦嗎？

反正伊琳是不想逗留了。一路向前走去，那只黃貓從鐵柵欄裡把柔軟的身子擠香腸那樣擠了出來，一路跑到伊琳的前面，躺下身橫在路中央翻轉肚子朝上，拿眼睛斜睨著伊琳。哎，那妖嬈挑逗的姿勢，令伊琳忍不住上前蹲下身輕撓她的腦袋，貓咪一歪脖一撸牙，伊琳的手背上就留下了一排齒印，鑽心地疼。

伊琳回頭撇見馬克還站在原地，那傾向她拉長在地面的影子怎麼看著有點孤單，估計在等他的貓回去吧。算了，伊琳也不想跑回去投訴他的貓咬人了。

那排齒印疊加在做飯燙傷的疤痕上，回家就起了一粒粒紅疹子，舊傷未愈又添新傷，讓伊琳懊惱不已，傍晚的散步也就沒了興致。

一周以後手上的紅疹子終於消退了，燙傷疤痕也意外光滑平整起來。伊琳胡亂地猜想：貓咪的口水是不是有點特殊神奇的療效！

伊琳居然想去謝謝那只貓，於是重又沿著老路去散步。遠遠地看見那只黃貓在對街人家的花園裡和只黑貓談戀愛，伊琳猶豫了一下還是快步走開吧，黃貓看見伊琳立時撇下小女友，就跟在

伊琳的腳邊磨蹭著一起走，伊琳有了上次被咬的教訓顫聲對貓咪嘀咕著：

「咪咪呀，謝謝你了，別跟著我了，我可不想你再咬我了。」

伊琳趕緊加快腳步，貓咪跟了一段路回望來路，終於捨不下在家門口等它的貓女友又快步跑回去了。

伊琳繞了一圈看到馬克開著輛天藍色的老舊汽車正在倒出車庫準備出門，伊琳推算以自己的走速肯定會碰個正著。伊琳恰巧被街角的樹枝半遮了身子，於是停下腳步不想迎上去。

馬克估計也看到了伊琳，把車任性地停在了馬路口停止線的位置上不動了。伊琳無奈只好從樹蔭下現身繼續前行，馬路中央的馬克一臉笑意放下車窗和伊琳得意地揮揮手，伊琳擠擠笑容也和他揮揮手。

還沒等伊琳走近，馬克那輛破車的引擎猛地一陣轟鳴，風馳電掣絕塵而去，馬路好似艾爾伯特公園（Albert Park）的F1賽車道，他在高速中飛馳，伊琳嚇了一跳，這陣仗超出了她的預期。

伊琳想這可能是老男人最顧盼自雄的一刻吧，可以忘了自己的年歲，忘了自己的體重，甚至忘了自己的孤獨與痛苦。他像騎士一樣，渴望以駕馭一匹癲馬的本事來駕馭一輛車。然後可能再試圖駕馭身旁的一個女人，他在速度中追求激情，他以為速度可以用來彌補車價。

正如馬克已然忘記自己其實和他的老爺車一樣日漸生鏽衰敗，但那具蒼老的軀殼卻包裹不住一顆不羈的靈魂。

再出門散步已是一波波新冠疫情解封之後了，夕陽映在馬克家的玻璃窗戶上格外的刺眼，沒有了白色蕾絲窗簾做過濾，那光線火辣辣地快要把玻璃融化掉了。

　　伊琳詫異地放慢腳步，看到了近乎透明的窗戶裡的居室貼滿了米色玫瑰花的牆紙，舊銀色的花瓣在光影的變換間忽明忽暗，牆上的古銅壁燈鏤金鏤空地雕成一朵百合花低垂著頭，正對著空蕩蕩的屋子在垂頭歎息。

　　馬克搬走了嗎？

　　馬克賣了房搬去養老院了嗎？

　　伊琳疑惑地看著偌大的空房和院前豎起的巨大售樓牌心裡若有所失……

　　隔壁弗蘭克家院子裡的澳洲國旗在風裡呼啦啦地撕扯著欲要從半空躍上杆頭，老兵世家的自豪感就彰顯在這面星條旗上了。

　　弗蘭克叫住了正站在售樓廣告板前迷惑的伊琳，神情哀傷，

　　「我們親愛的朋友馬克，前幾日招呼也不和我打一聲就去見上帝了，我想請這條街上和他熟絡的鄰居一起去教堂參加他的葬禮。」

　　弗蘭克眼眸閃爍看住伊琳聲調顫抖：

　　「你看人死如燈滅，什麼也留不下，馬克的閨女把馬克的家當全扔在街邊叫市政清理車一車子就運走了。」

　　「那馬克的貓還在嗎？」伊琳眼中起了霧氣。

　　「沒了主人的寵物都會被送去動物救助站的。」弗蘭克歎了口氣。

　　「我會準備好黑色的葬禮服等您的葬禮通知。」伊琳的眼角濕潤了。

　　「不，不要穿黑色！」弗蘭克連連擺手，「馬克生性活潑，他遺言要參加葬禮的所有人穿上淺色的花衣為他送行。」

　　伊琳擦拭著眼睛點點頭。

「這老傢伙活得開心，死了也要大家為他開心！」弗蘭克破涕為笑。

　　伊琳找出了白底紅波點的小洋裝掛在穿衣鏡前，對著鏡子比照，心想這條素雅又帶點小俏皮的裙子應該能符合馬克先生對葬禮的期待吧。

　　「叮咚」手機傳來一條短信：「由於受新冠疫情的影響，葬禮人數今日起受限，馬克先生的葬禮只限親屬參加，在此僅代馬克先生的子女對各位朋友們致以最誠摯的敬意！」

　　伊琳手中的裙子滑落在地：「馬克先生一路走好，天堂有您會更熱鬧！」

　　伊琳的臉頰濕了，嘴角卻揚起了向上的弧度。

二

苦海翻起愛恨

　　伊琳出國前以為自己已經做好了萬全的準備，可當她一個人面臨未來的一切時她還是時時會感覺心力交瘁，巨大的無助感將她席捲吞噬拋向無盡的黑洞。

　　朋友幫一時不能幫永遠，不然連朋友都沒得做了。在國內伊琳就聽聞國外人情薄如紙，能來飛機場接個機已經是給你天大的面子了，所以伊琳決定一切自力更生絕不麻煩朋友。

　　伊琳拖著大大小小的行李箱走出墨爾本機場，那一刻伊琳隱約感覺自己有點像農民工進城呢！按照航司規定的行李重量的極限，伊琳把能夠攜帶的生活必需品全都塞進了行李箱，不管什麼美女氣質了，一切都為著應對無法預知的未來，姆媽說過出門在外不比在家樣樣齊全，一定要帶足東西有備而無患嘛。

　　「怎麼這麼久才出來，我在對面假日酒店的門口等你們，你們自己過來找我的車牌吧！」

　　移民仲介公司派來的接機司機估計等久了在電話裡不耐煩了。

　　伊琳找到了那輛豐田車，出發前已經告知了對方行李和人員數量了，怎麼還是派了一輛小車來接機呢，伊琳心裡泛著嘀咕。

　　「你們這些新移民怎麼都這麼愛帶東西，有必要嗎？這裡什麼東西都能買到。」

　　曬得黝黑的司機一臉嫌棄冒著汗拚命地往後備箱裡塞著行李，伊琳喪氣地垂著頭在一旁乾看著，憑伊琳的力氣是根本幫不上忙的。

　　一路上伊琳蜷縮在後座行李箱子旁大氣也不敢出。車子駛下高速開到近市區一片開放式公園旁，山坡上大片的草坪綠草茵茵，遠處是高大的尤加利樹林，一條溪流在河谷裡蜿蜒，自行車道和步行道穿梭在密林裡。傑米投資的高檔公寓就坐落在這片公

園的山坡旁。

車剛停下，等候在門口的傑米就熱情地迎上來幫忙提行李。大學同桌傑米還是那妥妥的高壯帥啊，歲月讓他褪去了年少的輕狂和清瘦，顯出了中年男士才有的成熟穩健的氣派來，傑米提起行李來輕輕鬆鬆絲毫不費力。

司機也下得車來活動筋骨，他四下環顧，像是自語又像是打探道：

「這裡環境真不錯，房價一定很貴吧。」

司機熱絡地上前幫忙卸行李，一改萬年冰凍的僵屍臉，換了一副嘴臉笑意滿滿。伊琳對司機翻天覆地的變化還在覺得納悶，只見司機從懷裡掏出一張捂得熱乎乎的名片，恭敬地雙手遞給伊琳：

「這是我家妹子的名片，如果想投資買房貸款請和她聯繫，還請您能多多關照！」

說完邊鞠躬邊退回車上，汽車開動的一瞬間，伊琳錯覺似乎看見司機回眸一望的眼睛裡，飽含著濃濃的謙卑抑或是不捨的戀戀深情。

人生沒有任何一場預演，每一次都是直接粉墨登場。如果伊琳早知道國外並不是一味的快樂寬鬆教育，那麼兒子就不會面臨即將到來的「失學危機」。

伊琳奔走於中學部和小學部提交入學申請，被來回踢皮球，因為兒子的年齡尷尬地卡在兩者之間。當伊琳看見普通中學放學時，男女同學衣冠不整勾肩搭背的散漫樣子，頓時覺得就是把兒子關在家裡不上學，也好過去那魚龍混雜的大染缸。名牌的公立學校和私立學校名額緊張，老外的孩子從出生起就開始登記排

隊了。

　　伊琳確實是低估了老外對孩子的教育同樣是懷抱著巨大熱誠。新移民一登陸就想要在別人的地盤上爭奪當地最好的教育資源以及其他各種資源，憑什麼！在這人生地不熟的新大陸，憑你手中的金錢就能砸出一片天地嗎？一切都是未知數，可有時候錢都不能解決問題啊！更何況伊琳初來乍到兩眼一抹黑呀！

　　語言學校是新移民報到的第一站，也是互通資訊抱團取暖的臨時社交地。當伊琳愁眉不展地和同學們聊起了最近的不順，茉莉給了伊琳一所海邊公校的資料說可以去申請試試。

　　伊琳在這節骨眼上也顧不得病急亂投醫了，坐上1路電車就來到了坐落在海邊的艾爾伯特中學（Alert Park College）。學校的前臺還是很客氣地接待了伊琳，但是好學校也講究學區房啊，前臺咪咪笑的老婦人建議伊琳要先解決學區房的問題。

　　伊琳沿著維多利亞大道（Victoria Ave）尋找租房仲介公司，仲介窗戶上貼著的租房資訊顯示這個區域房租昂貴。伊琳咬咬牙不管租金的問題了，要效仿一下孟母三遷了。

　　屋內的仲介先生西裝筆挺，一看伊琳在展示窗前佇立，就笑容滿面地推門出來詢問伊琳：

　　「請問您是想租房還是買房呢？」

　　「你在澳洲有收入嗎？你現在有工作嗎？你有租房歷史嗎？你有推薦擔保人嗎？」

　　一連串現實的問題問得伊琳的頭搖得像個撥浪鼓。

　　「那你就不可能借到房子！」

　　仲介先生的臉拉了下來斬釘截鐵地說道。

　　泄了氣的伊琳只覺得頭無比的痛，原來「頭痛，頭痛」從來

都不是一個字面上的單詞，而是確確實實的生理現象啊！

穿過大街就是菲力浦港灣（Port Phillip Bay）的碧海金沙，伊琳經常在影視劇裡看見大女主一碰到挫折，就會奔向大海跪在沙灘上對著浩瀚的大海痛哭嘶喊，此刻伊琳終於能夠理解劇情需要這種外在的誇張表達方式方能體現人物的內心世界。

就像此刻伊琳只是靜靜地坐在海邊看著無垠的大海波濤起伏，看著菲利浦港灣灰藍色的海水不斷掀起浪花拍打著海岸，看著白色的海鷗在海面上下翻飛，但伊琳的眼裡絲毫沒有風景，伊琳只感到深深的無力感和劇烈的頭痛，連哭的衝動都沒有了。

伊琳拖著沉重的腳步惶惶然走在暮色漸起的街道上，看街邊的西式餐廳裡亮起了燭光，幽暗的照明透著絲絲羅曼蒂克的氣氛，光影婆娑間俊男靚女舉杯輕言細語。這一刻伊琳看見自己影子映在了玻璃窗上，她幻想下一刻自己也能輕鬆地坐在桌前與友人推杯換盞，而不是只做一個匆匆的無法融入的路人看客。她看著侍者穿梭在桌台間給客人端盤倒酒，她盼望下一刻能有一位勇士踏著七彩祥雲從天而降，將她帶離這窘迫的境地。

伊琳漫無目的地在街道上游走。遠處的教堂傳來「當當」的鐘響，一群衣衫暗淡的流浪者正在安靜地排隊領取麵包和熱湯，此刻這些生活的失意者卻比伊琳看起來灑脫。

伊琳繞過長長的隊伍走進教堂，夕陽的餘輝穿透綺麗的琉璃彩繪長窗，在偌大的空間裡灑下五彩繽紛的斑駁光影，伊琳抬起頭一雙黑眸迷離地凝視著高高懸起的十字架想要尋求片刻的安寧……

三

一場遊戲一場夢

伊琳想起初到澳洲的時候，總被人一眼看出你是只新來的待宰的羔羊，伊琳對此困惑不已。

對！是那雙眼睛暴露了你，那雙閃爍的發亮的眼睛，充滿了對未知新世界的好奇和探究，就像一匹闖入幽暗雨林的九色鹿不得不睜大雙眼保持高度警覺。那是只有一頭闖入新金山的外鄉人才有的興奮緊張敏感閃亮的眼睛。當地人從你考究的裝扮，謹慎的談吐和閃爍的眼神很容易就能辨認出你是初來乍到的新移民，而你自己卻美而不自知，那些個吸引人的光芒是否將會在你被不自覺地融入後消磨殆盡呢？

博士山（Box Hill）是華人高度聚集的社區，伊琳站在中央商場二樓的巴士轉運站，眺望著遠處連綿的群山在目光所及之處像水墨畫卷般鋪展開來，陰沉多雲的天空與山巒漸變交融。

墨爾本的城市建築在距離市中心方圓5公里以外就呈現出總體老舊的市鎮外貌，這對新移民來說是個不小的心理衝擊，那一刻彷彿時光穿梭回了30年前，這哪裡像一個先進發達的資本主義國家。

兒子用青澀的嗓音喋喋不休地發問：

「媽咪啊，你不是說要帶我去一個文明先進的國度嗎？怎麼這裡看不見高樓大廈呀！」

伊琳推開白馬路（Whitehorse Road）拐角處的綺夢餐廳的大門，傳統的華語片電影裡的中餐館場景撲面而來。仿紅木的窗櫺格屏風使人聲鼎沸的內場若隱若現，高腰景泰藍花瓶裡插著大朵豔麗的仿真牡丹花。那一晚吃了什麼伊琳已經記不得了，那些出國前在社交網路上結識的新移民在宴席間一一對號了，親切地擁抱問候好似久未謀面的老友。其實大家都是一匹匹來自遠方的被

卸去了尖牙利爪的狼，離開了家鄉的草原，註定將在這片異國無垠的曠野中被狂風吹過被暴雨擊打。

此刻圍繞在她們周圍的是虎視眈眈卻被她們誤以為無比友愛的能助她們一臂之力的各路人馬。一群沒有方向的新移民在談論著不著邊際的方向，另一群想要給你指明方向的各路神仙已在前途給你布置了一個個充滿誘惑的陷阱。

伊琳就這樣毫無預期地跌入了這個叫「墨村」的城市。

席間來自唐山的靜姐豪邁地端起酒杯起身敬酒，她那一頭燙染的黑髮像窗外暗夜裡起伏的波濤，領口的大蝴蝶結如浪裡翻滾的浪花：

「這墨爾本這綠化忒好了，不就像咱家鄉一樣是個大農村嘛！」

餘音繞梁大家哄堂大笑，笑新移民的無知，還是笑新金山的陳腐，反正大家各笑各的，不知道誰更可笑。

綺夢餐廳，夢開始的地方，移民之路就此拉開序幕，多年以後伊琳再回首，彷彿一切都像是做了一場綺麗的夢，如此的不可思議卻又在你的生命中添上了不可磨滅的濃墨重彩的一筆，不知道那晚哄堂大笑的眾人們還有幾個能在夢醒之後大笑著離開這場人生的苦樂遊戲。

清早的墨村，空氣中飄散著薰衣草迷迭香與灌木野花的清香，凜冽的寒風吹著伊琳打了一個寒噤，伊琳拉住天藍色開司米圍巾把脖子再圍得緊些。

墨村的大街小巷都是海島地形有不少坡度，伊琳呼出團團的白氣，爬過一段上坡道，來到車站坐火車去AMES語言學校上英文課。新移民如果語言不達標就需要接受政府安排的520小時的

語言培訓，當然羊毛出在羊身上，學費已在辦理移民時就繳付了。

　　站在威廉大街（William Street）的十字路口，街道上穿梭著不少胸前掛著佳能相機的中國遊客，高大的落光了樹葉的法國梧桐樹零星地吊著幾顆毛球像無聲的風鈴在空中旋轉，伊琳恍惚回到了熟悉的淮海路，只有隱約現在樹後的那些繁複雕刻的維多利亞大樓石牆，和街道上穿著黑色大袍帶著白色假髮的出庭律師在提醒著伊琳，你此刻所站之地是曾經的英屬殖民地。

　　伊琳的腦海中又浮現出上次中餐廳晚宴上，早一批移民雅芬聲淚俱下的分享：

　　「來到澳洲本以為我來到了天堂，結果我發現我變成了殘疾人。我是瘸子因為我不會開車我無法出遠門；我是聾啞人因為我不會英語我不會聽不會說，我無法表達我自己；我的兒子又正值青春期每天和我鬧彆扭，我覺得我每天都在崩潰的邊緣！」

　　崩潰！不止一個朋友向伊琳傾訴：在國內堪稱成功的這批商業精英，本來以她們的閱歷見解判斷力以及在她們這個年紀已經累計起來堪稱為人生財富的一切經驗，在語言支離破碎的前提下變得土崩瓦解，信心喪失，判斷力全無，全是英語不佳惹得禍。

　　新移民不是奔著自由而來得嗎？在語言喪失之後自由也就喪失了。在這個光怪陸離的新金山，充滿著不可遏制的物質欲望也充滿著巨大的精神奇蹟，但如果沒有語言的加持，那你就只能徘徊在繽紛世界的灰色地帶。

　　想到這裡伊琳快步奔上臺階鑽進了教學大樓，大樓裡的空調暖和讓人誤以為回到了春天，只有當伊琳看著窗外凋零的街景，和寒風中疾走的路人才重又被拉回現實。

　　伊琳脫下了灰色駝絨大衣搭在椅背上，忐忑地等著老師來上

第一課，環顧教室裡，一大半中年亞洲面孔，日本人韓國人越南人很難區分，如同伊琳出門就經常被誤認為是日韓妹子。幾個年輕的中東人歐洲人和俄羅斯人神情凝重，這些年輕的新移民遠比伊琳這些中年商業移民要焦慮，他們學習語言的目的是急需解決生存問題，為了能找到一份糊口的工作，所以最終學習的效果來自於學習的動力，這最終在大部分商業移民沒有攻克語言難關時顯得分外明顯。

隨著一陣急促的腳步聲，蘇西安娜走進了教室，一位喜歡讓大家每堂課都來個自我介紹的印度老師。老師操著印度腔的英語開始自我介紹：

「各位同學，大家好，我是你們LEVEL ONE（壹級）的老師，請稱呼我蘇西安娜女士，我來自印度，我的父母從小告訴我們想要擺脫命運的安排，就要學好英語。我在印度申請了澳洲教師的職位，當我收到錄用通知就義無反顧地來到了澳洲。我的妹妹是一名醫生，我們都是獨身主義者！」

一段勵志的開場白，令同學們肅然起敬，對她口音的計較也暫時按捺了下去。

蘇西安娜要求大家自由選擇一位同學來做描述介紹，讓大家猜猜描述的是何人。

「她穿著米色嵌金絲的毛衣，藍色的牛仔褲，棕色的流蘇皮靴，」

同學們開始東張西望，桌上桌下不停掃視。

「噢！她還帶著一朵寶石花的珍珠項鍊！」

當聽到帶著黑框眼鏡的大衛緩緩吐出最後一句，所有的目光都聚焦到了伊琳的身上，那朵發著幽幽光澤的珍珠母貝串成的寶

石花伊琳下意識地想要藏到毛衣裡面去，可是為時已晚，伊琳的臉騰地漲紅起來。

下午茶時間到了，這個曾經英聯邦國家的生活習慣被保留至今。大衛主動走來邀請伊琳：

「我請你去底樓咖啡廳喝杯咖啡吧，我請客，都是同學嘛不用客氣。」伊琳心頭不覺一跳。

一番攀談下來伊琳知道大衛是位紅酒貿易商，難怪那儒雅斯文的談吐掩不住精明銳利的眼神，上課的同時不忘發展業務。澳洲的紅酒雖然沒有法國紅酒的知名度高，但勝在價廉物美。

大衛暗戳戳地靠向伊琳低語：

「我們公司已經幫了不少客戶通過做紅酒貿易拿下了永居身份了，你也可以考慮一下。」

「我還是不太明白生意的具體操作流程。」伊琳向邊上挪了挪。

大衛雲裡霧裡就是沒敞開說，最後一句話把伊琳貌似低智商的問題都給嗆了回去：

「哎，你們這些富太太是不是在家帶孩子都帶傻了呀！」

伊琳尷尬得一時無語。

「叮鈴鈴，叮鈴鈴……」大衛的手機鈴聲急促地響起，

「抱歉，我要去幼稚園接兒子了，我設置了手機提醒，如果遲到了，太太又要怪罪了！」

看著大衛匆匆離去的不再挺拔的背影和被風掀翻的花白頭髮，伊琳暗想這老來得子可真是福報非淺啊！

蘇西安娜已經兩周沒來上課了，代課老師約翰是位本地白人，口音純真，詼諧幽默，上課時會隨意地斜坐在課桌上，放放

視頻聊聊天，蕩著一條腿對大家說：

「上我的課你們只要放鬆，放鬆再放鬆。想像你們坐在自家沙發上的感覺就對了。」

坐在自家沙發上學英語的感覺多好呀！兩堂課下來就有積怨已久的同學直接跑到教務室投訴蘇西安娜的印度口音和單調的教學方式，要求撤換老師。教室裡儼然分成了兩派，鼓動大家都去教務處投訴的一派，和明哲保身不願摻和的一派，但教務處只接受了意見卻沒有絲毫反應。

就在同學們猜測結果的時候，過了一周蘇西安娜回到了課堂，原本略略發福的身形消瘦了一圈，雙下巴也消失了，一雙大眼睛在棕色的膚色下還是能看出明顯的黑眼圈。

「同學們，很抱歉我缺課了一段時間，因為我趕回了印度，我的妹妹在醫院病危，醫生說她活不過兩周了，我必須回去照料她。但是我也必須趕回來工作賺錢，不然沒錢支付她的醫療費。」

蘇西安娜說著說著眼眶紅了，淚水像斷了線的珠子止不住地滑落下來。

同學們黯然地坐在下面不知道如何安慰她，任何的言語在人生巨大的悲苦面前都顯得蒼白和無力，偌大的空間裡只聽見蘇西安娜輕輕的抽泣聲。

那天以後，有關撤換蘇西安娜的提議再也沒被人提起。

# 四

我拿什麼奉獻給你

　　時間向後，生活向前。

　　伊琳今天要去拜訪網友托尼，聽人說過：待在澳洲的男人都是沒出息的男人，有出息的男人都在國內大施拳腳。伊琳環顧身邊結識的新移民朋友，清一色是中年婦女拖著半大不小的孩子，在澳洲獨自為了永居身份在單打獨鬥。

　　老外無法理解中國人為了移民可以忍受「妻離子散」的生活。可我該拿什麼奉獻給你呢？我的愛人，我的小孩，我的爹娘，這樣沒有陪伴的生活誰又能在內心感到真正的幸福和滿足呢？對於幸福的定義又是什麼？為了實現未來的某個目標而放棄現在的生活值得嗎？

　　生活在這個時代，是何其有幸又何其不幸！幸哉，物質不再匱乏；悲哉，內心巨大的空洞要拿什麼來填補呢？你我將不停地問，不停地想，不停地找……

　　伊琳獨自站在里斯滿（Richmond）的車站上，長長的甬道通向四面八方，乾燥的四月的風被進站的列車挾裹著吹散了伊琳的髮絲。天上的雲像西洋風景畫一般純淨多情，那些像雲翳一樣的情緒也若有若無地在伊琳心間彌漫，好似回到了多年前申城的某個春日，她穿上長裙趕赴一場約會的心情。

　　列車過了上班高峰時段，乘客寥寥。伊琳看著窗外急速倒退的風景凝神發呆。

　　「請問你從哪裡來？」

　　伊琳的耳邊響起了這句蘇格拉底的悠遠回聲，對坐梳著一頭髒髒辮的鬍子拉碴的男人探究地看著伊琳。

　　「我從上海來，」伊琳微笑著補充道：「中國的上海。」

　　「噢，我知道上海，是個大城市，聽說那個城市的人都很富

有。」他藍綠色的雙眸深切起來：「我看見你站在月臺上，很自由又很迷茫的感覺，你想家了嗎？」

伊琳被這句話莫名地戳中心扉眼眶竟濕潤起來。

髒髒辮拿起身邊的吉他輕輕地彈唱起來：「歲月如何消逝，這些過去的好時光，使今天顯得令人哀傷……那些古老的曲調，在我聽來還是那麼美好……」

一曲唱罷，伊琳彎起朦朧的雙眼燦爛地笑著為他鼓掌。

「你知道嗎，你笑起來很美，不要忘了要經常開心地笑噢！」

髒髒辮的凝視讓伊琳的臉生起了紅暈。

福林德街（Flinders Street）車站到了，車上的短暫邂逅就像人生中許許多多拍岸的浪花終要消失。

CBD城中心是墨爾本人口密度最大的地區，公寓樓鱗次櫛比。伊琳穿過繪滿塗鴉的小巷，來到了羅素街（Russell Street）。

伊琳照著玻璃門上的投影翹首打量了一下自己的妝容，當看到托尼的身影也出現在玻璃上，伊琳趕緊轉身，和托尼握手寒暄。托尼帶著伊琳上了樓，小巧雅致的公寓房是不少新移民購房的初選或投資。

伊琳在房門口脫下她長長的黑色麂皮皮靴，露出黑色絲襪包裹著的欣長的一雙美腿，托尼目不轉睛地注視著伊琳脫鞋，伊琳覺得這一刻時間像被無限拉長了，伊琳覺得她脫下來的不是一雙皮靴，而是她的一雙長腿被生生卸了下來留在了門口。

好在托尼的太太及時迎出來給伊琳遞上了一雙拖鞋。

伊琳和托尼有一搭沒一搭地在客廳裡閒聊著，目光所及是窗外被高樓分割成幾何型的天際線，不善言辭的托尼太太就坐在電腦前打著通關遊戲。托尼在移民群裡有著老大哥的聲望，浙商出

身的他在國內的生意一直經營得很成功。

托尼抿了一口碧螺春，抬眼看了一眼忙著打遊戲的太太，朗聲道：

「移民過程的艱辛既然我一個大男人都不想忍受，憑什麼讓太太一個人去承受呢！」

當年他毅然拋棄國內的大部分生意和太太一同來扛起移民的重擔。伊琳覺得此刻應該有掌聲送給托尼，這是多少新移民太太的內心渴望啊！

托尼意味深長地看著伊琳：

「伊琳呀，我幫你分析了一下，以你的情況，我看你從事貿易更合適，沒必要去吃做店的那份苦啊！」

伊琳想起初見托尼是在他的魚薯店裡，一家位於西區車站旁社區商業街的店鋪，維多利亞時代的兩層老式保護建築，有著繁複的雕花鐵藝欄杆，一開間門面，一樓店鋪二樓堂吃。

伊琳和店員說要找老闆後就被引到了二樓，清一色原木的護牆板，挑高的天花上開了天窗，把自然光引入了店堂，牆角放了兩盆綠底白紋的虎皮蘭，讓空間一下子活躍起來了。

二樓已經落坐了另四位訪客了，伊琳在綺夢餐廳接風宴上見過。

「HELLO！藍姐，好巧啊！在這裡又碰到了。」

俗話說他鄉遇故知兩眼淚汪汪。藍姐是南匯本地人，最正宗的上海原住民。伊琳經常在墨村遇到自稱上海人的同胞，海納百川的上海灘的新鮮血液──新上海人。現在上海人的定義已經更廣泛了，但是老底子上海人的那份底蘊不知道還能不能傳承下去。

蘭姐風頭十足地談天說地，其他人只能賠笑做起了聽眾，只

有她的小丈夫低頭玩弄著寶馬車的鑰匙一副心不在焉的神情。

「咚，咚，咚」的腳步聲把大家的視線都引到了樓梯口，只見一位中年富態的圓潤大叔端了兩大盆薯條炸魚跑了上來，額頭沁出一層細密的汗珠。之所以說他圓潤，是因為伊琳見他的第一眼就想到了笑口常開的大肚彌勒佛，當然澳洲做店的辛苦早已把他在國內多年積攢的油膩大肚給抹平了。

「我的永居申請已經遞交了，這不怕移民局突擊檢查嘛，所以每天都不敢離開店。累了就抱條被子到門口停的車上去打個盹。店員都關照好了，有移民局打電話來找老闆一定要第一時間叫醒我。」

托尼擦擦額頭上的汗又道：

「大家吃呀，不要客氣啊，全部都是成本價，我來買單，營收每天還是不能少的，大家懂的，那是移民局的考核指標。」

眾人聽罷推搡著跑下樓都搶著去櫃檯買單，最後爭執不下各買各單。一樓的老外店員看著這幫推來擠去，爭得臉紅耳赤像打架的搶著付帳的中國客人，手足無措不知道該接誰的卡好，傻傻地杵在櫃檯那裡咧著嘴呵呵笑著。

臨走藍姐拎起她的愛馬仕包包突然探頭對著樓下嚷道：

「托尼啊，我覺得你店裡的炸土豆條比我平時吃到的都好吃，能送我兩包嗎？」

「好的，我送你兩包冰凍的，你回去自己炸了慢慢吃。」

托尼鄉音未改的普通話在樓下響起。

自從拜訪托尼之後，伊琳對於商業投資的項目多了幾個實際案例但還處於懵懂階段，多的是道聽塗說的故事。

現在每去一次語言學校伊琳就發現有相熟的同學申請暫停課

程去開店了。今天一到教室，古靈精怪的辛蒂就擠過來挨著伊琳坐下，這位來自天津的姐姐自帶一身俠義之氣讓伊琳倍感親切，人和人的緣分有時候從看到彼此的第一眼就確定了。

「拿著！你們上海女人最愛吃的話梅糖，酸死特了！我吃不來！」

辛蒂學著半生不熟的上海話不容拒絕地塞給伊琳一包黑糖話梅，伊琳也不好意思糾正她上海話梅糖和臺灣黑糖話梅的區別，將錯就錯吧。

課堂發言時辛蒂向約翰老師提及下節課她要開始停課了，

「Why？為什麼我的學生一個個的都要離我而去？」

約翰誇張地戲劇性地念出了他的臺詞，同時他那琥珀色的眼珠與眼白都倏然擴大了一圈，他向上攤開的兩手換了一個舒服的姿勢，一隻手臂橫在胸前托著另一隻豎起的手肘，用手指不停地摩挲著上唇的一撇鬍鬚，等著辛蒂的回答。

「我必須要開始我的生意，不然我的簽證期限就要過期了。」

辛蒂鼓起勇氣但還是結結巴巴，兩隻手垂在腿的兩側小心翼翼地答道。

「你們來移民就要先掌握語言，那才是最重要的，不是生意！不是生意！」約翰搖頭歎氣，眼睛裡盡是不解：「請問你能從事什麼生意呢？」

「我已經買下了一家香煙店。」辛蒂似乎被激起了鬥志，兩隻手攥緊起來，抬起垂著的眼簾直視著約翰：「就在圖拉克（Toorak）商業中心。」

「噢……」約翰一個升調轉音，「那可是高檔富人區！」

辛蒂迫切地想在約翰的眼中尋到一絲肯定，莫名看到的卻是

擔憂又或是參雜著不悅的神情。

「售賣香煙可不是一樁好生意。」

約翰放下撫摸鬍鬚的右手，卻蹙起眉頭形成了個川字。

「Why，怎麼講？」

這下輪到辛蒂迷惑不解了，她懇切地望著約翰等著他的下文。

約翰眯了眯他的琥珀眼道：

「首先香煙對人類的健康沒有好處！所以我不希望我的學生從事危害人類健康的生意！」

辛蒂怎麼也沒想到她的生意已經被上綱上線到危害人類健康的高度了。

「其次售賣香煙是個高危行業，資金占用量大，變現能力強，等同於……我不講你也清楚。」

辛蒂暗自嘀咕你不講我怎麼知道，可是她低下頭不敢問了，語言的弱勢讓她瞬間崩塌下來。

「最後，富人都自律又惜命，你知道嗎？你的煙店開在富人區可不是一個理想的地段噢！」

約翰返身走到白板前用馬克筆寫下了兩個單詞「自律」和「惜命」，辛蒂坐在座位上就像霜打的茄子徹底焉了。

底下的同學們悉悉索索紛紛在筆記上記下這兩個單詞，約翰借題開始和代表全人類的同學們討論起了階級固化的議題，作為正宗白人的他思想比馬克思更像馬克思。約翰說得頭頭是道，為了照顧學生的聽力水準他用了最簡單的描述，但這個議題顯然對大多數同學而言詞彙還是過於深奧了，約翰不得不在白板上寫下一個又一個的生詞。

最終約翰決定結束這個議題，他打開電腦搜索網站：

「接下來讓我們來看一段校園安全演習的視頻吧，這是教育部的規定。」約翰聳聳肩左右扭動了兩下僵硬的脖子接著道：「但是很重要，看完要做測試。」

膚色各異的同學們剛調整好舒適的沙發坐姿，那些放鬆下來的表情瞬間被「測試」這個詞弄得僵硬起來。

早茶時間的咖啡廳裡人頭攢動，認識的同學們自動圍坐在一張桌子上聊天吃點心，這樣的社交基本上還是以膚色國籍來劃分群落的，畢竟這是難得的交流資訊的機會，用自己國家的母語更能暢快淋漓地表達。

伊琳把話梅拿出來借花獻佛分給大家，看著大家邊吃邊被話梅酸得擠眉弄眼，辛蒂笑得前俯後仰，一掃課堂裡留下的萎靡立時恢復了虎虎生機。

「伊琳，你知道嗎？看著周邊的同學都開始做生意了，說不急是不可能的。你的簽證什麼時候到期呀？你也要抓緊找生意噢，不管是不是坑，總要跳下去的。像我眼一閉心一橫不就跳了嘛，早跳早上岸噢！」

伊琳被辛蒂這麼一說，危機感也瞬間強烈起來，看來得加緊去找生意了……

五

咖啡讓浪漫走開

　　澳洲的店鋪生意都是可以通過生意仲介公司進行市場買賣的，中文報紙上充斥著各種類型的商鋪買賣廣告。

　　咖啡店是伊琳首選的看店目標，有誰說過每個文藝女青年心中都有一個開咖啡店的情結。在這個被咖啡香氣所氤氳的城市裡，大街小巷隨處可見各種風格和規模的咖啡店，手捧一杯咖啡匆匆而行的路人比比皆是，不是為了街拍顯擺情調，而是確確實實的生活必需。

　　咖啡店大概就像上海灘的大餅油條豆漿店，對都市日常生活不可或缺。每一家咖啡店都會有異於別家店的咖啡口味，這源於不同產地的咖啡豆及咖啡豆的烘培手法，以至於每一個都市白領都會有專屬自己心怡口味的一家咖啡店。

　　「藍月亮咖啡店」，當聽到生意仲介說出店名的那一刻，伊琳就動心了，多麼浪漫的店鋪名字。藍月亮咖啡店的優勢和劣勢都在於它有著統一的品牌貨源供應商，這降低了利潤空間，但對伊琳這樣單打獨鬥的初級菜鳥再合適不過了。

　　伊琳回想起之前考察過一家工廠區的咖啡店，蕭瑟的廠區四顧無人，只有幾隻黑烏鴉落在樹枝上「呱呱」地叫著，伊琳多看了幾眼烏鴉，那就是讓不少新移民姐妹一聽到叫聲就內心奔潰到要落淚的黑色幽靈鳥嗎？

　　許是烏鴉的叫聲呼喚出了她們內心的荒蕪與無助吧。

　　伊琳的汽車開過幾片低矮的鋼筋水泥築起的廠房，茫然的世界一片灰色毫無生機，可見澳洲的製造業都轉移到成本更低廉的發展中國家去了，現在已經所剩無幾了。車子拐了兩個彎，在一個凹進去的街角看到了一家竹簾半掩的店鋪，戶外的一排桌椅上方搭著葡萄藤架。

正是午餐時點，店裡絡繹進出的藍領壯漢們令伊琳心生畏懼，這應該是這片廠區最具人流和人氣的聚集地。男店主和兩個白人幫廚忙前忙後應接不暇，店鋪很逼仄。伊琳識趣地和店主打了個招呼，就去戶外長桌邊坐等。

陽光透過稀稀落落的葡萄藤枝葉傾灑在桌椅和地面上，像極了一幅寫意抽象畫。伊琳怔怔地盯著這些光影臆想：如果在這鳥不拉屎的地方碰到治安事件，那真是叫天天不應，叫地地不應啊，報警的話估計員警一時半刻都趕不過來。伊琳似乎感覺自己的背脊正在發燙，已然在承受隔壁一桌壯漢們的灼熱目光了。

店主忙完一臉疲憊地出來和伊琳聊了起來：作為留學生畢業後留下來的他，賺錢奮鬥是第一要務，專業對口已經不在考慮範疇了，選擇餐飲行業無非是因為利潤最高起點最低。他每天天濛濛亮就要出門去採購當天新鮮的蔬菜水果，然後到店親自上陣製作早餐午餐下午茶。七點開始營業打咖啡，下午四點打掃衛生後收工。店裡雇傭了兩個白人麵點師，中午時段工作4小時，因為店裡的傳統手作飛餅是人氣美食。他太太則做收銀員兼服務員，因最近懷孕不適休假了，令他一個人疲於奔命，所以他想賣店。

但這樣的運作模式已然嚇退了不少對餐飲業毫無經驗的尋店的偽單身太太們。就像剛才緊跟在伊琳後面的那輛車上下來的兩位亞裔太太，那犀利的眼神直接把伊琳當作了競爭對手，但在店門口逛了一圈，往店裡張望了兩下之後，連店主都沒想見就直接開車撤退了。

伊琳也自知這樣的店鋪以自己的體力和能力都無法掌控，打死也不能接，不能死在這鳥不拉屎的地方，任誰軟磨硬泡也不能再撼動伊琳內心的決定。

後來的經歷告訴伊琳，女人的直覺一向都是蠻準的，因為員工都是流動的，在熟練技工稀缺的市場上他們非常搶手，如果員工哪天不能來上班而店主又不能自己操刀上陣的話，那你就只能天天看著自己的店哭吧：首先房租是壓在你頭上的一座大山，更別提客源的流失，以及壓在商業移民頭上的移民局業績考核指標了。

於是乎，在伊琳往後的日子裡時不時聽說哪個姐妹又在對著自家的餐飲小店哭泣時，伊琳的心中都充滿了同情和悲憫，同時又暗暗慶幸自己沒有掉到那巨大的坑裡去。

一路陷在沉思中的伊琳被車廂有節奏地搖晃著，搖得有點困倦了，六點鐘開往CBD的車廂裡已經滿載了早班的乘客了，伊琳猜想這些人應該都是飲食行業的從業者去上七點鐘的早班吧。

車廂外黑漆漆的一團團樹影往後退去，車廂裡擁擠著充斥著各種香水爽膚水的混合味道，這是老外最注重的體面與修養的某種表現。區別於八點鐘陽光滿溢的車廂裡，西裝洋裙的上班族人手一本書的優雅，六點鐘的車廂裡更多的是穿著厚重，在昏暗燈光下閉目養神的體力工作者，他們的身形比上班族更壯碩。

伊琳這嬌柔的東方妹子也要加入他們的行列去藍月亮咖啡店考察兩周了。

刺耳尖銳的車輪摩擦聲和剎車的衝擊慣性把車廂裡昏沉的乘客搖晃醒了，車廂廣播響起：列車正在到達旗杆車站（Flagstaff）。

伊琳不敢放任自己真的睡著，耳朵一直豎著唯恐錯過了車站，她不想自己偏離一趟寫實的旅程，下錯站，她的故事也許會錯亂成一則荒誕的充滿挑戰的都市冒險之旅。

伊琳跟著下車的人群魚貫地隨著電梯升往地面，要改變「左

行右立」這個被原生城市鎖定的行為習慣，讓伊琳一次次地被人提醒你是一個異鄉人。

人工照明的地下空間讓人群迅速地想要逃離，當伊琳站在地鐵出口茫然失去方向的時候，她只能走到路口指示牌的城市地圖前研究起來。

「請問你需要我幫助嗎？」

在異鄉的街頭這是伊琳最常聽見的親切聲音，無疑她充滿迷茫閃爍的眼睛洩露了她作為異鄉人的窘境。於是好心的穿著卡其工裝褲的清潔工順路把伊琳帶到了皇后大街（Queen Street）路口，指點給伊琳走下去的方向。

清晨的城市街道還在酣夢之中，一夜狂風暴雨打落的樹葉浸泡在沒排乾的落水溝裡等著掃路車來清掃。此刻伊琳覺得城市就像一張大大的蜘蛛網，大街小巷像網絲般向外延展，而人不過是粘在上面的一粒粒灰塵，名字財富家庭地位愛情從他們身上滑過，哪一樣能真正地黏住他們，那些只是用於區別這粒灰和那粒灰的不同，終究同歸於塵土。

藍月亮咖啡店，一家開在商務樓底層的沿街商鋪，咖啡店的裝潢以藍白相間的色調為主，讓人想起愛琴海的費拉，店鋪與領座商務樓之間有一條狹窄的小巷通往後街，幾節臺階讓地勢有了上坡的傾斜度，店主從通向小巷的側門搬了幾把彩虹色的戶外蘑菇凳佔據了一半的過街通道。

伊琳比預約的時間晚到了些，不想打亂店主一早的節奏。琳達，三十幾歲的技術移民，圍著印有咖啡店商標的黑色圍裙，紮著低墜的馬尾辮，嚴肅俐落地上架貨品。昨天訂購的三明治和沙拉一早已經來貨，需要貼上售價標碼放在恆溫貨架上，南瓜和蘑

菇兩款濃湯料包倒進黑色的瓦罐中稀釋加熱，長條麵包需要切成厚片用來搭配蔬菜濃湯。

昨晚琳達老公從超市裡採購來的幾種當季水果切塊，分裝進塑膠杯中封口。大桶無糖希臘優酪乳淋上藍莓和百香果果醬，也分裝在塑膠杯中封口。水果杯和優酪乳杯這兩款自製的食品可以給店裡帶來額外的利潤。

當然還有一些口香糖巧克力以及事先包裝好的小包堅果和薑餅，擺放在收銀櫃檯上，方便客人結帳時臨時起意額外購買。最後在開店前10分鐘打開咖啡機加水預熱，把咖啡豆倒進研磨機，準備好牛奶和紙杯，等待迎接開張的第一波人流衝擊。

伊琳坐在店鋪的角落裡，看著店主在店堂裡緊張快速地忙碌著，她拿出筆和本子也準備記錄起來。伊琳在本子上畫著表格，她的任務就是記錄每個時段的客流量和銷貨情況。

八點半人流開始密集起來，鐘點雇工報到上班，一位靦腆安靜的金髮女孩，負責點單收銀。但店主琳達卻希望可以找到一位活潑健談的櫃面女孩來拉近和顧客的距離。

八點三刻咖啡店裡排起了長龍，琳達在咖啡機後面以48秒一杯的速度在嫻熟地製作咖啡，只聽見蒸汽「嘶嘶」地旋轉在奶泡裡，咖啡濾勺一下下地敲擊出咖啡渣，咖啡的香氣越來越濃郁地充盈在店鋪裡。上班族的一天從一杯咖啡開始。

伊琳的視線一直在關注收銀台，並在自己的表格上劃正字，精神在繃緊中無暇分心。直到皮鞋，高跟鞋與地面的不同摩擦聲越來越稀落地消失在一扇扇辦公大樓的旋轉門裡。

十點鐘店鋪裡安靜下來，琳達甩甩抽筋的右胳膊，揉揉紅腫的右手腕，跑來招呼伊琳：

「我是不是打了65杯咖啡？我們對一下吧，通常我平均一天要打80幾杯咖啡。今天還不錯，中午就集中賣三明治了。」

伊琳統計著本子上的正字，和琳達報的數字所差無幾。

「我們店裡的咖啡豆品質很好，嘗嘗我給你做的這杯吧。」

伊琳從琳達手中接過微燙的咖啡杯，慢慢細品：柔和的口感清甜的回味濃郁的奶香，確實是上乘澳式咖啡的口味，伊琳笑著找金髮妹付了咖啡錢。

琳達清理著咖啡機探出頭來，一臉認真地對伊琳說：

「我好羨慕你的笑容呀，又美又甜，如果你做店一定招客人喜歡，不像我就是不會笑，顧客總是抱怨我沒有笑容，可你知道我笑起來比哭還難看呢。」

伊琳訕訕地笑笑，暗想：原來做咖啡店還要附帶賣笑呀！

早茶時點，辦公樓裡抽煙的老槍們點杯咖啡坐在戶外的蘑菇椅上，或一人獨自沉默或三兩對話，店內倒也安靜。琳達見沒有客人光臨便隱到小小的儲藏室加辦公隔間裡休息片刻整理一下帳單。

墨爾本的天氣最是風雲萬變，早上還陽光滿泄像進入了夏日的明媚，這會兒烏雲壓頂刮起了大風。

琳達走到落地玻璃窗前望望天，又看看貨架，愁容讓她嚴肅的臉更黑了下來。

「劈哩啪啦」豆大的雨點打了下來，路上的行人紛紛跑散躲雨，雨越來越大唰唰地沖洗著馬路。

琳達空閒下來索性和伊琳一起托著腮看馬路雨景：

「我們沿街的店鋪也和農民一樣要靠天吃飯的，一下雨客人就不願出寫字樓來買午餐了，我每天下午看完天氣預報再向供應

商預定第二天的三明治和沙拉，供應商一早根據訂單製作，保質期只有一天，賣不完就報廢了，但又不能訂少了會不夠賣。」

琳達很實誠又道：

「如果自己加工食品，就可以根據當天客流量自己控制保存原材料，所以我想開一家可以自己做便餐料理的咖啡店。一家咖啡店只靠4塊錢一杯的咖啡是賺不了多少錢的，只有做便餐料理才能有賺錢的空間。」

果然，這天的午市零零落落沒有幾單生意。下午兩點金髮妹打了個招呼就下班了，伊琳好奇地問：

「金髮妹不打掃衛生這麼早就下班了？」

「我自己的錢幹嘛要給別人去賺呀！」琳達沒好氣地回。

原來兩點以後就過了高峰時段，琳達一個人就足以應付顧客了。

清理完店鋪四點鐘關店的時間到了，琳達把沒賣完的三明治沙拉打包回家，實在太多了硬塞了兩個給伊琳幫忙解決。伊琳料想店主家一定是經常吃剩貨來當做家常便飯了。

回家的路程伊琳和琳達正巧是一條火車線路，琳達每天都掐準時間趕這一班，非高峰時段錯過一班車就要多等半小時。在環繞市區的幽黑火車隧道裡，伊琳怕冷場總是找著話題和琳達攀談，琳達回答得簡要並不想把話題引申出去。

呼嘯的火車囂得鑽出隧道，刺眼的西曬陽光打在車窗玻璃上，伊琳驚喜地用胳膊碰了一下琳達：

「看雨停了呢，太陽出來了！」

琳達面無表情地「嗯」了一聲，戴上了太陽眼鏡，伊琳的攀談漸漸沒了回應，伊琳看不到琳達太陽鏡後面的眼睛，不過從琳

達均勻的呼吸聲和低垂的脖頸，料想她應該打起了盹，伊琳不再出聲，聞著三明治的香味她也困頓起來。

對於藍月亮咖啡店伊琳有了一些基本瞭解，因著沒有形成任何契約關係，店家不會透露商鋪的任何資料，否則數人頭查店的原始低級模式完全可以用查核財務資料來替代。這是商業移民買店時最迷茫的階段，搞得買家數人頭像在搞地下情報工作。

這天下午時段，伊琳還堅守在咖啡店裡數人頭，店鋪裡來了一對華人夫妻，年輕的嬌妻穿著粉色黑格的小香風短外套，同款的超短西褲，一手拽著香奈兒包包的金屬鏈一手挎著她的酒肚男人。兩人走到店鋪裡的高腳桌椅前靠著四下打量，

「你就叫我來做這種店呀，你怎麼想的嘛，」嬌妻撅起了嘴，扭動著腰肢，一邊跺著纖細的腿，一邊搖著酒肚男的胳膊嫌棄道，「告訴你噢，就這種破店要做你自己做吧！」

「好，好，好，你說不做就不做，不要生氣，不要生氣嘛，」酒肚男忙不迭地請罪，摟著嬌妻的小蠻腰哄著說，「走，走，走，我帶你去前面名品街去買包包。」

嬌妻扒拉開酒肚男摟上腰的手，扭轉身，鼻孔裡「哼，哼」了兩聲，抬高頭走出了店鋪，在店鋪門口停頓了一下，眼神往後一瞟，酒肚男屁顛屁顛地趕了上去。

伊琳看著櫥窗外黏成一體的兩人心裡有那麼一點不屑，卻又暗戳戳生出豔羨之心，許是羨慕那位嬌妻的持美傲物，可以恣意妄為不用委屈求全吧。

伊琳想起她男人曾說過：

「我是不會寵你的，我怕把你寵壞了。」

伊琳提著一籃子沉重的菜蔬跟著晨練完甩手甩胳膊的男人走

出菜市場，

　　「誰說女人都會被寵壞的，沒道理！沒道理！」

　　伊琳柔細的抗議聲並沒有得到回應。

　　伊琳現在想想當時的自己真蠢啊！哎，誰叫戀愛中的女人都沒有智商呢！

六

不愛那麼多

伊琳把出現在墨爾本中文報紙廣告頁上的生意行當，幾乎都去考察了一遍，這一晃大半年又過去了，春天的候鳥已經排成不同的隊列開始從寒冷的北方歸來了。

伊琳揣著一顆七上八下的心沒有著落，就像揣著沒有著落的未來，生意在哪裡？學區房在哪裡？聽著候鳥們歡快的鳴叫聲，伊琳的心裡卻歡快不起來。

伊琳的目光追隨著天空中成排成行的候鳥，走在麥金濃（McKinnon）的街道上迷失了方向，道路兩旁盛開著灼灼的桃花，讓伊琳想起了陶淵明的《桃花源記》：忘路之遠近，忽逢桃花林……芳草鮮美，落英繽紛。

前方不遠處的樹蔭下，出現了一對華人夫妻前拉後推著一疊椅子在橫穿小街，伊琳趕緊小跑上前幫忙，扶著椅背伊琳喘上一口氣問道：

「請問你們會說中文嗎？」

小夫妻停在了上街沿直起腰，憨厚地笑回：

「會呀！看來你是迷路了吧，這裡街道房屋看著都類似，英語路名咱們也記不住，我們也常在家門口迷路呢。這裡的學區房非常搶手，華人和老外都非常中意這個學區，你也是來看房的吧，祝你如願！那樣我們以後就是鄰居了。」

聽罷小夫妻對社區的一番介紹，伊琳的心莫名熱乎起來了。有時候陌生人的關懷更像荒漠裡的一杯水給你繼續走下去的一點動力。

當伊琳在小夫妻的指點下，兜兜轉轉找到廣告上的出租房時，已經錯過了開放時間。屋門口一棵旁逸斜出剛發芽的藍花楹遮住了大半個草坪，敞開式的花園。房子因著沒有了圍牆的阻

擋，幾個同樣錯過時間的尋房客正趴在窗臺上向屋裡張望。

伊琳見狀，也湊上前去兩手攏在腦門兩旁擋住光線，貼在反光的玻璃窗戶上，一探究竟，擠在伊琳身旁的華人大姐像是自語又像是在對伊琳說：

「剛才我看見仲介已經走了，這房子好是好，就是對小家庭來說太大了，房租肯定蠻貴的，算了算了。」

這房子伊琳已經在心裡暗暗相中了，乾淨整潔明亮，步行十分鐘免費就讀附近的公立名牌中學，和昂貴的私校學費比起來這點租房金還是划算的。伊琳默默打著她的小算盤，下定決心要把這套房子借到手。

伊琳按著廣告上的地址找到了仲介公司，前臺的金髮美女見伊琳的英語磕磕巴巴的，微笑著對伊琳做了一個稍安勿躁的手勢撥通電話，把售房部的小金喚出來幫忙。留學生小金出現在了會客室門口，戴著無框眼鏡斯斯文文的一位年輕人，他給伊琳的第一感覺就是乾淨的氣質。

聽伊琳介紹完自己的情況，小金的頭腦馬上活絡起來：

「尋常老外是不關心移民這檔子事的，你們商業移民都是達到移民局的經濟考核標準的，我經手過不少華人買房客戶，我瞭解。這樣啊，我把移民局對你們經濟考核標準的文件列印出來，作為你的租房資質證明，就能說服房東把房子借給你了，如果你能再多支付些押金就更好了。」

伊琳聽罷連聲表示感謝，看著小金的眼神就像看到救苦救難的觀世音菩薩一樣。

伊琳的朋友曾經說過在這個陌生的城市裡給於她最大幫助的就是這些年輕的留學生們，對了，「乾乾淨淨」就是伊琳對他們

的整體印象，他們擁有上一輩人所沒有的更廣闊的視野和一顆沒有蒙塵的心，這些可貴的品質也是伊琳在往後歲月中最深切的體會。

麥金濃的學區房伊琳花了一番功夫終於搞定了，神助功小金功不可沒，房東因著翻新出租房花費了不少積蓄急於回籠資金，最終伊琳用一次性付清半年房租搞定了房東。

就連老移民同桌傑米事後知曉都誇了伊琳一句：

「這不，沒我擔保，你不也自己搞定了嘛！」

伊琳心裡只能暗自叫苦，找你擔保不是比找房東談判更吃力嘛！

伊琳腦子裡又冒出了姆媽一直掛在嘴邊的那句閒話：看人挑擔不吃力啊！

伊琳詫異自己怎麼越活越像姆媽了，那個她最不想成為的「為俗所困」的女人，難道這就是每個女人都躲不開的宿命嗎。

伊琳掰掰手指頭算算，家裡那只「候鳥」也快要飛過來了吧。「候鳥」這是新移民太太們對逢年過節來探親的國內先生們的戲稱，當然先生們坐著飛機飛來飛去可比候鳥勤快多了。

伊琳盯著中文報紙的廣告欄默默想：還剩下最後一檔子生意沒去看了，那就是奶吧MILK BAR。伊琳聽人說過：一入奶吧深似海，從此自由陌路人，做奶吧如同關監獄。

伊琳自然把奶吧放在了考慮範疇之外，但是天堂也罷，地獄也罷，伊琳還是要去考察一番的，因為「候鳥」男人隔空傳來了指示。

火車轟隆隆地駛過街道的鐵軌，「叮鈴叮鈴」的警示鈴響罷，欄杆門緩緩打開，伊琳走過格林亨特利（Glenhuntly）鐵路

站，那家奶吧就在商業街的盡頭，灰綠色的外牆鐵柵門，讓伊琳差點以為是郵政局而錯過了。

一推門，門鈴清脆地響起，店主肖恩慢吞吞地從後屋迎出店堂，一把濕漉漉的拖把還在他手中滴滴答答地淌著水：

「你是來看店的嗎？」肖恩的眼烏珠子鼓了出來。

伊琳穿著藕粉色長裙背光站在店堂口，把門外擋也擋不住的春光帶了進來。

「我看你是不會想買我的店的。」

伊琳的眼睛裡露出了困惑，他怎麼這麼快就下結論了呢。

有客人來買煙了，肖恩不等客人說完，頭也不回，反手就從身後的煙櫃裡取出了客人想買的香煙，品名支數口味一點不差，肖恩的眼睛卻只盯著伊琳握筆的手。

「伊琳，你的手生得真漂亮，一看就知道是沒吃過苦的人。」

伊琳不響，她垂著頭也知道肖恩此刻正用目光在揉搓她的手，女人都是第六感發達的動物，伊琳的手無處可藏，看就看吧，反正肖恩也揉搓不到她的心。

等伊琳在將來的某一天在自己的店堂裡回想起今天的這一刻時，才知道什麼是熟能生巧，那些個五一勞動模範用手抓糖一抓一個准的先進事蹟，就此走下崇拜的神壇。

「移民局想要考核奶吧店主有沒有親歷親為，只要測試一下店主取煙的熟練程度就可以了，其他都是假的。」肖恩戲言。

一整天，伊琳見肖恩從冰櫃裡陸續取出了他的早餐午餐和晚餐，都是冷凍食品用微波爐加熱一下。肖恩看著伊琳泛白的臉色，再指指自己油膩的啤酒肚，無奈地說：

「廚房在樓上，樓下的店鋪實在離不了人，只能這樣湊合著

解決了，我家候鳥太太從中國來探親的時候，我就能吃到點家常料理了。」

哎，可憐的男人。伊琳的眼神裡充滿著的憐憫，正像鋒利的剃鬚刀片，一片片削去的不是男人的肉體，而是他的尊嚴。對一個男人最致命的不是仇恨不是崇拜，而是憐憫。

「嘿，嘿，你可不要同情我，你知道來墨爾本一個人做店，這是我心甘情願的，如果太太肯來陪著我做奶吧，我一定把奶吧重新裝修一遍，重新換套洗浴設備。」

肖恩的喉結滾動了一下，

「你知道上次太太來，我們關店去了大堡礁旅遊，客人們都說：想不到你們華人也懂得享受生活呀！」

伊琳沉悶著，沒有置評。

「哎，就是太太這次來，態度不如以前熱絡了，可能是我卸去上市公司CEO的光環，淪落為奶吧主落差太大了吧，她天天陪著女兒睡一床。太太講都老夫老妻了，不用愛那麼多，只愛一點點就好了。儂講我慘伐，連根毛都沒撈到啊！」

伊琳確實不能把眼前這個不修邊幅的男人和手機相冊裡那個意氣風發站在黃浦江畔指點江山的翩翩公子聯繫在一起。五年過去了，肖恩也自知歲月已把他的濾鏡打碎，他還原成了一個再普通不過的凡人。

「太太關照過了，平時要解決生理需求把鈔票付付清爽就可以了，這在澳洲都是合法的。喏，我門口這條大街到底就有一家天上人間，還是上市公司呢！」

肖恩咽了咽口水，

「太太還關照了，不要到處惹桃花找麻煩，我這天天困在店

裡的，哪有機會，哎……她不放心我，我還不放心她呢！」

伊琳不能接茬，男人總在除太太以外的其他女人面前更能吐露肺腑真言，太太們總想要成為自家男人的紅顏知己，那簡直是癡心妄想。

伊琳回避著肖恩透視的目光，肖恩是想要看穿她伊琳的小心思嗎？伊琳的眸子對上肖恩眸子的瞬間，他深邃的瞳孔像個漩渦試圖把伊琳吸進去。這整整兩周，好像只有這一刻他們的眸子恰如其分毫無偏差地對上了。

「伊琳，你知道嗎？你一來，我的小店一下子就亮堂起來了，我覺得就這樣兩個人聊聊天做做生意，日子好像也沒那麼難熬了。我每天早上一開門就盼著你推門進來的那一刻，可惜明天你就要不來了。」

打在伊琳身上的主角追光漸滅，伊琳看得出肖恩頓時頹廢下來，肖恩的失落是真實的，這些天伊琳的到來給肖恩製造了一點點粉色的幻想或者說是移情，肖恩暗淡的世界變得光彩起來，他自己給難捱的一天天無聊而又漫長的時光填上了些許色彩，但所有的幻想如夢幻泡影總要被現實無情地戳破。

伊琳無法給與他衝破牢籠的夢想，她只能無情地折斷他妄想的翅膀。

這家店無法在一個人看店時還能兼顧做飯，這是最大的硬傷，伊琳總不能讓處於青春發育期的兒子吃三年的冷凍食品吧！伊琳在心裡否決了這家奶吧。

「候鳥」丈夫唐如期而至，熟悉的陌生人，總要從情感暖場到肉體暖身來個適應過程，當舉案齊眉的客人模式進入相愛相殺的家人模式，那麼瑣碎的一地雞毛就開始飄落了……

「不想做奶吧，那就打道回府吧！」

隨著擲地有聲的話音，大半個西瓜「啪」地砸到了地上，伊琳眼前的空中翻飛起一片片墨綠色的彈片，烏黑的瓜子像一梭梭子彈，鮮紅的瓜瓤噴出鮮紅的汁水，飛濺在空中，再潑灑向白色的牆面，留下斑斑的血跡。

伊琳被眼前的場景瞬間鎮住了，往後的歲月裡每當那場面以慢鏡頭式重放在她眼前，她還是會感到心臟砰砰地狂跳。她無數次想把眼前血肉橫飛的戰地畫面，偷換成桃花雨漫天飛舞的仙境，可是她的大腦，她的記憶不容許她隨意地篡改，那一刻她的靈魂出了竅，她甚至失去了她的嗅覺，她忘了她身邊的一切，包括她兒子，她都不記得他是否在場。

某次無意間提及往事，兒子提醒道：

「當時我也在場呀！媽咪你不記得了嗎？」

既然不能欺騙自己那就只有逃避現實，伊琳確實不想記起那些她想刻意遺忘的往事。

「媽咪，你當時只顧著擦地板擦牆壁了。」

伊琳兀然想起來了，某種程度上伊琳遇事是冷靜的，她的教養是內斂的，不允許她流露出慌亂，不允許她歇斯底里地還擊，那個時候她甚至還沒學會說「不」。

等十年之後，伊琳終於能稍微誠實點地看待她自己時，她也終於看到了她的固執，她從沒有真正地在內心對這個世界妥協過。

此刻她讓自己轉移焦點，房子是從房東那裡借來的，嚴格規定一個釘子都不能在牆上釘，每半年仲介公司會來拍照檢查。

伊琳眼也不抬地對著製造這場血雨腥風的唐冷厲道：

「這房子是要保持清潔原樣歸還房東的，不然我們需要重新

粉刷牆壁或者賠錢！」伊琳攥緊抹布，

「對了！別忘了有一大筆保證金押在仲介機構那裡呢！等著被扣款吧！」

伊琳下意識地知道什麼才能真正擊中她男人的軟肋。

伊琳也在猛然間發現女人就是再小資，也還是務實的，刻在女性基因裡的母性會讓女人勇於自我犧牲，你以為女人是軟弱的其實是堅強的，你以為女人是容易妥協的其實那是務實，女人都是天生的實用主義者，女人一務實起來就能消滅自己所有的溫情。

兒子是不可能打道回府的了，國內的教育已經跟不上了。伊琳只有對自己暗自發狠：「那就讓為娘的來犧牲一把吧！」

「奶吧，這個夕陽產業的窮途末路就在眼前，是什麼使一個精明的商人對顯而易見的折損視而不見？」

「老婆孩子不想做奶吧就是貪圖安逸不想吃苦，是什麼讓唐做出如此扭曲的妄斷？」

「想讓老婆孩子吃點苦頭，難道是為了讓老婆孩子體驗唐曾經的苦難人生，找到他的心理平衡嗎，還是為了不使他自己的人生失控？」

伊琳思緒紛擾，這些個無解的念頭像卡在胸口的刺隨著她的呼吸在紮她的心。真相也許是不堪的。

芸芸眾生都是被生活困住的囚徒，肉體和精神被雙雙判刑的囚徒。生活要審判一個人，從來不需要依法定罪，法律只是對人最低的道德約束。每個人也都可能蒙冤入獄，在時間的長河裡經歷一場曠日持久的無期徒刑。

夏至未央，燥熱讓伊琳總是失眠，黑暗中她獨自站在窗前，月光下她的剪影淒清得刺目，她看著院中那棵綴滿暗紫色花團的

藍花楹在午夜的風中搖曳，她的心墜在冰谷裡絲毫感受不到花開的喜悅，只有揮之不去的惆悵。

　　此刻伊琳深知：生活就是一塊發燙的鐵板，你總要踩上去衝過去。自由的代價就是失去自由！

　　她正在試圖給自己找一個理由去接受無法逃避的命運，她不知道她命運的變奏已在此刻響起……

七

女怕嫁錯郎

　　七月的正午，南半球冬日的陽光透過雲層的縫隙灑落在伊琳的身上，伊琳的內心似乎也打開了一條細縫，在冬日的暖陽裡舒展開來，那徹骨的寒冷又一次被她遺忘了。

　　此刻她和丈夫唐並肩站在卡內基（Carnegie）社區的街頭，他們的目光已掠過紅頂的十字架教堂，落在街對面的一排商鋪上，只是他倆站在一起的姿態，看上去不怎麼像夫妻，更像是比肩走出辦公樓的同僚。

　　伊琳用手肘輕輕撞了一下身邊的唐，

　　「就是對面那家奶吧，怎麼樣，看上去還不錯吧！」

　　伊琳的語氣裡帶著些許自豪，她找了N家的奶吧，終於看上了這家有點像樣的小奶吧，明亮的櫥窗裡擺了幾隻毛絨絨的公仔玩具，幾束薰衣草和松柏仿真花插在高腳花瓶裡被太陽曬得有點褪色，透過玻璃窗可以看見藍色冰沙機上的大杯子在篤悠悠地旋轉著。

　　唐沒有支聲，伊琳拿不準他的心思，就像這麼多年她好像一直沒有真正地靠近過他，此刻他們的手卻難得地觸碰在了一起，

　　「走，過去看看。」唐拉起了伊琳的手預備過馬路。

　　按了兩下人行道紅綠燈通行按鈕，等著綠燈亮起，伊琳稍後半步盯著握在一起的兩隻手，那一刻她恍惚了，她的婚禮恍如隔世卻在此刻浮現：音樂響起，燈光漸亮，宴會廳的大門緩緩開啟，唐也是這樣拉起她的手，凝視著身著潔白婚紗手捧瀑布百合花的她深情道：

　　「琳，你今天真美，就像公主，別擔心，你只要拉著我的手跟著我走！」

　　伊琳不知道這句話算不算是誓言，但她願意把這句話當誓言

來聽。

「嗯！」伊琳嬌羞著點點頭。

唐牽著她的手，在賓客豔羨的目光中登上了婚宴舞臺，可幸福卻只被定格在了那一刻。

伊琳多想一輩子牽著唐的手一起漫步人生之路。

伊琳無數次在內心解讀那句話，這輩子她唯一記得的一兩句情話，在日後無數個淚眼滂沱的夜晚在伊琳的耳邊響起，讓她自我寬慰至少那一刻唐還是愛過她的。

婚姻裡他們的目標大體上是一致的，伊琳忙著帶大孩子，唐則忙著工作賺錢，只是他們的目光已不在彼此的身上了，他們是共同進退的戰友，卻不再是親密的愛人。

以致於唐半開玩笑地說：

「我和你結婚後，一直在做的事情，好像就是在不停地買房裝修搬家。」

沒錯，命運的齒輪從未停歇，伊琳也沒有想到有一天他們竟然還會搬到澳大利亞。

但那一刻伊琳也沒有意識到唐是在感歎，還是僅僅在闡述事實，伊琳的眼睛早就從唐那張俊朗的臉上移到了更令她神魂顛倒的嬰孩屁股上了。誰讓唐在婚宴上就興奮地宣布她懷孕的消息，讓她還沒預備好如何當一個妻子，就手忙腳亂地陷入了與奶瓶尿布的戰鬥中。

伊琳回過神來，身邊已站滿了聖派翠克（St. Patrick）小學的孩子們，嘰嘰喳喳像一群放出圍籠的急切地要去冒險的小雞仔。原來是放學時間到了，紅綠燈處維持秩序的義工老奶奶穿著鮮豔的工作服，像只翠綠色的老母雞支開雙臂，橫在道路中央形

成人肉欄杆，護著孩子們穿越馬路。

伊琳被這一幕深深地溫暖到了。

唐牽著伊琳走在人群前頭，這支隊伍就像小時候弄堂裡玩過的老鷹捉小雞，唐一邊朝前走，一邊回頭逗弄歡快的孩子們，洋腔洋調地鸚鵡學舌幾句，他含笑的眸子對上了伊琳的笑眸，這一刻好像又回到了很多年前他們的戀愛時光。

那段短暫的美好戀愛時光。可從閨蜜君文的烏鴉嘴裡吐出的卻是一句：

「伊琳，我看你是栽到愛情的陷阱裡去了。」

酒吧裡君文看著伊琳泫然欲泣的紅腫魚泡眼直搖頭：

「哎，你沒救了，你沒救了，你現在還等他回家嗎？」

伊琳哽咽地發不出聲，她只能戚戚然地點著頭，終於能壓一壓氾濫的情緒，嗚咽地吐出兩個字：

「等的。」

伊琳一身黑衣黑裙坐在吧台凳上，昏暗的背景裡她鮮紅的唇膏格外刺眼，那口紅只是為了掩蓋她的頹喪，她消瘦的身影和落寞的神情像在哀悼她愛情的幻滅，這一切都落在了君文的眼裡。

「伊琳，你怎麼也學會抽煙了，像個壞女人，不過你這樣子又美又颯。」

君文盯著伊琳手指上夾著的薄荷長煙，紅紅燃燒的煙頭在煙霧裡閃閃爍爍。

「我只是拿來解愁。」伊琳確實沒吸幾口，她抽煙更像是在焚香，「不過我倒也想做個壞女人試試！」

伊琳彈彈煙灰，幽怨的目光掃過幾個蠢蠢欲動的男人，

「每個女人都有過做壞女人的衝動，可惜我沒那本事，我是

立志做一個賢妻良母的。」伊琳笑得慘澹。

「你在哪裡？」唐的短信「叮」的一聲發了過來。

「我在衡山路凱悅和同學聊天。」

「以後少去酒吧和你那些亂七八糟的朋友來往。」唐的另一條短信追了過來，「我到家了，你什麼時候回家？」

「知道了，馬上就回家了。」

伊琳收起手機，在煙灰缸裡輕輕地捺滅香煙，香煙的煙霧刺痛了她的眼睛，一滴淚落入酒杯，伊琳一仰頭飲盡杯中的殘酒，一條暗紅的蛇信蜿蜒地遊過杯壁滑進她的紅唇。

「這麼早就要走了，」君文噘起弧度優美的嘴覺得還沒聊盡興，「下個月我的婚禮你記得一定要來，見見老同學們散散心，記掛你當年風采的人可不少呢。」

君文把一張大紅描金的結婚喜帖遞給伊琳。

「你爸媽總算同意你和強尼結婚了，你們從高中畢業堅持到現在真心不容易啊！」

伊琳把喜帖塞進手袋打起了些精神，

「你們的愛情多好呀，強尼也爭氣，一路從底層一直升到KFC區域經理，可見你們愛情的動力不小啊！你們才是真愛！不像我，哎……我要走了，不然唐會不高興的。」

伊琳也不知道自己怎麼就對唐那麼言聽計從，哪怕內心在抗議，但她還是願意把自己低到塵埃裡去。

伊琳在君文恨鐵不成鋼的目光中和她匆匆告別。

不想多年之後，伊琳才得知那天的告別竟然成了她和君文的永別。她好後悔把自己困在情緒的牢籠裡，錯過了君文的婚禮，也錯過了君文的葬禮，伊琳斷絕了和所有同學的聯繫，也許是她

心裡太苦，她需要躲在角落裡暗自舔自己的傷口。

　　但和君文攜手走進婚姻的是她的真愛啊！君文怎麼會在她的婚姻中耗光了自己所有的熱情甚至生命呢，君文成了一壇冰冷的骨灰，伊琳再也沒有機會和她促膝談心了。

　　沉溺愛河的女人啊，在自己的愛情裡就猶如怒放的彼岸花，用心血去染紅那潔白的花瓣，直到將自己的生命也燃燒殆盡。

　　這世上到底還有沒有永恆的愛情呢？愛情還值得相信嗎？

　　為什麼在和唐的關係裡，她總是處於下風的一方呢，明明唐在戀愛時每每試探伊琳是否會後悔下嫁給他。下嫁耶！又一個老套的劇情：一個站在人生巔峰的白富美為了嫁給默默無聞的窮小子，義無反顧地要和父母決裂。

　　伊琳有沒有在無意中流露出那種高高在上的姿態呢？

　　「你不用刻意表現，你看你往這一坐，就是看著超凡脫俗，當然也看著難以親近。」

　　果然還是死黨君文最瞭解她，可惜君文去了天堂。

　　自卑和超越才是人性永恆的挑戰，不是愛情。

　　伊琳也沒有意識到：所謂的優秀就是漠視了自身的優秀。

　　伊琳的父親出生於沒落的鄉紳世家，家裡再窮他也沒有放棄讀書的，他半工半讀在糧倉扛米袋掙學費，在田間挖田螺打牙祭，熬過那些苦日子，終於憑一己之力開闢出了一個遠大的前程。

　　在伊琳的記憶裡，童年江南的夏夜總是潮濕悶熱的，空氣裡彌漫著肥皂水，花露水和爽身粉的味道，父親在暗夜裡娓娓敘述他的鄉野趣事，一個又一個，給孩子們打開了一個純真質樸的世界。白紗帳裡母親圓潤的手腕搖著蒲扇，輕柔的搧風聲把孩子們漸漸送入了夢鄉。那些鄉野的故事卻留在了小伊琳的內心裡慢

慢萌芽，與她中學時代癡迷的勃朗特一起構築起了伊琳的人文情懷。以至於伊琳不願用門第階級財富去衡量一個人，她認為站在上帝的面前每個人都是平等的，都可以通過自己的努力去獲得尊重。

當唐出現在她面前的時候，她只覺得被他身上某種混合的特質所吸引，伊琳身邊接觸的多是儒雅書生，不知為何她對他們不感興趣，也許是他們優秀得太過普通，就像伊琳她自己，永遠是個好孩子好學生好員工。

而唐不同，他時而儒雅時而世俗，你無法用二分法去定義他的好壞，但他又恰巧懂得如何去隱藏他的真實，吸引伊琳的正是唐那份神祕莫測以及那份她所不具有的俗世的特質，那是她刻意排斥的特質，她要成為脫俗的存在。而她的內心裡卻總冒出一個聲音來告訴她：她需要一個世俗的男人來應對俗世的挑戰。這個聲音來自於哪裡呢？

伊琳的回想被孩子們的嬉鬧聲打斷，孩子們雀躍著衝到伊琳和唐的前面，用他們小小的身子和手掌一同用力推開了奶吧的門，「叮叮噹噹」響起一陣的風鈴聲。伊琳欠著身用手把門撐大，落後的幾個孩子從她的胳肢窩底下鑽進了店鋪。伊琳和唐關上門，看著老闆娘美佳手眼不停地應付著這群孩子，買糖果買玩具。

「伊琳，不好意思，你等我忙完這波孩子啊！」美佳軟軟糯糯的聲音蓋過孩子們的吵鬧聲傳了過來。

「不急的，你先忙，我們等一會兒。」伊琳朝美佳點點頭。

伊琳打量起了這家小店，靠門口的牆角是一排報刊架，放著雜誌和當天的報紙，方便買報紙的客人一進門就能取閱，店鋪中

間的一排貨架上放著各種巧克力吸引嗜甜顧客的視線。飲料和牛奶儲藏在靠牆的玻璃門冷藏庫裡。和路雪冰激淋公司的大冰櫃和散裝糖果櫃檯圍成一個只容一人行走的收銀空間，美佳正在那裡面忙著給孩子們包紮散裝糖，然後收取孩子們從口袋裡摳出來的幾毛錢。

環顧一圈伊琳在心裡評價著：不錯，這是一家小巧整潔的店鋪。

等忙完最後一個孩子，美佳招呼伊琳和唐進入店鋪後方的客堂間。美佳此刻穿著一套職業裝，伊琳知道美佳早中晚要換三套服裝，也許這是美佳在無聊人生中保有的一絲樂趣。美佳苗條的腰肢裹在緊身小西服裡，超短的鉛筆裙讓她筆直的腿更顯修長。美佳的臉型讓人不能忽視，像彎彎的新月，伊琳要過很久才能不將視線聚焦在美佳的臉上，除此之外美佳是近乎完美的東方少婦。

美佳坐在客堂間窗前的寫字臺邊，西曬的陽光透過白色蕾絲的窗紗撒進屋子，給美佳籠罩上一層淡淡的光暈，那個瞬間的美佳就像雷諾瓦畫裡的女子溫柔恬靜。靠牆的一架雅馬哈立式鋼琴用田園風的小花格子布罩著，美佳女兒的小學年度肖像照片立在對牆熄著火的朱漆壁爐架上，一切看上去還是溫馨美好的。伊琳可以想像著自己搬進來之後的日子也會像這一刻一樣美好。

美佳打了個哈欠不好意思道：

「抱歉，我起床早有點犯睏。伊琳，你要喝杯咖啡嗎？」

「下午三點之後你還喝咖啡，美佳，你不擔心晚上睡不著覺嗎？」伊琳連忙擺手謝絕美佳的好意。

「我每天就是靠這幾杯咖啡撐著的。」

美佳捧著滾燙的咖啡杯捂著手，伊琳這才注意到美佳深深的

黑眼圈襯在蒼白的皮膚上額外醒目。

「轉讓店鋪的合同我們已經讓律師在準備了，伊琳你算運氣好的，能買到我這家店，之前原本要成交的下家臨時變故，才輪到了你，」美佳吹吹咖啡上的奶泡繼續道：「我上次拒絕了你，可你臨走時還對我說，祝你一切順利，我這心裡呀，對你有點過意不去，所以這次我對老公說，一定要把店賣給你，只有你看上去還比較靠譜。」美佳眯著眼睛瞥了唐一眼。

「我丈夫喬治回來了。」

美佳看著電腦監視器上的後院車庫門正在緩緩打開，唐立刻會意地去後院找喬治抽煙聊天，留下伊琳和美佳繼續聊。

「如果是我，我絕對不會留在澳洲一個人做奶吧的。」

美佳好心又銳利地盯了眼伊琳，繼續喝她的咖啡。

「上次我來看店時遇到的那位女士為什麼不買你的店了？我對她有點印象，她比我們還年輕點，挺活潑開朗的。」伊琳在腦海翻尋著那個影像。

「她去見上帝了……」美佳沉吟道。

「死了？怎麼可能！怎麼回事？」伊琳的嘴不由自主地張大了。

「我告訴你，不過你要保密啊！」千篇一律說八卦的開場白，美佳神祕兮兮地，「具體我也不清楚啊，聽奶吧群裡說，不知道她是藥物過敏還是藥物過量，最後搶救無效死的，留下了一個三歲的女兒，大家覺得孩子好可憐哦，於是紛紛在群裡給她家募捐救助款，我還捐了呢！結果……」

美佳頓住了，似乎在搜尋合適的詞彙。

「結果怎麼了嘛？」伊琳被貓爪子撓著心。

　　「結果，捐給了個白眼狼！她老公帶著新歡，也許是舊愛就來墨爾本了，舊愛新歡自然是不會願意在這裡像坐牢一樣做奶吧的。聽說死者生前一個人在這裡打點一切，已經在這裡買好了房子，裝修好了人還沒來得及住進去，就去見上帝了！她老公現在帶著新歡住了進去。伊琳你說，她的人生到頭來是不是一場空啊！」

　　伊琳聽著聽著眼睛起霧了，人生如戲啊！這戲碼總是舊瓶裝新酒，如此雷同，也許人生也就是這麼些生老病死，愛恨情仇的故事，故事發生在別人身上的時候我們只是無關痛癢的旁觀者，哪天故事降臨到自己頭上的時候，我們才會有真正的切膚之痛！

　　伊琳可以想見昔日同窗好友君文是如何痛苦又絕望地躺在醫院的病床上，她自己拔掉了所有的救命插管，她是失去了生活下去的勇氣啊。君文拚命工作賺到了錢，她要給她年幼的孩子一個完美的家，買房裝修工作家庭耗費了她所有的財力和精力。君文對所有人都掏心掏肺，卻唯獨忘了愛她自己，她病倒了。住院的那些日子是君文噩夢的開始，她的丈夫和她的護士墜入了愛河，鳩占鵲巢。

　　是呀，孩子最可憐！出國前伊琳見過一次君文的女兒，那天是為小女孩慶生。小女孩羞澀地躲在外婆的身後，那圓圓的大眼睛和兩道劍眉頗有君文的神采，難怪不討後媽的喜歡，誰受得了整天面對一個縮小版的冤死原配在自己眼前晃悠啊。

　　「小君文，阿姨們給你準備了很多生日禮物哦，你吹一下生日蠟燭許個心願吧！」伊琳點燃了生日蛋糕上的蠟燭。

　　燭光照亮了小君文稚嫩的臉頰，小君文被外婆抱高站在蛋糕前的凳子上，她抬眼掃了一遍眾人，怯生生地問：

「我什麼禮物也不要，你們能把媽媽還給我嗎？」小君文眼波閃動，是燭光抑或是淚光。

眾人啞然，小君文閉上淚光盈盈的大眼睛許願，又鼓起小腮幫費力幾口氣吹滅了所有的蠟燭，她靠回外婆身上歪頭囁嚅道：

「外婆，我聽你話，我許願讓媽媽在天上平平安安的。我以後乖乖的，再也不惹爸爸和小媽生氣了，我要讓媽媽在天上每天開開心心的。」

眾人眼裡的淚湧了出來，忍不住偷偷地擦拭。小君文的臉頰上卻出現了一深一淺兩個酒窩，那是她愛笑的母親留給她的獨有的印記。

回想起當年的那一幕伊琳又一次紅了雙眼，淚控制不住地流了下來。

唐和喬治抽完煙從後院走了進來，詫異於屋子裡氣氛的壓抑，都頓足站在門口一臉茫然。

「沒什麼，沒什麼，我們剛才聊起一部看過的悲劇。」

美佳連忙幫著沉浸在感傷中的伊琳解釋道。

伊琳也強裝得若無其事，她現在覺得生活就是一齣齣的悲喜劇，她們都是不用上妝的出色演員，她也正在努力扮演屬於她本份的戲碼。

# 八

生活是根豬大腸

　　墨爾本是個天氣詭異多變的城市，「一日四季」算是美譽也算是調侃。這不，剛才還朝霞滿天，這會兒忽然間就烏雲密布暗沉下來了。伊琳抬頭看著密雲翻滾的天空，心裡暗暗祈禱雨再晚些落下來吧，今天註定是富有挑戰的一天呢！

　　奶吧前店主美佳一家搬出，同時伊琳一家搬入，喬治和唐在後院天井裡滿頭大汗地邊提著包裹，邊吆喝指揮著各自的搬家公司，兩隊搬家人馬在不夠大的天井裡摩肩接踵，閃轉騰挪，頗有點功夫片片場的味道。

　　奶吧店鋪外，清晨早起的老人們已經排在門外等著開門購買當天的報紙了，那是老人們早餐的必備佳品，左手一杯咖啡，右手一份報紙，開啟味蕾的同時也開啟聚焦時事的眼光。

　　伊琳緊張又忐忑地站在了收銀機的後面，學著美佳溫柔的樣子和客人們不自然地打招呼：

　　「早上好！今天天氣還不錯……哦，天氣預報會下雨。」

　　美佳向好奇的老顧客們一一介紹伊琳這位新店主，老顧客們客套地對伊琳表示歡迎祝賀，更多的卻是在表達對美佳的依依不捨。

　　「叮咚」門鈴聲響起，蘇珊枯白的髮絲被風吹進了門，她頂著被風吹亂的雞窩頭衝進店鋪，她一言不發往美佳的懷裡塞了把紫色勿忘我，即刻轉身迅速沖出店門，她步履踉蹌了一下，險些撞上門柱。伊琳眼尖發現蘇珊被亂髮半遮的眼眶紅了，門外的蘇珊掏出她的花手帕擦拭著她的眼睛。

　　「蘇珊老太太是我店裡最和善的客人了，我店裡的仿真花都是她買走的，估計她那家裡像個花店了。」

　　美佳對著窗外蘇珊的背影唏噓道。畢竟光顧美佳的奶吧已成

為附近居民每日生活的一部分。

伊琳不合時宜地想到了一句話：「相伴是最長情的告白！」用在此時此刻似乎也沒有什麼不妥。

「六年了，整整六年了……！」

美佳不由得對著每位和她道別的客人們重複著感歎著這句話，頗有點祥林嫂的味道，美佳要敘述的應該不僅僅是一個數字，而是點點滴滴美佳和客人們串聯出的日常，那是美佳的一段人生啊！只是千言萬語此刻只濃縮成了一句簡單的句子。

看著客人們漸生的白髮，和美佳叢生細紋的眼角，伊琳可以想見六年前他們相遇時正值美佳風華正茂。伊琳好幾次隱在側門看美佳收帳，見美佳背轉身從香煙櫃中取煙時，有客人會踮腳探頭去看美佳鉛筆裙下著絲襪的美腿，等美佳一轉身，客人立即直起腰站得挺直，紳士十足，好像什麼都沒發生過。

伊琳當然不能告訴美佳她的發現，這是人性的祕密。唐曾經說過：一個沒有祕密的人生會是多麼的無趣！

伊琳保持了一早上的微笑，她揉搓著臉部僵硬的肌肉，門鈴又在此刻響起，伊琳條件反射趕緊提升起蘋果肌露出職業性的微笑。這次是區政府的審查專員來了，從衛生狀況到店鋪裝修開出了十幾條整改意見。伊琳拿著一式三聯的整改意見書琢磨起來，一些小地方她自己能應付，只有一項又費錢又費事的項目她搞不定，那就是更換店鋪雙槽清洗水池。

「喬治，這雙槽水池屬於你前次未完成的整改項目，不應該由我們來承擔，」伊琳喚來美佳的老公進到客堂間裡商量，

「我要把最後一筆尾款扣留一個月，作為保證金，直到你把該你們負責的部分整改完，並且我還要以防在我接手的初期，再

發現其他遺留問題出現。」

　　伊琳覺得她說的合情合理，她以她多年商界打交道的慣例在處理此事。

　　唐正巧走過伊琳身邊，他邊抱怨著搬家工人出工不出力，邊附在伊琳的耳邊悄聲囑咐：

　　「你盯緊點喬治，不要讓他耍滑頭。」

　　唐走開幾步繼續去和搬家公司爭執上樓該不該脫鞋的問題，工人們打死也不肯脫鞋，為了保護他們的雙腳不受工傷。這次唐找來的華人搬家公司都是體力不及西人的亞裔，小時單價雖然便宜，但搬家公司按時收費，這樣磨洋工反而更費錢了，唐在那裡惱火著。

　　伊琳聽在耳裡覺得工人們的堅持是合理的，於是先停住喬治這邊，插過去調解，

　　「沒事，沒事，夥計們，穿鞋上樓吧，踩髒了，一會兒我來重新打掃。」

　　唐不滿地剜了伊琳一眼，工人們則如釋重負一前一後抬著沉重的沙發開始上樓，唐也一起上陣在沙發後面幫忙使勁往上抬。

　　伊琳看著沙發在樓梯上緩慢向上挪動，回轉身接著剛才和喬治的話題繼續，喬治深鎖眉頭：

　　「不行的，伊琳，你不能扣留尾款，在墨爾本這不符合規矩，你們剛來的新移民就是不懂這裡的規矩！」喬治猴急拔尖了音調，一點也不結巴了。

　　「規矩，我是不懂這裡的什麼規矩，我只認合同，在合同上對於尾款明確寫明：在你完好無損地交付店鋪後，我才能付款給你，但目前明顯你有未完成的前期整改項目。」伊琳沉住氣據理

力爭。

門鈴又響，美佳探頭進來急切道：

「伊琳，來客人了，是山姆！山姆！」美佳強調著。

伊琳聽美佳幾次三番提起過山姆，奶吧的西人貴客，奶吧通常是不會有華人顧客光顧的，因為奶吧這樣的便利小店的貨價遠高於大賣場的貨價，只有西人會貪圖便利來奶吧補貨。而山姆在美佳的店裡一貫享受著VIP客人的待遇，所有提供給他的貨品都必須是最新鮮的預留貨，他需要的貨品不允許被其他客人觸碰。

看著美佳對山姆戰戰兢兢的恭敬態度，伊琳也不敢怠慢，按著美佳交代的山姆式流程操作著，山姆從報紙雜誌牛奶巧克力咖啡礦泉水香煙買了個遍，確實如美佳所說是個大主顧。

美佳順勢把伊琳介紹給山姆，山姆不屑地看了伊琳一眼：

「她會說英文嗎？」山姆別過臉對著美佳問。

「會的，會的，她會英文的。」美佳忙不迭地回覆。

「我要她自己回答。」山姆轉過臉傲慢地直視著伊琳。

「我會說英文，但是我還需要學習。」

伊琳誠實地回答，但她還是過於謙虛了。都說在西方謙虛不是美德，而是沒有自信的表現，可伊琳還是習慣性地沿襲著她謙虛的東方美德。

「哦，不會說英文的人是沒有資格留在我們國家的。」

山姆高傲地把他的手杖掛在了櫃檯上的糖果籃子裡。

伊琳頭一天上陣還不熟悉價目表，那台老舊收銀機又不應手，加之山姆的貨物又多，伊琳手忙腳亂不時出錯，好在美佳在邊上指點，在山姆質疑的目光中伊琳終於算出了總價。

「肯定沒算錯嗎？不要用你的計算器，請用你的收銀機再算

一遍。」

　　山姆用手指不耐煩地敲打著桌面，伊琳在山姆警惕的視線監督下，手心直冒汗，越想快越會亂，老天保佑這一遍的總計數額總算和上一遍的數額是一致的。

　　伊琳報出金額看向山姆，山姆該取錢包了呀，他怎麼沒有取錢的動作呢？

　　「美佳，我可是你們店的大主顧哦，你幫我告訴新店主。」

　　美佳連忙附和著感謝山姆，並做起了伊琳的翻譯，雖然伊琳聽得懂。

　　「今天是週一，我要賒帳到週四再來結帳。」山姆的語氣不再強硬。

　　「這個麼……」美佳為難地看著山姆，「我幫你問問新店主是否同意。」

　　美佳當起了山姆的說客用中文輕聲對伊琳解釋：

　　「山姆一直會在我店裡賒帳的，他的信用一直都不錯的，你可以賒帳給他，畢竟他是個大主顧。」

　　美佳拿出她的賒帳記錄本攤給伊琳看，往常山姆若見美佳說中文他一定會大光其火，但此刻山姆只是緊張地盯著伊琳翻看賒帳記錄本，等著伊琳的回覆。

　　伊琳翻看著賒帳本，「我可以給您賒帳，不過以後賒帳時請山姆先生在賒帳記錄旁簽上您的大名。」伊琳一眼看出賒帳本上的問題。

　　山姆無奈，在伊琳的賒帳記錄本上簽上龍飛鳳舞的名字，一手拄著拐杖一手提著購物袋走出了伊琳的店鋪，一掃剛進門時的囂張。

送走山姆老頭，伊琳和美佳都長長地舒了口氣。回到客堂間，搬家工人們已經收工走了，唐和喬治聊得正歡。

「喬治，你看區政府的整改意見，你什麼時候履行？」伊琳回到了剛才被打斷的話題上。

「區政府的整改意見，伊琳你不必認真，混混就過去了⋯⋯我今天是一定要拿到尾款的，不然我是不會走的！」

說到最後喬治臉紅脖子粗，光光的頭顱在一早上汗水的浸潤下，此刻也散發著油油的紅光。

伊琳沉默不語，她求助地看向唐，唐剛才也在場的，他應該聽到伊琳和喬治的爭執，伊琳想著唐會站在她這一邊，支持她的主張。

只見唐起身站在喬治的面前，伸出兩臂按住喬治的肩膀，喬治的肩膀還在隨著他粗重的喘氣聲上下起伏，

「喬治，沒事，沒事，別生氣嘛！大家都是朋友，一切好商量，」唐竟然對著喬治嬉皮笑臉地籠絡道：

「我們在墨爾本也沒啥朋友，以後大家還是要成為朋友多來往的嘛！女人嘛，都是斤斤計較的，你不要和她一般見識。」

喬治像只賭氣的氣球，越吹越大。

「伊琳，開支票把尾款都付給喬治吧！」

伊琳心裡咯噔一下，她震驚地看著唐的舉動，心裡那個不情願呀，剛才唐不是囑咐她盯緊喬治，不要讓喬治耍滑頭嗎，怎麼才一會兒就風向大變了，她伊琳就成了斤斤計較的潑婦了，而唐卻成了那個唱白臉的做起了好人。

伊琳的人生角色徹底顛覆了，她給自己的人設不是這樣的呀！

伊琳此生最唯恐成為一個斤斤計較的潑婦了。她現在和唐的

角色分配完美複製了她父母一輩人的角色定位。那個婦女能頂半邊天的時代，不再是女主內男主外了！在那個物資匱乏的年代確實需要去爭去搶。女人們在處理市井生活時必須要像個潑婦那樣衝在前面，不顧形象拋棄廉恥地去爭去搶，最後環節讓男人們出來打個圓場，說些體面話，維持一副謙謙君子的模樣。男人們一邊看不起那種潑婦一樣的女人，一邊又需要潑婦一樣的女人去爭搶生活資源，真是諷刺啊！

幼年每當遭遇那樣的場面，伊琳跟在母親身邊都恨不得找個地縫鑽下去！對了，如果那女人還抱了個孩子就更能增加爭搶的砝碼了。

伊琳以為她找到了唐做她的丈夫，唐擅長處理世俗的一面，她伊琳就可以躲在唐的身後，免受人生的種種難堪，看來是她太傻太天真了。

轟隆隆的雷聲滾過，一場大雨終於傾瀉而下。店鋪進門口的報刊欄下面開始滲出了一灘灘的雨水，美佳和喬治趕忙拿著拖把清理，喬治邊催促著美佳手腳快點，邊敷衍忙著清算上午營業額的伊琳：

「沒問題，沒問題，今天雨有點大，一切正常，清理一下就可以了。」

伊琳依稀記得之前下雨時，報刊欄底部是有不少毛巾墊著吸水的。

「你們怎麼不向房東申請維修呢？」伊琳數完紙幣不解地問。

「你可千萬不要去找房東啊，他不來找你就阿彌陀佛了，他會給你漲房租的！」喬治急切地要把伊琳找房東的念頭打下去。

「這房子的破損點太多了，我還是會拍照發給律師留檔的。」

伊琳狐疑著喬治的說法，但還是堅持著自己的想法。

「你把錢都點清楚了嗎？」唐走到伊琳的收銀機邊來監督。

「這些五分一毛的硬幣我沒點，我想對總數不會有多少影響。」

伊琳撥弄著收銀機抽屜裡的一小把銀色分幣，她要和美佳把早晨兩家銜接時的帳目分割一下。

「你怎麼！你怎麼連錢也點不清楚！」

唐的一股無名怒氣忽然竄了上來，伊琳還想爭辯幾句，囁嚅著卻說不出口，唐順勢把伊琳往邊上一擠，自己親自清點起了小硬幣，

「一點用也沒有！錢也不會點。虧你還把你父母叫到墨爾本來探親，他們是享過福了！可我的父母都沒來過呢！」

唐忽然話題一轉怪罪起了伊琳父母來探親的事。

「你父母不來是他們自己不想來！」

伊琳捂住嘴，這話她差點脫口而出，她忘了她公爹已在他們飛往墨爾本之後在醫院中過世了，也許唐是在為他的父親抱憾呢。

對呀，伊琳是趁著接店前的空檔時間，給國內的父母打了電話，告知父母：她至少在未來三年的時間內不會有休假日，一天至少要工作14小時，她是不能回國的。如果父母方便，可以現在過來墨爾本探親，至少現在還有個不錯的居所，她伊琳還是自由身可以陪著父母到處走走看看。

父母聽伊琳這樣一說，連忙買了高價飛機票就趕來墨爾本住了兩周。

父母對伊琳同樣也是報喜不報憂的，伊琳帶著父母去未來要接手的奶吧探訪，走一段路程父親就要停歇一會兒，這不像健

步如飛的父親呀，母親這才告知伊琳，父親剛經歷了一場住院手術，還在康復期。接到伊琳的電話，憂心忡忡地一定要親自來墨爾本看看才放心。

真是可憐天下父母心啊！

想到遠方的父母，想到未知的明天，伊琳的內心裡開始翻江倒海起來，想到她就要一個人困在這小小的店鋪中失去自由，想到她要帶著孩子一個人應對艱苦的生活，她再也忍不住了，她的熱淚奪眶而出。她不能待在店堂裡，她不能讓進店的客人看見她在流淚，她不能讓喬治一家看見她的狼狽，她衝出了店堂，她沖到了後院的天井裡，任由雨水鋪天蓋地到向她襲來，她眼前一片模糊，分不清那是雨還是淚，雨水和著淚水淋濕了伊琳的心。

「伊琳！伊琳！你別站在雨裡呀！」

美佳不知什麼時候站在了雨棚下，她衝進雨裡把伊琳拽回雨棚下，

「你沒事吧？」美佳的一句問候把伊琳的熱淚更洶湧地催了出來。

「我沒事⋯⋯沒事，唐說我沒關係，他為什麼要扯出我的父母，我父母只是不放心我才來看一看，我父親剛做完手術⋯⋯他們自己花錢買的飛機票，花這冤枉錢何必舊地重遊！來墨爾本不過是多吃了他兩口飯！」

伊琳抽抽嗒嗒泣不成聲一股腦地將家醜外揚了，此刻她只把美佳當成她唯一可以傾訴的對象。

「哎，我原來還羨慕你呢，我以為你們有錢人比我們幸福呢！想不到⋯⋯想不到也不過如此，不過如此。」

美佳似乎從伊琳身上找到了她的平衡，一副釋然的口氣。

美佳養在雨棚下的一對鸚鵡鳥叫喚起來：

「不過如此！不過如此！」

雨停了，一道七色的彩虹掛在天邊，伊琳收拾好心情，日子還要繼續。

夜已深沉，馬路上的汽車聲漸漸消停了，路燈透過窗簾上的玫瑰花枝葉，把光影投射在龜裂的天花板上，像老婦人皮膚上的皺褶無去無從。伊琳和唐背對背躺在床的兩邊，中間留出很大的空間，在黑夜裡好似深不見底的海床，就像兩人內心裡無法逾越的鴻溝，只是誰都看不清楚。

伊琳翻轉身面對著一堵後背築起的牆，她伸出手臂想要去擁住她的男人，她需要片刻的安慰和勇氣去支撐她未來的日子。唐的鼻鼾聲告訴伊琳，她的男人白天搬家也是搬累了。

凌晨的鬧鐘響起，唐收拾起行李箱準備去趕早班的飛機。伊琳也披衣起床，她要去解除店鋪的警報裝置好讓唐出門。靜悄悄的街道上只有街燈在值守，把店堂照得半明半暗。

伊琳拔開門上的插銷，讓出通道。走到門前，唐忽然頓住了腳步，鬆開提著行李箱的手，一把摟住了伊琳，在伊琳的額頭印上了深深的一吻。伊琳怎麼覺得像月臺上的生離死別，她受不了這樣突如其來的煽情。

看著唐離去的背影，他和她一樣孤單，深深的失落感湧上伊琳的心頭，她坐在客堂間盯著監視器上空無一人的街道再也無法入眠。

新的一天開始，太陽照樣升起，誰管你昨天的喜怒哀樂。可是伊琳一早發現廚房的下水道堵塞了，昨天搬家接店太忙沒做飯都沒發現。趕緊求助萬能的奶吧群。

一通電話下來，一位七十多歲的臺灣老先生開著他的麵包車停在了伊琳的後院，他從車上卸下工具，找到廚房外牆溢水的下水道，開始疏通。

我的天呢！一根兩米長的豬大腸源源不斷地從下水道裡被拉了出來。伊琳驚得目瞪口呆，老先生見狀笑言：

「看得出你和以前那些五大三粗的奶吧婆不一樣啊！在國內也是享福做少奶奶的人吧，不容易不容易呀！」

老先生收拾完走進客堂間遞給伊琳一張發票，美佳留下的一根豬大腸的代價是三百刀！

「我這裡有一本豐子愷先生的護生掛曆送給你，祝你開業大吉！」老先生收完錢，又折返回來。

接過掛曆看著返身離去的老先生的背影，伊琳恍若看到了父親的背影，同樣是滿頭爍爍的銀髮。伊琳想起那天探店出乎所有人的預料，父親竟然沒有理會喬治的虛情假意，毫不客氣地上樓去查看奶吧的居住條件。

下樓時伊琳看到父親黑沉著臉搖頭擔憂道：

「這裡的居住條件真是蠻艱苦的呀！」

那根豬大腸留在了伊琳後院的長凳上，老先生已幫伊琳清洗乾淨用報紙墊著。老先生剛才清洗豬大腸時對伊琳說：

「洗洗乾淨還是能吃的嘛！人們只看到外表光滑乾淨的豬大腸，沒看到豬大腸裡面的污穢，就能大快朵頤；而看到外表污穢，內裡乾淨的豬大腸，卻都避之不及。這不就像我們外表光鮮亮麗的人生嘛，誰會願意看到人生那些不堪的內涵呢。」

伊琳看著豬大腸猶豫著要不要把它給燉了：不經燉煮的豬大腸無法嚼爛，就像不經磨練的人生無法精彩。

豬大腸曾裝載過多少污穢，你的人生就要容得下多少榮辱。

伊琳拎起了豬大腸走向廚房……

# 九

長翅膀的大象

　　遠方沉重的雲層裡朦朧地透出了一絲光亮，原本深藍色的天空開始泛出粉橘色的光澤。伊琳打開奶吧大門，把三塊沉重的鐵製圍板吃力地拖到人行步道上，再搬出折疊桌椅圍合成一個戶外喝咖啡的區域。

　　報刊批發商羅特天沒亮就把當天的幾大捆報紙雜誌堆在了玻璃門的拐角處，伊琳得趕緊把它們分類插頁擺放到報刊架上。咖啡機已經預熱，山姆總是要來享用頭杯咖啡的，這讓伊琳想起了小時候媽媽帶她去吃頭湯麵的執念，估計山姆也抱著類似的執念吧。

　　天光漸亮，奶吧的掛鐘指在了七點整，山姆在奶吧門外來回踱步。伊琳準備好散錢，開亮所有的照明燈，打開了門栓。

　　山姆一腳邁進大門抬起手腕看了眼手錶，不樂意地對伊琳抱怨道：

　　「你今天晚了一分鐘！一分鐘！」山姆的手杖隨之在地面上敲擊了兩下。

　　都市傳說每個奶吧都有一個難纏的顧客，看來伊琳的奶吧也沒能倖免，沒辦法伊琳只能忍氣吞聲。

　　早上購買《太陽先驅報》的都是老年人，只有年輕上班族會購買《財經週報》，婦女們則會購買八卦雜誌。亞瑟走到櫃檯前，哆哆嗦嗦地掏口袋，掏了半天總算掏出了幾個硬幣，買了張報紙。他返身離開，小老漢略跛的步子還挺急，一拉門一陣風一張紙幣從他掏翻的口袋裡飛了進來。

　　伊琳趕緊鎖上煙櫃和收銀機，撿起地上的紙幣就追了出去，

　　「亞瑟！亞瑟！你等等！」

　　伊琳追了一個路口，攔下了亞瑟，上氣不接下氣，她指了指

亞瑟在風裡翻飛的褲子口袋，又晃晃手裡的紙幣，遞到了亞瑟的手上。

「You are a good girl! You are a good girl!（你是一個好女孩！）」

亞瑟反應過來緊緊握住伊琳的手，激動地重複著。

天空裡的朝霞在此刻已渲染了半個天空，城市上空升起的熱氣球忽上忽下在伊琳的頭頂飄過，一篷篷火焰的爆燃聲隨著熱氣球消隱在空中。

伊琳不敢離店太久，匆忙告別亞瑟返回。櫃檯上已經零零落落留下了幾小堆硬幣，顧客們拿了報紙都自行留下了買報錢。

八點半，街道上熱鬧起來，一波波小學生們開始路過伊琳的店鋪去學校上學，偶爾有缺了鉛筆橡皮的小孩子會跑進店來購買，伊琳看到孩子們純真無邪的笑臉總是母愛氾濫，恨不得把這些鉛筆橡皮統統白送給他們，無奈礙於自己奶吧主的身份，伊琳只能笑眯眯給買文具的孩子們附送上幾粒糖果。孩子們高興又羞澀地向伊琳道謝，蹦蹦跳跳地與門外的同伴匯合去了。

伊琳偶而會路過對街小學，操場上的孩子們都會爭先恐後地跑到圍欄旁來和她打招呼：

「奶吧女士，奶吧女士，你好呀！奶吧男孩什麼時候會來送牛奶呀？」

伊琳沒想到一操場的孩子們都認識她，那一刻就像伊琳的高光時刻，她可以把所有的煩惱都忘卻。

牛奶公司一早就給奶吧送過貨了，伊琳套上大棉襖在2攝氏度的恆溫冷藏庫裡把牛奶和飲料按新鮮程度上架。前店主美佳說過她最討厭的就是進冷藏庫理貨，確實很凍人，伊琳的耳朵上也

長出了幾個紅紅的凍瘡，天氣暖時癢得難受。

伊琳叮囑廚房裡的兒子趕緊吃完早飯趕在上學前，把對面小學訂購的鮮牛奶送過去。伊琳站在店鋪門口目送著兒子拖著沉重牛奶車的小小背影，不由得感慨：沒辦法，所有偽單親奶吧家的孩子都得替父早當家，兒子現在是伊琳唯一的小幫手。

伊琳的前半生在國內是個朝九晚五的小白領，不曾體會底層民眾的疾苦。她不知道守著一家小店要面對無賴賭徒酒鬼色狼小偷強盜等等形形色色只在小說電影裡見識過的歹人。怪不得美佳說她從來不會讓她女兒上櫃檯收帳。

伊琳以前自己上便利店購物的時候，如果等不到店員在櫃面服務就會心急窩火，那個時候的她是不能體會到店員也有三急需要處理，現在角色互換伊琳終於體會到了小店服務員的工作不易，就算上個廁所也要被打斷分三回。

自從做了奶吧便利小店，伊琳吃東西絕對小心，她不敢吃壞肚子逗留在廁所裡門鈴響了也出不來。萬一頭疼腦熱生個病，也得自己頂著，因為沒人可以臨時來頂班。

下午兩點通常是奶吧的空閒時段，伊琳正準備拉開沙發翹腳椅休息片刻，美佳卻不期而至。伊琳趕緊請美佳坐在壁爐旁的沙發椅上，美佳一屁股陷在了鬆軟的牛皮沙發裡。

伊琳知道美佳愛喝咖啡，於是去櫃檯上給美佳做了一杯香濃的摩卡遞給美佳，詫異地望著神色不安的美佳道：

「美佳，你怎麼有空來呢？」

「你還真會享福呢！」美佳用屁股試了試沙發的彈性，答非所問，「我怎麼就沒想到買張沙發坐坐呢，在這客堂間裡我可是坐了六年的冷板凳呢。」

「不過估計喬治也不會同意買張沙發給我坐的。」美佳自言自語，聳聳肩歎了口氣，摩挲著沙發的扶手，看了眼熊熊燃燒的壁爐又道：

「呀！伊琳，你把壁爐也修好了呀！這客堂間和冷藏庫就一牆之隔，冬天冷得很呢！我是一直抱著個熱水袋取暖的。」

這句話倒是提醒了伊琳她也得去搞個熱水袋取暖，這屋子確實冷得像冰窟。

伊琳接店前就把店後的各間住房的尺寸都丈量仔細了，她無論如何都想在樓下客堂間裡塞下一張沙發，最好是一張能讓玉體橫陳的貴妃榻，伊琳自己也驚歎怎麼這破奶吧也滅不了她伊琳的小資情調。無奈樓道太窄鋼琴搬不上樓，擠佔了不少位置，一張單人沙發總算能擠在壁爐旁，店裡沒顧客的時候，伊琳就蜷縮在這張沙發上休息，畢竟14小時的開店時間，留給睡眠的時間不多。人也不同於機器，做不到從工作狀態馬上切換到睡眠狀態，只有當店鋪打烊了，伊琳緊繃一天的神經才能鬆懈下來。

伊琳回轉神，見美佳喝了兩口咖啡又欲言又止索性一問：

「美佳，你到底有什麼事？」

「伊琳，我可以……我可以到你的臥室去看看嗎？我落下了一些東西。」美佳的神色緊張迫切起來。

「可以呀，不過我打掃的時候沒發現你有什麼遺落下的東西。」

「只有那根留在廚房下水道裡的豬大腸。」為免美佳難堪伊琳只在心裡嘀咕了一句，嘴上卻道：

「如果你不放心，我們一起上樓去找找。」

美佳隨著伊琳上樓，走到樓梯拐角美佳驚呼道：

「伊琳你把過道的窗簾換了呀，真漂亮呀！」

美佳撫摸著豆綠緞面上粉紅色織的玫瑰花枝葉窗簾嘖嘖驚歎。

伊琳觀察過美佳的穿衣打扮，美佳的審美並不差，搞不懂她怎麼能夠一直忍受那破如爛絮的骯髒窗簾掛在屋裡厢，那窗簾在日照下上半段泛著褪色的黃漬，下半段則被風雨侵襲撕裂成無數橫條的破絮勉強牽連在布匹兩頭，像一片涮到一半的火鍋裡的牛肉薄片。更糟糕的是掀起窗簾後的破裂窗玻璃，伊琳已經用寬膠帶重新加固黏貼了，那日久腐朽黴爛的木製窗框實在沒法自行整修，還是會在颱風下雨天漏風滲水。

走進臥室，美佳又傳來一陣驚呼：

「伊琳，你竟然……竟然給自己買了張公主床，這白色真皮靠背上的金色花紋，好夢幻呀！像迪士尼……」

美佳似乎忘了她的初衷是要找東西，她看著雪白的蕾絲床幔在發愣。

伊琳當初想她終有一天要搬離這個鬼地方，何不現在就讓自己舒坦一點呢，家具反正將來都是可以搬走的嘛，不如一步到位。

「美佳，你要找的東西在哪裡呢？」伊琳把美佳拉回正事。

「就在壁櫥櫃裡。」

伊琳替美佳拉開破了兩個洞的櫃門，美佳蹲下身，跪在地板上，兩隻手在櫥櫃底部摸索著。伊琳盯著美佳翹起的渾圓的臀部，又想起了那些老煙槍在美佳身後噴著欲火的眼睛。

美佳把櫥櫃底部的地毯一塊塊地掀起來翻找，還是一無所獲。美佳沮喪地跟著伊琳下樓，癱在沙發椅上像個失了魂的人偶娃娃。

「美佳，你究竟在找什麼？」伊琳好奇地詢問。

「我有一筆錢，是替妹子收著的，準備寄回老家給離婚帶娃的妹子，怎麼就不見了呢！我搬家回去後就一直沒找到，我又不能讓喬治知道。你知道搬離奶吧回去後，喬治就抱怨搬運的全是我的衣服，破口大罵了我一頓，還把……還把我的鸚鵡鳥摔死了。」

美佳憋紅了眼，嗓子眼裡沙沙的：

「我就這麼點喜好，不也能讓喬治長點面子麼，我畢竟是城裡人，總要穿的像樣點。」

美佳也開始向伊琳倒垃圾了：

「上次我給妹子代購了兩罐奶粉，喬治見了就火冒三丈說我多管閒事……」

美佳像個拙劣的演員把喬治的模樣學得滑稽可笑，伊琳卻笑不出來，只能安慰美佳別著急回家去再找找。

美佳卻似乎並不急著回家，她也只想找個人傾訴一下，在異國他鄉最難的莫過於找到一個可以傾訴衷腸的人：

美佳出生在北方的小省城裡，照片裡年輕的美佳靠在河岸邊的橋欄上，一抹斜陽照在河岸邊的楊柳樹上，美佳笑得羞澀動人。美佳父母都在事業單位上班，給美佳物色了一個老實本分的技術員，可美佳卻嫌他醜，

「伊琳，你注意到了嗎？喬治的兩條眉毛上左右各有一塊指甲大的黑色胎記，單位裡的老人都說他是狗投胎。」

伊琳點點頭，不知可否。

禁不住父母的使勁催婚，大齡美佳嫁給了喬治這個潛力股鳳凰男。免不了也要照應鳳凰男山裡的七大姑八大姨。美佳靠著嫁出國的妹子的幫忙，讓喬治考上技術移民來到了澳洲。

「沒想到我那苦命的妹子卻離了婚，帶著娃回到了生活成本更低的小省城生活。」

美佳在墨爾本是擺脫了喬治的七大姑八大姨，但也真的是六親無靠了，起早摸黑辛苦地守了六年的奶吧，找到伊琳這個接盤俠才終於解脫困境，美佳越說越哽咽，那些哽咽在喉的，也許就是這些年兜兜轉轉的無法回首的人生。

美佳走前試探地問：

「伊琳，廚房下水道沒問題吧，喬治說等兩天就能通了。」

伊琳這個苦逼的接盤俠只有「呵呵」苦笑兩聲。

送走美佳，伊琳頓感冷清，不管如何美佳的老公喬治還是替美佳扛掉了大半的工作，奶吧就應該是家夫妻老婆店。喬治可以出門採購進貨搬重物，下班後可以替換美佳看店照顧孩子。

而她伊琳什麼事都得自己扛著，這不飲料公司剛送了一車的貨，兩摞飲料堆在店鋪的過道中，伊琳要把飲料箱趕緊搬進倉庫和冷藏室，不然影響顧客走路。伊琳的腰椎也許就是在一次次地搬運重物時落下了病根。

伊琳搬完飲料有點虛脫趕緊窩在沙發上養養神，她半睡半醒，耳朵一直豎著聽著店鋪裡的門鈴聲。

「叮鈴」一聲，伊琳趕緊從沙發上跳起來衝出客堂間，眼見進門的是兩位亞裔女士，伊琳放慢了腳步。

「嗨，伊琳，好久不見啊！我和裘蒂一起來看看你，參觀一下你新接的店。」

伊琳半迷糊著，半晌認出了一身名牌的芭芭拉，要認出芭芭拉只要聞香識女人，伊琳記得當初在語言學校裡芭芭拉最愛搶風頭發言，整堂課就成了她和西人老師的私人課堂，令不少喪失了

發言機會的同學頗有怨言。裘蒂則是她死心塌地的小跟班。

伊琳趕緊請兩位貴客進到客堂間裡，

「芭芭拉，什麼風把您吹來了，稀客稀客呀！要喝杯咖啡還是飲料？」伊琳熱情地招呼道。

「來杯拿鐵吧，聽說你在咖啡學校學過，讓我嘗嘗你的手藝。裘蒂，你就給她一瓶依雲水吧。」

芭芭拉不客氣地吩咐著，一點沒把自己當客人。

接過伊琳的咖啡，芭芭拉喝了一口挑不出毛病，眉頭一揚：

「嗯，這咖啡味道還真不錯。」她環顧一圈客堂間，

「伊琳，我看你還是蠻會生活的嘛，把這裡收拾的也不錯。」

芭芭拉當起了點評員：

「嗨！我還以為奶吧是一家賣牛奶的酒吧呢！沒想到竟然是一家小便利店，就像伊拉老上海的煙紙店啊！……哎呦喂！阿拉堂堂上海灘的大小姐竟然淪落到開這樣一家小煙紙店呀！嘖嘖嘖……想不到，想不到哦！」

裘蒂在一旁悄聲附和道：

「她就是你常掛在嘴邊說的上海灘的名媛呀！一點不像，一點不像噢！」

裘蒂撇撇嘴，毫不掩飾眼裡的鄙視，身子彆扭著怕不小心蹭髒衣服。

芭芭拉和伊琳站著草草聊了幾句校園往事八卦，實在找不到共同的話題頓覺無趣，把最後一滴咖啡飲盡，意欲告辭，

「伊琳，你也給我一瓶依雲水，我好帶在路上喝。」

芭芭拉把依雲水裝進她的路易威登買菜包，裘蒂則從貨架上順了一根巧克力棒，向伊琳擺了擺手，兩人走出了伊琳的店鋪，

站在門外撣著身上的衣服，唯恐衣服上落滿奶吧空氣裡的灰塵。

伊琳則大敞開客堂間的前門和後門，讓穿堂風來把一屋子嗆人的香水和濁氣吹走。

下午三點半，小學生們放學了，伊琳的小店一下子擠滿了買糖的孩子，伊琳用紙袋給孩子們裝散裝糖，每次都會多加幾顆糖。看孩子們吃著糖，伊琳的心裡也甜絲絲的。

店鋪玻璃窗外三個熊孩子在交頭接耳地討論著，良久推門魚貫而入。一個男孩在伊琳櫃檯前挑選糖，另外兩個在玩具貨架那裡挑玩具。三個孩子裡除了挑玩具的女孩默默隱在貨架後面，兩個男孩子都想方設法吸引伊琳的注意力。

伊琳覺察出孩子們的異常，她也不動聲色，看著孩子們耍把戲。三個孩子最後聚攏到玩具貨架前，夾著腳步遲疑的女孩意欲離開。

伊琳叫住了孩子們，招招手再指指攝像頭，孩子們乖乖地走到櫃檯前，低下頭不敢言語。小女孩的肚子鼓鼓的像個小孕婦。伊琳指指她的肚子，小女孩不好意思地撩起衣服，掏出一隻大象公仔放在櫃檯上。

伊琳又好氣又好笑地望著三個熊孩子問，

「你們能付錢嗎？」

三個孩子掏著書包，只見小女孩掏出了一個儲蓄罐倒出一小堆銀色的五分一毛硬幣，又接過男孩們從褲子口袋裡摳出的幾毛錢，臉紅地遞給伊琳：

「我們想把這隻長翅膀的大象送給傑尼弗，明天她就要轉學走了。」小女孩有點語無倫次，「昨天她來我家玩，她讓我假扮她的媽媽躺在床上陪她聊天。」

男孩子們補充道：

「她媽媽已經在天上了，一直躺在床上生病。」

「傑尼弗說她想長一對翅膀，飛到天上去看媽媽。」

「這只大象有翅膀！有翅膀！我們的錢夠嗎？」

三個孩子眼巴巴地抬頭望著伊琳。

伊琳看著孩子們真誠渴望的眼睛，她的心已經軟得一塌糊塗了。

伊琳從櫃檯下拿出了一把剪刀，三個熊孩子立刻緊張起來。只見伊琳剪下價碼標籤，把大象公仔裝進禮物袋遞給孩子們，

「夠了，足夠了！」伊琳柔聲道。

三個熊孩子接過包紮成禮物的公仔後喜笑顏開連聲道謝。孩子畢竟就是孩子，一出門就恢復了頑皮的本性，興奮地在街上追逐嬉鬧起來……

# 十

有多少愛可以重來

## 上

　　將暮未暮的黃昏，還有最後一抹殘陽掛在天邊，街道上匆匆來往的行人歸心似箭，如同倦鳥都在趕往一個溫暖的巢穴，總會有一個牽掛你的人在不遠處等你吧。

　　伊琳站在後院天井裡望著天空裡的飛鳥與落霞齊飛，她總覺得自己像只井底之蛙，只有天井上方那片窄窄的四方天空可以給予她片刻望閒眼的自由。

　　此刻伊琳奶吧所在的商業街，一間間店鋪開始亮起了霓虹燈。奶吧左手邊的隔壁藥房朝九晚五已經關門，再隔壁的影碟租賃店則要等到晚餐後才會忙碌起來。此刻最繁忙的就是奶吧右手邊比鄰的魚薯店，披薩店和烤雞店。理髮店也早已關門，最右端的IGA小超市偶爾有買酒的顧客進出。

　　伊琳坐回客堂間的監控屏前，百無聊賴地描畫著她的彩鉛畫──《祕密花園》。伊琳今天身著一件黑底桃紅爛花絨的中式盤扣小襖，纖纖細腰不足盈盈一握，她略施粉黛，烏黑的長髮隨意挽成一個髮髻用大朵深紅山茶絹花髮夾扣住。如此這樣的伊琳如能再悠閒地繡個荷包，那就完美符合了西洋男子對東方美女的所有想像。

　　煙草批發商辛蒂一進門，就被驚艷到了：

　　「嘖嘖嘖，我這是到了奶吧了嗎，啊？哪有一間奶吧店主像您這樣，頭上別朵大紅花的呀！我送貨那麼多家店鋪還從沒見識過呢！」

　　伊琳羞臊抿著嘴巧笑不語。

　　「您還在作畫，好雅興啊！」

「我這不也是為了打發時間嘛，我也沒學過打毛衣什麼的，只能畫些畫排遣一下寂寞，你來了正好陪我聊聊天。」伊琳欲把辛蒂引到沙發上去坐。

「改天，改天！我的大小姐，我這還有幾家貨沒送完呢！倆孩子還托在朋友家裡要趕緊去接，您趕緊點貨吧！」

辛蒂每次來送貨都是這樣匆匆忙忙，為了獲批綠卡，辛蒂在圖拉克區（Toorak）經營著一家煙草零售批發店，忙裡忙外像只停不下來的小蜜蜂。伊琳羨慕她可以在外面滿世界到處跑業務，而辛蒂則羨慕著伊琳可以不用風吹雨淋安穩地守在店裡。

閒得慌和忙得慌真是兩種迥然不同的苦！羨慕別人的日子全是因為自己的匱乏，而非他人的富足。

送辛蒂出門，伊琳迎面撞上了披薩店主安東尼，安東尼指指未亮起的奶吧霓虹燈，

「這條街上的霓虹燈都亮了，伊琳，你不要再忘了亮燈了，這條街要熱熱鬧鬧的才好！」安東尼語重心長道。

安東尼在這條商業街上有點老資格了，二十年前曾是伊琳這家奶吧的舊店主。奶吧已更朝迭代了好幾輪，聽前店主美佳講，不變的是安東尼對東方女性至死不渝的鍾情。但奇怪的是，安東尼和美佳家的關係是徹底鬧掰的，以致於安東尼六年來從沒有踏進過美佳的奶吧半步。

伊琳難為情地謝過安東尼的提醒，趕緊進店開亮了奶吧的戶外霓虹燈。安東尼也亦步亦趨尾隨跟進了店鋪，買了份希臘報又向伊琳買了包香煙，叮囑伊琳以後如果有事可以隨時找他幫忙，然後疾步走出了奶吧，畢竟這一時段也是披薩店的繁忙時段，安東尼要趕緊回店去忙他的生意了。

　　伊琳卻站在煙櫃前開始納悶起來了，怎麼最近這段時間，那些常來的老煙槍都不見蹤影了，奶吧的營業額直線下降。賺不賺錢不重要，但沒有營業額那是萬萬不行的，完不成移民局對商業移民的考核指標，綠卡就要泡湯了。伊琳開始犯愁了。

　　晚餐時間店鋪沒有顧客進來，伊琳和兒子在廚房間抽空吃晚餐。

　　門鈴響起，喬治忙裡忙慌地走進了店鋪，

　　「美佳讓我下班後過來看看你，看你最近生意怎麼樣了？」

　　「喬治，你來得正好，我想請教你，最近我店裡那些買煙的老顧客怎麼都不來了呢？營業額掉得厲害！」

　　伊琳隔著欄板門和喬治說起她的困惑。

　　「你調高煙價了嗎？趕緊把煙價調下來！調下來！」

　　喬治看了眼煙價表，他果然知曉門道。

　　澳洲欲徹底禁煙，所以每個季度煙草公司都會上調煙價，用以平衡不斷上漲的煙草稅。

　　「調低香煙售價，那不是沒有利潤了嗎？」伊琳疑惑道。

　　「是你的利潤重要，還是你的移民指標重要呢！」喬治沒好氣的回覆。

　　哦，原來喬治賣店時候的高營業額是依靠降低香煙售價吸引大批煙民來得以維持的呀，於利潤無關。好一個先賠後賺呀！你能說喬治在營業額上作假了嗎？不能！

　　啞巴吃黃連！伊琳此刻才恍然大悟！這也是奶吧同行們紛紛採取的提高營業額的策略，薄利多銷。

　　安東尼這兩天在伊琳店鋪裡，竟然都買了高價香煙啊！伊琳頓覺過意不去。

天空裡的雲在墨藍如大海的天空裡遊遊蕩蕩，只有它們還不想回家吧。

晚上八點四十五分伊琳正把人行道上的三塊沉重鐵製咖啡座圍板費力地拖回店鋪，忽覺鐵板一輕，一回頭，只見安東尼在幫她的忙。安東尼抬起左手上的腕表示意道：

「太早了！太早了！還沒到九點鐘。」

伊琳不響，她是想時間一到九點就要落鎖關店的，她可不想多拖半秒鐘。安東尼的披薩店要到晚上十點才關門，是這條街上關店最晚的一家店鋪。

安東尼欲雙手接過鐵製圍板，左手一搭，搭在了伊琳的手背上，伊琳本能地把手一縮，鐵製圍板失去了平衡砸在了安東尼的腳背上。安東尼吃痛，眉頭倏地緊皺起來，但他隱忍著，裂開嘴反倒給了伊琳一個安慰的笑。伊琳看著安東尼瘸拐著的腳，她就算用腳趾頭想想也覺得肯定蠻疼的。

收拾完店鋪，伊琳去取忘在門外的冰激淋廣告看板，安東尼從街那頭又跑了過來，低聲道：

「伊琳，我能請你去附近的酒吧喝一杯嗎？就在……就在附近不遠。」

安東尼的手指指向黑夜裡的遠方，霓虹燈映在安東尼的眼睛裡閃閃爍爍。

伊琳慌張了，她的心砰砰跳了起來，她又不是情竇初開的少女，這一次她乘機躲在了語言的劣勢裡，她不想聽懂安東尼含情脈脈地說了些什麼。她孤身一人，她還沒有綠卡身分，她甚至不知道此地的東南西北，她不能想像一旦錯誤地理解了安東尼的意思，那她是不是有理也說不清了。

　　對，她不能冒險，洋人的世界她不懂，她甚至懷疑自己在華人的世界裡，她也是一個社畜小白。

　　伊琳移動身子從安東尼魁梧的身軀籠罩下的黑影裡，慢慢移到光亮處。

　　「安東尼，對不起噢，天色太黑了，我不會喝酒，我還要照顧孩子，我是不能離開奶吧的。謝謝你的邀請。」

　　伊琳不能直視安東尼閃爍的眼眸，她只能看向安東尼指過的方向，穿越那一片黑漆漆濃蔭的街道，此刻不遠處的奧克蘭（Oakleigh）酒吧街正燈火通明，人聲鼎沸，夜生活才剛剛開始，只有她伊琳甘願困在這一處小小的奶吧裡忍受寂寞空虛冷。

　　日子一天天地過去，每逢下大雨，奶吧的店鋪裡就會水流成河，伊琳再也顧不上喬治的警告，拍下了店鋪水流成災的照片，發送電子郵件給海外的房東要求維修。房東倒也爽快地答應了承擔維修費用。維修公司的洋人師傅帶著徒弟，一頓敲敲打打，拆了奶吧店鋪的一面牆磚露出了完好無損的落水管。

　　怎麼找不到漏水點？

　　伊琳急了，自己裡裡外外一番查找，發現漏水只因戶外集水槽連結到店內落水管的轉彎接頭日久破損了。洋人維修師傅鬧了一個大烏龍，輕而易舉的維修事項，竟然搞成了一個大工程，太不靠譜了。就這專業水準竟然也能出來撈世界！

　　「你一定要把維修公司的尾款給扣下來，免得出現後遺症！」

　　這次丈夫唐倒是吸取了接店時的教訓，隔空給了伊琳最強硬的指示。只是這維修費是由房東支付的，讓她伊琳又去哪裡扣錢呢！

　　所幸這次維修之後，奶吧的漏水問題徹底解決了。伊琳也逃

出了被丈夫唐碎碎念的魔咒。

伊琳依靠在奶吧的櫃檯上，透過櫥窗玻璃望著馬路對面金黃的銀杏樹葉，在陽光下閃著燦燦的金輝。一年多的奶吧生涯就這樣熬過去了，伊琳是每天招著手指頭在過日子的。她心想就這樣太太平平地再挨上個大半年就可以遞交綠卡申請了，黎明的曙光就在前方，再忍一忍吧，她在心裡這樣寬慰自己。

晚秋的風吹落了一地的銀杏樹葉，冬天又要來臨了，傍晚五點鐘天色就開始暗沉下來。天一冷，街道上行人稀少，晚餐後奶吧幾乎就沒有什麼客人了，餐後冰激淋再也銷不動了。

八點半，伊琳就早早關了店。自從上次拒絕了安東尼的邀約，伊琳早早就會去收回戶外咖啡桌椅圍板，安東尼也只是偶爾會來奶吧買張希臘報，順便詢問兩句。這樣不遠不近地相處倒也省心。

第二天一早開門，山姆老頭氣沖沖地拄著拐杖衝進了店鋪：

「你昨晚為什麼那麼早關門，這家奶吧一直是九點關門的！你要好好遵循老規矩！」

這麼些個日子以來，山姆就像區政府的特派專員全方面監督著奶吧的一切，令伊琳深受其擾，一見山姆就覺得頭疼。

「現在天冷，晚上都沒有顧客光顧，所以我決定提早半小時關店！」

伊琳心想我是奶吧店主，咋還不能做自己的主了，今天怎麼著也得硬氣一回。

「那你要把調整的營業時間在門上貼出佈告！」

山姆說得倒也有理，伊琳乖乖列印了一張粗體字營業時間調整佈告貼在了玻璃門上。

　　事情也許壞就壞在了這張佈告上了，但果真如此嗎？

　　天氣越來越寒冷，天色越來越黑暗，伊琳哪裡知道，在這暗夜裡潛伏著的危機正在伺機向她的奶吧逼近……

　　伊琳坐在客堂間的監視屏前，掃著手機微信奶吧群，轉頭看向牆上的掛鐘，還有八分鐘就到八點半關店時間了，自從被山姆老頭投訴之後，伊琳就嚴格按照營業佈告上的時間，不敢早一分鐘關店。

　　門鈴響起，伊琳看回監視屏，只見一個精瘦的身著灰色衛衣的深膚色青年男子推門進店，他快速掃視店鋪後拉上了面罩。見來客拉上面罩的瞬間，伊琳心直墜到谷底，一念閃過：

　　她伊琳的世界末日來臨了！

　　但見又一帶著面罩的年輕男子緊隨其後闖入店鋪。兩人身形矯健，不走店鋪正道，一躍而入櫃檯的狹長通道。一人停留在收銀機前欲要打開收銀機，另一人則衝向伊琳的客堂間。

　　伊琳本能地沖向房門，她要去插上通往店鋪的客堂間木門插銷。同時，分秒之間，伊琳的腦海中極速跳出了逃跑方案：

　　第一，向店鋪的後院逃跑，翻越圍牆進入左右兩邊的藥房或魚薯店。向鄰居求助！

　　不行！今天是週一，魚薯店每逢週一歇業，藥房也早就關門，沒有援軍。看來匪徒是有備而來！而且兒子還在樓上，她不能扔下兒子不管！

　　第二，向樓上逃跑，帶上二樓過道口正在書桌上打電腦的兒子，翻臥室窗逃出去。

　　不行！下午出門進貨時，伊琳鎖上了通往臥室的過道門。即便有時間打開門，臥室的窗戶上也裝有鐵柵欄，一時半會兒撬

不開。

那就只剩一條路：拼死抵住門！

老式木門插銷一時半刻還沒插上，門外的匪徒已經衝到了門口，伊琳隔著門幾乎能聽到對方粗重的喘息聲。門口邊的鋼琴架上放著奶吧店鋪的警報遙控器，一步之遙手卻搆不到，伊琳懊悔她怎麼沒把警報器放在口袋裡呢！她的危機意識太薄弱了！

美佳一家交接店鋪前，給伊琳上的最後一課，就是安全教育課，但是伊琳怎麼也沒有想到過，有一天她真的會遭遇這場劫難。

伊琳記得上周，店裡破天荒地來了個陌生黑姑娘，進店後探頭探腦地往客堂間裡張望，伊琳只覺得奇怪，還和安東尼隨口提了一句：老牌白人區怎麼會搬來非裔居民了。原來那黑姑娘就是為了今晚的搶劫提前來踩點的呀！

看來伊琳在明處已經被盯上好久了！一個嬌弱的亞裔單身女性果然是下手的好目標！

警報器還躺在鋼琴架上，半步之遙，似在嘲笑伊琳的愚蠢！但此刻伊琳分身乏術，如果放棄抵門，去按響警報器會不會激怒匪徒，來個魚死網破呢！

剎那間伊琳的腦子像個快速的演算器，閃過各種念頭。

伊琳隔著門與門外企圖破門的匪徒相互角力，她扯開嗓子向樓上大喊幾聲兒子的名字，她不知道此刻她是想提醒兒子注意有匪徒闖進了店鋪，還是下意識地想讓兒子下樓來幫忙一起頂住門。

與此同時伊琳奮力頂住門，插銷終於進入了鎖扣。匪徒打不開門，開始在外面用蠻力撞門，伊琳頂在門的後面，拼盡所有力氣死死抵住門，她不知道自己嬌小的身軀此刻哪來如此大的氣力在對抗。

　　兒子在樓上沒有聲響，伊琳但願兒子聽到了她的大聲呼喊，此刻理智回歸，她祈禱兒子千萬千萬不要下樓，趕緊躲起來，她要給兒子盡力爭取多一點的躲藏反應的時間。

　　門在劇烈地震動，另一個匪徒放棄打不開的收銀機，一起上陣撞門，聲振屋瓦，老天爺也膽喪魂消了吧！木門上方的玻璃窗正在被震碎，一片片鋒利的玻璃像箭羽無情地射向門後的伊琳。伊琳的力氣到底敵不過兩個血氣方剛的匪徒，在一陣震耳欲聾的倒塌聲中，那扇老舊的木門不堪重負拖帶著安裝在牆壁上的門框歪斜著被踢倒下來。

　　伊琳夾在木門和牆壁之間被沉重的木門砸中頭部，碎裂的玻璃在她的額頭上劃出一道道的血口。伊琳只覺得腦袋被擊一陣眩暈，但此刻她卻不覺得絲毫疼痛。待伊琳反應過來，一個匪徒已經把伊琳從門後拖出，用手臂夾住了伊琳的脖子，一把明晃晃鋒利的匕首頂在了伊琳的後腰上。

　　伊琳明白此時反抗已經無效，她要想法拖住匪徒，不能讓他們上樓去發現兒子。她寧可自己成為人質！

　　「Money! Money!（錢！錢！）」

　　綁住伊琳的匪徒在伊琳的身後，用力收緊夾著伊琳脖子的手臂恐嚇著，另一個匪徒在客堂間裡搜索著，翻找著伊琳的手提包。

　　伊琳的眼睛看向窗臺上放著的黃色巧克力盒子，那裡面放著今天的營業額紙鈔，

　　「錢都在那個黃色的盒子裡，你們隨便拿，店裡的東西，你們也可以隨便拿。」

　　伊琳清楚鎮定地告訴匪徒，她可不想再次激怒匪徒，此刻的情形已然是：人為刀俎，我為魚肉了。

取完巧克力盒子裡的紙鈔，匪徒走向存放保險櫃的電視機櫃，伊琳心想這下糟糕了，她將不得不去解鎖保險櫃的密碼，匪徒的手伸向電視機櫃門，正欲打開櫃門，門鈴卻在此刻響起。

　　兩個匪徒小聲交流了兩句，其中一個竟然脫去面罩和手套，跑去櫃檯收帳服務兩位欲買牛奶的顧客。

　　伊琳則被另一個匪徒推倒在一旁的樓梯臺階上隱蔽，匪徒用身子死死壓住伊琳不讓伊琳動彈，伊琳能感覺到腰上抵著的冰涼匕首，她的嘴更被匪徒的大手捂住不能出聲。

　　就在伊琳被撲倒在樓梯臺階上的前一刻，她努力發出細小的聲音試圖安慰匪徒，讓匪徒不要緊張，她保證不會亂喊亂叫。她擔心匪徒一旦恐懼喪失理智，那把冰涼的匕首就會捅進她伊琳的身體。匪徒更用力地捂住了伊琳的嘴，伊琳覺得她快要窒息而死了……

　　兒子，兒子在幹嘛？在幹嘛！

　　伊琳此刻真的腦子裡一片空白無法思考。難道她希望兒子像個英雄一樣從樓梯上衝下來，捨身救母嗎！

　　那是不自量力，現實生活中沒有那樣好萊塢式的奇蹟。

　　兒子在樓上沉迷在遊戲的世界裡後知後覺，直到聽到門被撞碎的巨大聲響，他才從樓梯口向下張望，他驚見匪徒用刀挾持著母親的背影。他悄悄關掉了電腦和手機，唯恐有聲響驚動匪徒衝上樓去，他畢竟只是一個十來歲的孩子，難以抗衡兩個成年精壯的匪徒，唯有自保。他悄悄躲在了書桌下，他掃視著簡陋的奶吧，身邊除了書包找不到任何可以當作武器的自衛工具。他的耳朵此刻出奇的敏銳，他膽戰心驚地聽著樓下的一切聲響，不敢輕舉妄動！

　　時間一分一秒地過去，那漫長的五分鐘像被無限拉長了，伊琳被匪徒壓制著匍匐在樓梯的臺階上，此刻她難以想像這個恐怖事件什麼時候才會結束，又會有怎樣的一個結局，所有的恐懼都來自於未知！

　　伊琳是否還能看到明天的太陽，伊琳的人生終點是否就在今晚……

## 中

　　夜空裡的烏雲是那樣的凝重，一彎新月在狂雲巨浪中像一葉隨時要傾覆的小舟，伊琳大喊著從噩夢中驚醒，坐起身大口喘息著，眼角有抹不去的潮濕。

　　丈夫唐含糊咕嚕了一句：

　　「你又做惡夢了？」他翻轉身繼續睡去。

　　伊琳卻睜著眼不敢再次入睡，一閉眼那場夢魘就會重現在伊琳的睡夢裡：

　　伊琳匍匐在樓梯的臺階上眼前一片漆黑，匪徒戴黑色手套的大手像粗糙的大餅緊緊粘在伊琳的臉上，伊琳喪失了嗅覺，窒息到幾乎昏厥。伊琳不得不拚命掙扎去掰鬆匪徒的手指，以獲得一絲喘息的空氣。

　　匪徒一定以為伊琳試圖掙脫喊叫，便更使勁地壓制住伊琳。伊琳聽到了織錦緞「嘶嘶」的破裂聲，她身體的每一寸肌膚都僵硬緊繃著寒毛卓豎，抵在伊琳腰間的匕首已經更深地刺穿了伊琳的織錦緞棉襖。

　　店鋪裡，脫去了面罩和手套的另一名匪徒，正在試圖打開收銀機。買牛奶的兩位顧客，原來是里奧和他的同伴，只見里奧走

到牛奶冷藏櫃前，打開櫃門取了瓶牛奶。牛奶冷藏櫃最靠近客堂間，里奧一眼瞥到了破損倒地的客堂間木門，好奇地探頭向裡張望了一下。自然他什麼也看不見，伊琳被匪徒隱蔽壓制在樓梯的臺階上，那是一個視線的死角。

前店主美佳留下的那台老舊收銀機一直不太靈光，要點小竅門才能將收銀機的抽屜打開，操作不當一不留神就會發出刺耳的警報聲。果然，匪徒進店時無法將其打開才將其放棄。此時為免引起顧客的懷疑，佯裝收銀員還是無法再次將收銀機打開，收銀機發出刺耳的警報聲，讓匪徒心慌不已，他只能向里奧聳聳肩，兩手一攤。

里奧無奈將牛奶放回冷藏庫，又狐疑地朝客堂間裡張望：這奶吧門怎麼破成這樣？怎麼不見了東方美女老闆，換成了黑小夥？

里奧帶著滿心狐疑走出了伊琳的店鋪，街道最右端的IGA小超市還在營業，里奧和等在門外的同伴竊竊私語著向IGA走去……

「里奧！不要走啊！里奧！你回來！里奧……」

伊琳一遍遍回看黑白無聲的監控錄影，以便回答警局和保險公司的千種提問，於是一次次重又跌回惡夢！每當看到里奧這一段時，伊琳的魂魄一遍遍地吶喊著，哪怕在睡夢中！

伊琳又一次陷入了絕望的境地！

在絕望中度過的每一秒都是漫長的煎熬！匪徒顯然對沒有打開的收銀機抱著不死之心，店鋪中的匪徒再次走入客堂間，俯身和挾制著伊琳的匪徒幾句耳語。伊琳被匪徒從樓梯上粗暴地拉了起來，被推揉著跨過一堆玻璃碎渣和倒地的木門來到櫃檯通道口。匪徒壓住伊琳，示意伊琳和他們一樣下蹲，像戲臺上的武大

郎那樣屈膝行走，他們用刀頂住伊琳緊隨在後。挪動到收銀機下方，匪徒示意伊琳停住，去打開收銀機。

伊琳被按壓住無法起立，她看不見收銀機的操作面板，她只能儘量向上抬起右手，摸索著操作收銀機。伊琳詫異自己的手指竟像長了眼睛還能這樣的靈敏，她對這台破舊的收銀機瞭若指掌，只見她的手指靈活地解鎖著收銀機的警報器，幾個按鈕一按，「吧嗒」收銀機的抽屜彈了出來。

一個匪徒立馬直起身從收銀機裡搜刮錢幣裝入衣兜，另一匪徒一把扯過一個塑膠購物袋，急速打開煙櫃門裝了一袋香煙，甩下伊琳，敏捷地跳出櫃檯，向店門沖去。

伊琳蹲在收銀機下方，通過櫃檯玻璃，看到兩個匪徒接連跳出了櫃檯沖向店門，她這才試探著緩緩直起身子站了起來。

迎面但見櫥窗外的里奧手提一瓶從IGA購買的牛奶，此刻正隔著玻璃櫥窗向伊琳的店內張望，顯然里奧和同伴對剛才在奶吧裡所見的一幕深感不安。

當里奧看見伊琳直起身的那一刻，立馬反應過來剛才發生的一切，他把牛奶瓶一扔拔腿向著剛沖出店門的匪徒方向追了過去……

伊琳疾步返身走回客堂間，她沖著樓上呼喊兒子的名字，兒子謹慎地從二樓樓梯口探出頭來，看客堂間裡不見了匪徒的蹤影這才放心，三步並成兩步奔下樓來。

「趕緊去隔壁的披薩店，找安東尼，叫他幫忙報警！」

伊琳語速飛快地吩咐兒子道，伊琳的手機已經被匪徒搶走無法報警。

乘著兒子去找救援的片刻，伊琳趕緊衝到穿衣鏡前，整一下

裂了大口的棉襖，攏一把散亂的頭髮，鏡子裡伊琳的臉被悶漲得通紅，幾道血口猙獰著開始凝血，伊琳心一橫快速從棉襖豁口中抽出一團雪白的棉絮，沾些口水擦幾下一臉的血污，臉更紅了。

這個當口，伊琳還在想著要保持儀容整潔，無數次事後回想，伊琳都暗啐自己：矯情！

安東尼緊張地衝了進來，看到一地的玻璃碎渣和倒塌的房門，再看看滿臉通紅掛彩的伊琳，擔憂不已。他撫著伊琳的頭髮安慰道：

「不用擔心，這些壞掉的東西，我都會幫你修好的！」

他順勢握住伊琳的手摟住了伊琳的肩膀，

「哎，伊琳你不應該抵抗的，你自己的生命才最重要的，如果是我，我就敞開門請他們進來！」

伊琳後來才知道在澳洲生命至上，不提倡無謂的正當防衛。

安東尼一通報警電話後，十分鐘之內來了三撥員警。里奧那邊也沒追上匪徒，匪徒在同伴接應下逃之夭夭了。員警分頭給每位當事人做筆錄。

伊琳坐在二樓寫字桌前努力鎮定有條理地敘述整個事件，當所有的敘述完結，伊琳在筆錄上簽上了自己的中文名字，看著寫滿英文字的滿滿兩頁筆錄紙，伊琳忽的悲從中來，那一刻她終於放下了她所有的盔甲，在女警的面前失聲痛哭起來……

伊琳從小就痛恨自己在人前哭泣，那是羞恥的軟弱的表現。可自從那天以後，她伊琳的眼淚就像年久失修的水龍頭一樣，再也不受她的理智掌控了。

女警想送伊琳去醫院檢查一下，但被伊琳拒絕了，此刻她只覺得那都是些皮外傷，她不能丟下兒子一個人在奶吧中獨處。

　　等待員警處理現場的空檔，伊琳在奶吧群裡直播了她店鋪遭遇搶劫的過程，群友們紛紛表示關切：

　　「老公呢？老公怎麼不在？」

　　「趕緊的，趕緊叫老公過來，這個時候老公不派用場，什麼時候派用場啊！」群友們七嘴八舌地出主意。

　　伊琳想想明天要面對的就不是群友們的詢問了，而是顧客們的質疑了，還有藏在暗處的匪徒們的窺視。

　　伊琳這才想起美佳曾經說過的那句話：

　　「如果是我，我是絕對不會同意一個人在澳洲做奶吧的！」

　　伊琳此刻才明白那句話的弦外之音，最大的玄機原來在這等著呢！

　　伊琳思考再三之下，撥通了丈夫唐的電話，

　　「這麼晚了有什麼事嗎？」唐的聲音從遙遠的虛空傳來。

　　「我在奶吧剛遭遇了搶劫，我現在腦子很亂，我也不知道打你電話要怎們樣……」

　　伊琳一聽到唐有些不耐煩的聲音頓時心亂如麻，丟了思緒。

　　「你說……你到底想叫我怎麼樣做？」唐的口氣更煩躁了。

　　「你……你買張飛機票，馬上飛來墨爾本吧！」

　　伊琳遲疑半天，終於鼓起勇氣，提出了不得不提的要求。伊琳這些年什麼事都習慣了自己杠，她已經喪失了提要求能力。

　　當一個女人被逼得無所不能無欲無求的時候，她的合理要求也顯得不合理了吧。

　　凌晨三點，員警們陸續離開了。安東尼幫伊琳打掃完一片狼藉的客堂間後也離開了，獨留那扇沉重的破損的木門傾倒在地面上，壓在伊琳的心頭提醒著她剛才發生的一切不是一場惡夢。

夜太深了，伊琳和兒子相互依偎並排躺在大床上，四隻眼睛在黑暗裡瞪著路燈染黃的龜裂天花板，似乎唯恐天花板也會隨時碎裂砸落下來，這一夜誰都無法合眼，腦海中只有樓下那一扇傾倒在地的木門……

沒有一個黑夜不會過去，沒有一個黎明不會到來，黎明前最後一顆清亮的晨星，預告著朝陽的來臨。

次日清晨，員警在店外拉起的黃條警戒線宣告著奶吧昨夜遭遇了搶劫，買晨報的老人們站在店外交頭接耳地議論著。

伊琳讓兒子草草吃了牛奶麵包去上學，伊琳則要等待員警再次上門搜集指紋，調取監控視頻，奶吧這天註定是不能營業了。

報刊批發商羅德捧著一大摞報刊雜誌進不了門，只得取消奶吧今早的報刊供應。伊琳稱心了：反正可以轉給九點才開門的IGA代勞賣報。

伊琳沒有哪天像今早這樣悠閒著：終於不用再伺候這些買報的大爺了，每份報紙賺個一毛兩毛的，還要忙進忙出點頭哈腰的，誰稀罕呢！

管你什麼山姆不山姆的，看誰還敢投訴！

伊琳理直氣壯地躺在了她的創傷簿上！

員警又來了兩撥，客堂間裡圍坐著一撥，商討著如何調取設備落伍的監控錄影；店鋪裡的一撥人則到處潑撒著顯影粉用毛刷掃著指紋。伊琳被擠在店堂口沒她什麼事。忙活一上午員警完事，幾輛警車呼嘯著絕塵而去。

伊琳埋頭開始擦洗起撒得滿天世界的黑色顯影粉，山姆「哐當」推門而入，低著頭躊躇著似乎有點內疚。伊琳現在一聽到聲響就條件反射像只驚弓之鳥，回頭一看是山姆，不想理他！

　　伊琳手上的抹布只停頓了一下，繼續狠狠地擦！

　　是呀，就是山姆投訴她伊琳在冬季早關門！就是山姆強命讓她伊琳在大門上貼營業時間的佈告，告知了匪徒搶劫的時機！都是山姆！都是該死的山姆！

　　山姆拄著拐杖，跟在伊琳身後隨之移動，趁伊琳轉身，山姆顫巍巍地伸出手遞給伊琳一張慰問卡片：

　　「伊琳，我知道了你昨晚遭遇了搶劫，我很難過，你知道……你知道我們大家都很喜歡你，都很喜歡到你的店裡來，我希望你不要難過……」

　　山姆破天荒地給了伊琳一個大大的擁抱，伊琳還能埋怨山姆嗎？其實也不關山姆什麼事，伊琳能怨誰呢？

　　伊琳想起和父親爭執時父親決絕的口氣：

　　「這是你自己選的路，不論好壞，跪著也得自己走完！」

　　伊琳的眼淚啊！不值錢咯，像自來水嘩嘩地流了下來……

　　夜幕再次降臨，兒子吃完晚餐後，陪著伊琳坐在客堂間裡，呆呆地出神，電腦遊戲，電視機再也引不起他的興趣了。

　　七點半，伊琳就早早關了店門，看看誰還敢來投訴！

　　伊琳走上二樓準備鋪床，兒子像只哈巴狗緊跟在伊琳身邊寸步不離。走在二樓的過道裡，伊琳開始重新審視這間破舊的奶吧居所，過道的牆壁上布滿廢棄的縱橫交錯的報警器線路，歷任奶吧主都留下了自己的傑作，唯有窗戶上的鐵柵欄卻被翻新焊得死死的。

　　看著這一切，伊琳之前怎麼沒有留意深思呢：這些殘留的設施不是能護她周全，而是暗示著她伊琳正身處在一個危機四伏的陷阱裡。

不敢睡！伊琳再次坐回監控器前，死死盯著監控屏，她無心任何事頭痛著，耳朵靈敏地搜集著周遭的一切動靜，屋瓦聲響一隻野貓或是負鼠路過。

　　伊琳和兒子一個激靈，兩人不約而同跳了起來。

　　趕緊！趕緊上樓打包應急物品，這黑夜裡的奶吧她和兒子一刻也不敢待了！客堂間門也沒有，店鋪玻璃門也只是由咖啡圍板攔著，匪徒也還沒抓到，他們還會再來嗎？

　　伊琳和兒子把蛇皮袋鋪蓋捲裝上汽車，發動引擎飛快地逃離，兒子在後座不斷回看路燈昏暗的街道，唯恐有不明車輛跟蹤，黑色的汽車行駛在暗夜的隧道裡，只有兩束行車燈照亮前方的路途……

　　伊琳和兒子終於躺在了自家客廳的地板上，她和兒子八腳朝天，逃出牢籠一般無比的自由和安心，今晚總算能踏實地睡個安穩覺了，伊琳和兒子身心俱疲沉沉地睡去，一夜無夢。

　　新的一天來臨，伊琳早起送走兒子，趕去奶吧開門營業。淡妝能稍稍掩住她一臉的菜色，但掩不住她額頭上的幾道傷痕。

　　門鈴一響，伊琳心頭就顫，但見一男人手提一個滾輪行李箱風塵僕僕地走進店鋪，是丈夫唐走了進來。謝天謝地唐終於還是趕來了！沒有了客堂間的大門，唐掀開欄板門就跨進了客堂間。

　　伊琳想也不想就撲了過去，

　　「唐，你終於來了，我和你說前天晚上有兩個匪徒……」

　　唐用手擋了擋伊琳：

　　「別急，別急，我這坐了一晚上的飛機，你先讓我坐下來喘口氣。」

　　伊琳急切地想要訴之而後快的衝動被打壓了下去，想找個肩

膀撲上去大哭一場的預設也破滅了，伊琳偃旗息鼓有點悻悻然。

「那你要不要看看那晚的視頻！」

伊琳還是不死心，她渴望找個人能共情。

「給我看視頻有什麼好看的，怪嚇人的！以後慢慢再看。」唐敷衍著有點不爽了。

伊琳想當然的以為男人更有膽量，更能擔當，看來是她想錯了，唐也不過是芸芸眾生中最普通的一個人而已呀！

保險公司又打來電話詢問損失多少貨物，伊琳不得不強忍恐懼複看監控案發視頻，然後類比還原推算那個購物袋能裝走多少香煙。

「你到底損失了多少營業額？要算算清楚！」

「那天還沒結算，我也不知道具體有多少營業額。」見唐開始慍怒，伊琳趕緊補充道：「那天週一營業額不高的，而且保險櫃也沒損失。」

那該死的保險櫃啊，真是此地無銀三百兩啊！差點害她伊琳小命不保。

「那你給保險公司多報點損失額。」唐鬆了一口氣在伊琳的身後提醒道。

安東尼也對伊琳說過同樣的話，伊琳雖覺虛報不妥，但只當是安東尼的好心提點，並不反感。為何唐說了同樣的一句話，卻刺痛著伊琳的神經，在她的心頭湧起了強烈的反感。

伊琳開始頭痛欲裂，唐來頂班了，她終於可以稱病不起了。顧客，奶吧群主，周圍店鋪的老闆都跑來伊琳的奶吧表示慰問，伊琳才不願做個祥林嫂，能推脫就讓唐推脫了，實在推不了的，伊琳還是要從沙發上掙扎著爬起來去道謝，對方安慰的話就像在

撐水閥開關，伊琳眼淚的水龍頭免不了又要漏一次自來水。

唐每每吃驚地看著伊琳的眼淚流呀流，但他卻說不出一句安慰的話。

伊琳通過奶吧群聯繫的受害者救助機構的人員帶著翻譯上門來提供援助了：推薦政府索賠律師以及提供受害者心理輔導。依據心理醫生的診斷治療報告，由索賠律師向政府申請賠償補助金。

「我來到澳洲……本以為來到了一個文明安全的國家，為什麼政府連百姓的安全都不能保障！」伊琳的氣不打一處來，拋出了一句埋怨。

洋人女士司空見慣伊琳對於社區治安的不滿：

「從事這個職業前，我也不知道社會上竟然存在著這麼多的犯罪事件。新聞只會報導惡性事件，一般小的事件不會上新聞。但確實對受害者造成了不小的傷害，因此政府會給與受害者一定的賠償和救助。」

翻譯員大叔乘著洋人女士給他簽發工作記錄證明的檔口，對著伊琳一頓唏噓：

「你們是做商業移民的嗎？看來也不容易啊！真是難為你了，難為你哦！」

翌日，唐開車送伊琳和兒子去到位於斯普林韋爾（Springvale）的心理診所。唐把車停泊在路邊，伊琳和兒子探身正準備下車，唐忽然扭轉頭對著倆人囑咐道：

「你們要把受到的傷害說得嚴重點！那樣可以多爭取些補助！」

伊琳不響，難道她和兒子受到的心理傷害還不夠嚴重嘛！

唐果然如普羅大眾一般只關注到肉體的傷害。肉體的傷口容

易癒合，而內心的傷口也許一輩子都難以癒合！

　　診所門口，伊琳頓住了腳步，面對兒子那張翻版唐的青澀面孔鄭重道：

　　「記住，見到醫生，你要誠實地回答問題，不要誇張，也不要隱瞞！」

　　兒子眨著一雙酷似伊琳的杏眼，抿緊雙唇用力點了點頭。

　　伊琳帶著兒子走進了心理診所的大門……

## 下

　　「想不到你老公也喜歡玩女人！」

　　心理診室裡林淑珍的身子往前湊了一下，隔著書桌抬眼從老花鏡的上方向伊琳投來玩味的一瞥。

　　伊琳頓覺被林淑珍這句話一槍頭刺穿了心臟，內心汩汩在冒血千萬隻嗜血蝙蝠在狂飛。林淑珍的嘴角又不自覺地往上扯了扯，她這是在嘲笑伊琳選男人的眼光一塌糊塗嗎？

　　伊琳被釘死在了靶心上，她剛才不就開門見山起了個頭，怎麼林淑珍就能妄下論斷呢。伊琳哪能受得了從別人的口中聽到真相！林淑珍的話一點不留情面，把唐的君子形象如泥人般在伊琳面前捏得粉碎。

　　「白相女人！」

　　林淑珍陰陽怪氣，見伊琳端坐在對面的椅子上像尊菩薩一動不動，便又操著洋涇浜滬語拖長音誓要戳痛伊琳的心經。

　　不！唐不過是犯了天下所有男人都會犯的錯。唐不是林淑珍口中那樣不堪的男人，林淑珍的話太刺耳了！伊琳在心中為唐爭辯著，唐不過是生性風流，人不風流枉少年嘛！她這是在反抗林

淑珍呢還是在欺騙自己呢！

伊琳不響。

林淑珍的心理診所開在斯普林韋爾（Springvale）的社區裡，那是一個越南人居多的社區。林淑珍是馬來西亞華裔，小麥膚色，鬆鬆垮垮地套著件老式碎花布襯衣，看著就是個粗俗的東南亞小老太太。診所招牌下的彩虹條羅列著提供多語種服務：英語，國語，馬來語，粵語，客家話。伊琳沒想到說國語顛三倒四不甚流利的林淑珍竟然還能說幾句滬語。

林淑珍的前臺秘書一看就是和她般配的精刮小老頭，每次來心理診所都不忘讓伊琳簽署一份政府文件，以便向政府報備心理診所已經為受害者提供了心理疏導服務，政府據此就會向診所撥款。

林淑珍見她的話沒有激起伊琳的任何反應，眉頭皺了一下，打開她的筆記本翻閱起伊琳的病例，不客氣道：

「政府給我的傭金，只讓我為你疏導奶吧搶劫案引發的創傷後應激障礙，你的情感問題不在當前的治療範疇之內。除非另外收費。很抱歉，現在我們不能討論你的情感問題！」

林淑珍這樣的回絕，放在往常伊琳一定很識相地打退堂鼓。可今天的伊琳，她的心頭上可是懸著一把雪刃呀！忍！忍無可忍！眼看刀就要落下，殺不了那對狗男女，難道刀落下又要殺自己一次？

伊琳下意識撫了眼爬在手腕上的那條醜陋的淡粉色蚯蚓，她拉了拉衣袖掩住傷痕。她又一次窮途末路，此刻她如困獸一般要找一個宣洩的出口，無論如何她都要盡力爭一爭！

「林醫生，關於搶劫案我在您診所已經談了五六次了，您讓

我聽聽音樂做做冥想，沒啥效果。您說讓我最好遠離案發現場，那是最好的消除心理傷害的方法。」

伊琳屏牢不受控的眼淚水，一提起這個話題她就心頭發顫，

「我也想遠離奶吧那個引發我恐懼的危險地方，可我偏偏做不到，我要繼續經營奶吧直到通過移民局的審查，讓全家拿到綠卡。」

伊琳長吸一口氣穩定一下開始顫抖的聲線繼續：

「現在我的生活遭遇了比搶劫案更大的打擊，我想討論我的情感問題。如果不能就此討論，我想我也沒有必要再來您的診所了。」

伊琳輕輕挪開林淑珍先前遞給她的紙巾盒，她不想再有眼淚水落下來，她放慢語速柔中帶剛地要脅起來，

「林醫生，如果我以後不來您診所了，您也不會再拿到政府的補貼了吧。」

伊琳慢慢靠回椅背盯著林淑珍，見她臉色漸黑順勢將了她一軍。

方才伊琳說話間，林淑珍手中的鋼筆一直在她瘦骨嶙峋的手指間靈活轉動，此刻兀地停止，

「別！別！你的情況特殊，這樣啊，我就在給政府的報告裡寫，你受到奶吧搶劫案和情感問題的雙重精神打擊，需要同時進行心理疏導，這樣我們就可以討論你的情感問題啦！」

林淑珍安撫道，果然薑還是老的辣，心理醫生的智商和財商都不低。反正伊琳稱心如願，死馬當活馬醫吧。

「你去把房門關上。」林淑珍脫下老花鏡吩咐道。

「現在才想到保護病人隱私嗎？」

伊琳內心嘀咕了一句，還好診所除了前臺小老頭沒有其他人。其實事情發生在你身上只有你自己介意，別人誰會在乎。

伊琳尋思：若不是為了賺取不菲的診療金，心理醫生才懶得去聽病人婆婆媽媽自尋的一堆煩惱。

「你看看門後面貼的那張表！」

林淑珍再次開口，伊琳已關上房門，邊看邊後退坐回椅子，反正她也看不懂。門後面貼了一張全英文金字塔型的階梯表。

「看不懂是吧？我來給你解釋。」

林淑珍的聲音裡充滿著權威感，她用鋼筆遠遠地指著，

「看最上面：

第一層，最頑固的偷情者，始終保持沉默不會開口講半個字。

第二層，不認錯，不坦白，不悔改，善狡辯的偷情者。

第三層，不認錯，會坦白，不悔改的偷情者。

第四層，會認錯，會坦白，不悔改的偷情者。

第五層，會認錯，會坦白，會悔改的偷情者。」

林淑珍一口氣講完，看著伊琳眼裡似有憐憫：

「你自己對照一下，你老公的情況屬於第幾層。一般在第一層第二層的男人是沒救的了！」

沒救了！伊琳的心跳陡然加速，她又不是白癡。林淑珍的憐憫讓她隱隱覺得，她的情況醫生也無計可施。伊琳不免驚歎於西方心理學竟然對偷情者還有這樣細緻的分類。

伊琳在中國從來沒有接觸過心理學，在中國人的認知裡：如果你去看心理醫生，那就會被貼上標籤，不管是神經病還是精神病，反正你都不正常了。而害你不正常的人卻照樣心安理得。

先前伊琳也曾懷疑過林淑珍的專業性，現在看來林淑珍這不

起眼的小老太那是話糙理不糙啊！

　　伊琳的思緒急速地後退，回到了那天的奶吧……

　　幾縷陽光穿透櫥窗玻璃照射在奶吧櫃檯上的一束火百合上，鮮紅的花瓣晶瑩剔透，絲絲脈絡清晰可見，像團火在燃燒著。伊琳蜷臥在壁爐旁的沙發上，敞著門看向客堂間外的店堂，她剛做完顱內淤血清創手術，那場搶劫案造成的後遺症持續發酵著。唐又一次從國內趕來幫忙看店，此刻正在店堂內忙著照應顧客，碰到搞不清楚的地方，就跑進客堂間裡詢問伊琳，一切看上去歲月靜好。

　　唐去隔壁藥房幫伊琳配藥，於是伊琳的傷病再次成了街坊鄰居們關心的話題。這不櫃檯上的火百合就是蘇珊老太太一大早送來的，還有亞瑟送來了自家花園裡種的青蘋果，晚熟的青蘋果送來時還帶著晨露的微涼。此刻伊琳心滿意足地啃著青蘋果，等著兒子放學回家。

　　「叮咚！」唐忘在桌子上的手機傳來一條資訊，手機螢幕閃亮了一下，瞬間又轉為黑屏。伊琳正百無聊賴欠身坐起，誰給唐發來的短信？

　　唐正在店堂裡手忙腳亂地應付著難搞的山姆，山姆現在儼然變成了伊琳的忠實護主，可面對唐他還是一副不好惹的臭脾氣，咖啡機「吱吱」地噴著熱氣運轉著。

　　「叮咚！叮咚！」唐的手機螢幕又亮了，伊琳順手拿起了手機。螢幕上的微信還沒隱退：

　　「親愛的，想你，等你回來！」

　　一顆紅心刺痛伊琳的眼眸，伊琳內心的傷疤「刺啦」一聲瞬間被撕開血淋淋地滲出一片血珠，伊琳不敢相信，是幻覺嗎？

那該死的忘不掉的微信號！伊琳手抖如篩，手裡就像捧著一隻燙手的山芋！她的心直墜谷底，渾身的血液在她的體內逆行亂竄，她手軟腳軟，她心慌她暈眩，她眼前一片漆黑，她的天又一次塌了下來！明明她什麼事都沒有做錯，她卻有著強烈的挫敗感！

感受背叛遠比背叛帶來的影響更傷害她！

隔壁魚薯店家是虔誠的穆斯林家庭，此刻黃昏祈禱的頌唱聲從一牆之隔的後廚，穿牆透壁地飄了進來，渾厚深沉的男中音在伊琳聽來就像在給她唱喪歌。

什麼弱水三千只取一瓢，男人的嘴騙人的鬼你也信！

原來唐和紅心一直沒有斷過私情，她伊琳蒙在鼓裡，還在心甘情願地操持著家庭，什麼幸福美滿全都是假象！伊琳的內心糾結成了一團麻花。

「這全是你的錯！」

唐曾經強詞奪理的話再一次在伊琳的耳邊蠱惑！

可這些年伊琳一直想不出她做錯了什麼呀！好！不管有沒有錯，她都改！伊琳一心只想做個賢慧的妻子，做個孩子的好媽媽，她努力讓自己上得廳堂入得廚房，她恪守本分，她獨守空房，她不敢行差踏錯半步！

「老天爺呀！我究竟做錯了什麼呀！」

伊琳赤紅的眸子望向虛空，滴血的心像被無數隻螞蟻在啃食，委屈的淚水向心裡流淌，

「不！我沒錯！」她忽又頓悟，「對，全是我的錯，是我自己有眼無珠，是我自己前世作孽啊！」

伊琳錯亂著渾身顫抖著，撕心裂肺的疼痛向她襲來，怨恨如決堤的江水將她淹沒！

原來她只是一張容易刮傷的舊唱片啊！原來一切的一切都只是她一廂情願的獨角戲！

她真是傻呀！這天底下又何止她一個女人傻！

哈！哈！哈！什麼萬花叢中過片葉不沾身，唐分明是片片都沾身！她伊琳到頭來終究逃不過糟糠的宿命啊！伊琳內心裡一陣狂笑，頭痛，心痛，渾身都痛。

「那死老頭總算走了……」

唐走進客堂間剛要抱怨山姆，見伊琳緊握著他的手機臉色蒼白，癡癡呆呆。唐的神色瞬間慌亂起來，

「你拿我手機看什麼！」他一個箭步伸手來奪。

「你說我看什麼！」伊琳背過身子一閃把手機緊緊捏在手裡，旋即站起身退後兩步防範著，顫抖著，晃著手機質問道：「你現在來搶手機，就說明你有問題！」

「我有什麼問題，你不要沒事找事！」唐逼近身再次劈手來奪。

伊琳和唐一來一去爭搶著，在狹小的客堂間裡就像在打太極，伊琳漸漸勢弱失去了手機的手捏成了拳頭使勁捶向唐的胸膛，唐招架著，伊琳就像頭發了瘋的母獅，「啪」的一記耳光重重扇在了唐變形的臉上：

「你還有沒有良心！我一個人在澳洲辛辛苦苦經營奶吧撫養孩子，我和兒子還要被匪徒搶劫，我還要做手術！你卻還在和紅心鬼混！你的良心在哪裡！你保證過和她斷絕關係的，為什麼，為什麼你們還搞在一起！你們真不要臉！無恥！卑鄙！」

伊琳在唐的臂彎裡掙扎著，這個本該給她遮風擋雨的臂彎此刻卻充滿了狂風暴雨。

「別碰我，別碰我！你好髒！你讓我噁心！」伊琳奮力卻怎麼也推不開唐的桎梏，「紅心，我原來只以為她一時鬼迷心竅，我好心規勸過她，她還要這樣和你軋姘頭，她就是個不要臉的婊子！你們兩個都無恥！卑鄙！骯髒！」

伊琳把這輩子她所有罵人的話都狂飆了出來，這一次她終於成了自己所不齒的潑婦。

伊琳尖叫著狂吼著：

「啊！你的良心在哪裡！在哪裡！」

伊琳的聲音分貝之高連她自己都無法想像，她不受控制了，她的兩隻手腕被唐緊緊地鉗制住無法掙脫，

「你放開我！放開我！」伊琳用腳在底下一頓亂踢。

唐吃痛鬆開手欲摀住伊琳的嘴：

「你不要再叫了，你說話輕點，隔壁人家都要聽到了！」

唐此刻的舉動讓伊琳恍惚覺得唐就是搶劫犯附身，他還怕人家聽到，敢做敢當呀！伊琳拚命反抗著。

伊琳竟然質問唐還有沒有良心，良心就是讓你待在正妻的位置上三從四德呀！多麼老套的臺詞，她又不是在演電視劇，人生如此安排可比電視劇精彩！

伊琳罵得痛快，她沒有意識到所有陷在情感糾葛中的凡人都是可憐人，都在還凡世的孽債。

伊琳畢竟剛做完手術，方才一番歇斯底里已經讓她的心力透支，趁著唐又去櫃檯收帳，她踉蹌著爬上了樓，無力地攤倒在臥室的床上。唐的腳步聲和喘氣聲急促地追到了伊琳的床前。

「我沒力氣和你說話，我現在很痛……」伊琳閉著眼睛氣若游絲。

「我也很痛，被你踢痛了！」樓下店鋪的門鈴聲又響起，唐恨恨地拋下句話下了樓去。

此痛非彼痛啊，這痛唐不懂，他永遠也不會懂，他也不會想懂！

伊琳閉著眼睛，神思恍惚，這一次她怎麼連眼淚也沒有了呢！那個山青水綠的男人去了哪裡？

夏日炎炎的正午，梧桐樹上的知了不知疲倦地鳴叫著，吊扇在頭頂飛快地旋轉著，葉子板模糊成一片熱烘烘的漩渦。偶爾有窗外烤熱的東南風掀起淡藍色的窗簾。

伊琳搖著檀香扇坐在辦公室裡，一抬眼一身著白色的確良襯衣的欣長男子走到她的辦公桌前，他略長的劉海遮住了些許眼睛，

「後勤部讓我來和你對接，我負責維護你們公司所有的機械設備。」

唐略帶江南口音，他斜眼看向牆上報修的掛壁空調，又忍不住偷瞄回來。畫面定格在了唐那雙不安分的眼睛上。

是她伊琳自己眼烏子瞎了嗎？不，那是她自己的選擇！她選擇了唐去完成她的叛逆。她要為她自己的選擇付出代價。

伊琳躺在床上像條翻了肚皮的死魚。

伊琳聽著樓下一片安靜，心裡仍不免操心起兒子有否放學到家。但她躺在床上不想動彈，她希望自己可以麻木到忘了這世間的一切！窗外飄來烤肉的香氣，對街鄰居家的後院正冉起燒烤的陣陣白煙。伊琳的肚皮發出「咕嚕咕嚕」的聲響，但她不覺得肌餓，誰餓誰做飯！憑啥唐不能幹！這麼多年來伊琳頭一次徹底罷工了！

「媽咪，老爸讓你下樓去吃晚飯，隔壁魚薯店送給我們很多

好吃的耶！」

伊琳無力地睜開眼看著兒子興奮的肉嘟嘟的小臉蛋，忍不住伸出手疼愛地撫摸了一下。兒子，對！她還有個兒子需要她，她不能倒下，為了兒子她也要堅持下去！

伊琳振作起精神洗了把臉，扶著欄杆走下樓梯。走到樓梯口，唐抬頭訕笑著惴惴不安地看向伊琳，伊琳一見到他就來氣，頓住腳步居高臨下輕蔑地挑釁道：

「你知道婚姻裡最大的敵人是誰嗎？」

「媽咪，你說的敵人是我吧。」兒子不知從哪裡冒了出來。

「當然不是你！」伊琳和唐不約而同地急聲道。

這古靈精怪的小鬼頭是軋出什麼苗頭了嗎，兒子無意中的插科打諢讓室內拔劍弩張的氣氛瞬間鬆弛了下來。

餐桌上兒子承擔起了所有的話料，

「媽咪，你什麼時候給我生個弟弟妹妹呀？我們班裡的同學都有兄弟姐妹呢！」

「生，等你媽身體康復了就生。」唐努力打著哈哈。

「生，吃飽了撐的，當我母豬呀！」伊琳往嘴裡塞著薯條心謗腹誹不已。

伊琳和唐各懷心事，看著兒子吃得津津有味，一頓晚飯在伊琳的嘴裡卻食之無味，嚼之如蠟。

唐收拾完餐桌，兒子上樓寫作業。唐似乎要說點什麼啃著大拇指思索著，伊琳悶坐著，不想看他的臉，但願他早點消失才好。

「我明天就要回國了，你……你在我回來之前不要輕易做任何決定！」

唐這是什麼意思，伊琳琢磨不透。

　　人和人的溝通有時候真不是靠語言能實現的，語言背後隱藏的是信任，是最真實的私人感受，誰也無法以自己的標準去解讀對方的心思。

　　「我……我很快就回來。」唐煩躁地撓了撓日漸謝頂的頭皮。

　　黑夜裡，唐和伊琳背對背躺在大床上，兩人都儘量往床沿邊上靠，床中間露出大片雪白的床單似泛著寒光的雪原。伊琳望著窗簾，偶爾有路過的車燈晃過一片光暈。

　　伊琳失眠了，所有的陳穀子爛芝麻煎熬在她的心裡像鍋嘟嘟冒泡的餿菜粥，時不時有幾個冒泡被熱氣頂破，令伊琳噁心犯嘔。伊琳恨不得一翻身，一蹬腿，直接把唐從她的床上踹下去！一想到能一腳把唐從床上踹下去，伊琳的心頭竟湧起一陣快意！

　　快意恩仇真有你想得那麼快意嗎！伊琳覺得自己被這些恩怨情仇折磨得都快黑化了。

　　惡，有時讓善無路可走，有時又讓善與它殊途同歸，都是悲劇！都是悲劇啊！

　　痛苦不外乎曾經所肯定的一切被否定了，一個人內心的容量是有上限的，一旦堆滿了苦毒就再也容不下慈悲。

　　有多少愛可以重來，有多少人值得等待。

　　伊琳在黑暗裡起身撩開窗簾的縫隙，趴在鐵柵欄上望向窗外寂靜的街道，她內心裡抑制不住地想要一躍而下衝出這牢籠……

十一

曾經以為人生就這樣了

　　一場突如其來的暴雨夾雜著冰雹，擊打在奶吧的瓦片屋頂上，鐵皮遮陽棚「劈里啪啦」響聲震耳，玻璃窗戶被砸得生疼。雨水咆哮著向陰溝洞奔湧而去，無情地洗刷著周遭的一切污穢，洶湧的海潮在不遠處的太平洋急切地等待著它的加持。

　　「和這個世界告別吧！冰雹閃電請帶我回故鄉吧！」伊琳的魂魄如此吶喊著！

　　暴雨天的商業街顯得異常冷清，奶吧也沒有顧客。伊琳坐在客堂間裡聽著窗外的雨聲魂靈出竅：難道就因為遇到了唐，她的人生就要與痛苦糾纏不休嗎，想不通這是哪輩子欠下的孽債呀！唐躲閃他人的眼神伊琳根本不在意，唐邋遢的皮鞋她也能接受，只是唐拿筷子撥菜的方式伊琳實在無法容忍……

　　監視器裡移民仲介海倫胸前護著一大摞文件資料，疾步衝進了奶吧。隔著螢幕伊琳一眼就認出了她的「幸運女神」海倫，伊琳趕緊迎了出去，

　　「海倫，這麼大的雨，你怎麼也不先避一避啊。」

　　伊琳從貨架上取了塊乾淨毛巾幫海倫擦拭頭髮上滴滴答答的水珠，海倫騰出一隻手接毛巾，資料夾頓時失去平衡眼看就要滑落，伊琳手疾眼快幫忙穩住了海倫那一大摞沉甸甸的資料夾，兩人一前一後攀談著走向客堂間。

　　「沒事，沒事，墨爾本這鬼天氣一日多變，我早就習慣不打傘了。哈啾！哈啾！」海倫連打兩個噴嚏，笑嘻嘻地一撮俊俏的鼻子：「最近這段時間遞交移民申請的客戶扎堆了，我一會兒還要趕著去另兩家店鋪送資料。哈啾，哈啾！」海倫的身子隨著噴嚏哆嗦了一下。

　　「你著涼了吧，這氣溫你還穿超短裙！我去給你打杯熱巧克

力暖暖身子吧。」

有種冷叫忘穿秋褲冷，伊琳看著海倫光著兩條麻稈腿不由替她感到寒冷。

「謝謝姐，那我就不客氣了！」

海倫爽朗地謝道，伊琳最喜歡海倫這種不矯揉的性子，生活已經夠煩的了，如果還要去揣摩對方的心思那太累人了。

「小心燙！」

海倫接過熱巧克力欲飲動作生猛，伊琳趕緊寶媽一般提醒道。海倫調皮地吐了下舌頭，輕輕吹開杯面上綿密的泡沫，小口咽下濃香醇厚，她頓覺渾身暖和。

「姐，這些文件都是您的州政府擔保資料，您過目一下然後簽字確認！目前您是整個家庭移民資格的主申請人。」

海倫一口一個姐的叫得親熱，伊琳已經習慣被不少留學生稱呼為「阿姨」了，後浪推前浪著實無奈。

海倫享受地喝完熱巧克力把一摞文件一份份地遞給伊琳簽字。

「姐，這是您孩子和咱姐夫的申請資料，他們的申請文件也需要您簽名確認！」

海倫遞過唐的那一份申請，伊琳卻沒伸手去接，只是凝了凝神頓住了筆，

「這份先等會兒簽，讓我先簽孩子的那一份。」

海倫不解地看了眼伊琳欲言又止，她抽出了孩子的那份文件讓伊琳簽字。

「姐，孩子和咱姐夫的移民申請都得您簽字確認才能提交，否則移民局是不會受理他們的單獨申請的。」

海倫掃了眼伊琳晦暗的臉色還是沒忍住多嘴了一句。

　　伊琳的眉頭皺成了個「川」字，她的心裡始終矛盾著，自從上次伊琳識破唐和紅心兩人姦情未了，伊琳的內心裡就像一碗糊了的油潑麵，被潑上了「嗞啦」作響的辣椒油再淋上酸爽的香醋，可就是死面一坨拌不開了。

　　「姐，那咱姐夫這份文件您還簽不簽呢？」海倫見伊琳簽完孩子那份文件，就是遲遲不再動筆往下簽唐的文件了，試探著，

　　「姐，難道您也想兩證一起拿？」

　　「你先等會兒，別提那個……」「死男人」三個字被伊琳吞了回去，

　　「上次電話裡我和你提過，你說如果我老公拿到了綠卡，那麼不就意味著將來的某一天，那些小三也有機會拿到綠卡了。你說我和孩子拼死拼活吃盡苦頭熬出來的綠卡，憑啥便宜了那幫臭婊子！你容我再想想。」

　　伊琳不自覺地用筆尖狠狠戳著桌面上的一條裂縫，似乎如此就能把腦中那些滋生的妖怪都戳死到桌縫裡去！

　　「男人嘛，在外面有些亂七八糟的男女關係很正常，你要寬容要放下！」

　　那夜，伊琳甩開唐摟過來的手臂，從床上支起身，在黑暗裡震驚地瞪大眼欲看清眼前陌生的丈夫，她不敢相信自己的耳朵。

　　伊琳如何做得到寬容和放下呢，這些年她選擇了逃避和遺忘。

　　「呵呵，我又不是聖母瑪利亞！」

　　再次面對唐的那些婚外情，伊琳的內心裡更加五味雜陳，怨恨，委屈，傷心，不甘攪合在一起在心底蔓延，她的靈魂開始被惡魔如斯折磨。

　　「你說的什麼兩證一起拿？什麼意思？」

伊琳強壓住心頭氾濫的痛楚索性放下簽字筆轉換話題。

「兩證一起拿，就是離婚證和綠卡一起拿呀，我經手的不少客戶一場移民下來，距離沒有產生美，最終都勞燕分飛各奔前途了。姐，您這小店還能勉強維持收支平衡，有不少店都需要國內輸血才能完成移民考核指標呢。反正商業移民淨是些賠本生意。」

海倫到底年輕口無遮攔說了句大實話。

「姐，您自己考慮考慮，姐夫的文件就暫時留在您這裡，如果您簽好了，通知我再來拿。」海倫收拾起簽好字的文件再三提醒，「未來的三個月內移民局會來暗訪調查，姐，您千萬不要離開奶吧哦！」

海倫起身告辭把唐的那份文件單獨留在了桌面上。

伊琳注視著躺在桌面上的文件，思緒又回到了先前的心理診所⋯⋯

林淑珍已經聽伊琳絮絮叨叨花了三堂療程也沒講完她和唐的恩怨是非，家長裡短。十堂政府免費治療被伊琳兒子用掉了兩次，孩子對於創傷貌似恢復神速，兩次疏導之後就再也不願浪費時間去診療了。

這次是伊琳最後一次見心理醫生。每次診療林淑珍也不多言，只在關鍵的地方打斷伊琳的敘述拋出一兩個問題讓伊琳思考，然後就是在筆記型電腦上一頓敲擊，在伊琳看來這心理醫生的工作未免也太好做了吧，只要耐心傾聽記錄就可以了。

林淑珍也不診斷也不下藥，看似就在等伊琳自己慢慢解開心結。

「林醫生，今天是最後一次治療了，我的情況您有什麼建議

嗎？」

　　伊琳有些沉不住氣了。她只想林淑珍告訴她，她的婚姻到底哪裡出了問題，或者說她只想從林淑珍那裡聽到專業的論斷：像她丈夫唐那樣的男人為啥都要犯錯。她需要心理醫生像閨蜜那樣去幫她釋疑解惑，可惜心理醫生不是閨蜜，她不偏不倚完全中立不發表任何論斷。

　　「你的情況，需要你和你丈夫來我這裡一起治療才行。我現在只聽了你的一面之詞，無法做出判斷。」林淑珍摘下老花鏡看著伊琳眼神狡黠，「你現在還沒有綠卡吧，所以之後的診療需要你自己支付全額費用了！一小時一百六十刀。等你有了綠卡，政府就會給你補助，你就只需要支付小部分的差額了。」

　　林淑珍委婉地給出了她的建議。

　　「一百六十刀一次，這麼貴呀！我想我老公肯定不會願意花費這筆錢來看心理醫生的。」伊琳搖著頭躊躇道。

　　「那你可以問問他，到底是你們的婚姻重要呀，還是金錢更重要呀！」

　　林淑珍頭一次也是最後一次親自把伊琳送到了診所大門口。

　　「希望我還能見到你。」林淑珍的笑容複雜：關切，同情，不舍抑或是心懷重逢的期盼。

　　伊琳不響，她愁眉不展。

　　與林淑珍告別後，伊琳駕著那輛風吹日曬漸顯年代滄桑的二手車回到了奶吧。

　　「你的病治好了！以後不用再去看心理醫生了吧！政府能賠償你多少錢？」

　　唐的慢條斯理消失了，跟在伊琳身後像條惶惶不安被遺棄在

陋巷的野狗。

自從上次大吵一架後，唐短暫回國，一個月後他就匆匆返回了墨爾本，貌似老老實實待在奶吧裡體驗枯燥的奶吧生活。不過在伊琳看來，一切不過是唐的權宜之計，婚外情豈是說斷就能斷乾淨的，死灰復燃容易得很。

伊琳現在不願再天真地相信任何人，她開始懷疑一切，這就是信任崩塌的後果，十倍百倍的修復努力都未必能重建信任！

「心理創傷哪能說治好就治好的，不過政府免費治療額度用完了。如果以後再治療就要自己花錢了，一百六十刀一次。」

伊琳一見到唐還是無視她的傷痛，而只關心能得到多少政府補償費，她就來氣，她也要戳一下唐的痛處，

「我已經向心理醫生說了我們的婚姻問題，她會寫進給政府的診療報告裡，醫生說你也有病，而且病得不輕，她建議你要和我一起去接受心理治療。」

伊琳看著唐的臉色由白轉青，互相折磨的痛意伴隨著復仇的快意令她沉淪。

「我哪裡有病！我哪裡有病！心理醫生就是想多賺錢，這你也能信！她就是想多騙你的錢！」

「有病」這個詞不知為何生生戳痛了唐的心經，唐情緒失控地在不大的客堂間裡來回踱步，灰色的影子撲在新粉的白牆壁上忽大忽小形如籠中怪獸。

幾天後，唐返回了中國，整天被困在奶吧裡唐早就受不了。留下了伊琳再次獨自面對無盡的孤獨，可就算是孤獨，伊琳也不再心懷等待了，多年前她等過的。如今她的心已窒息在了深深的湖底，她掙扎著想要浮出水面，睜開眼卻在泥沼之中，伸出手摸

索到的全是一片黑暗，空虛的嘴唇搖曳著不知是愛還是恨的餘燼。

伊琳日漸消瘦，她每日昏昏沉沉，渾渾噩噩地虛度光陰。她在護生日曆上用朱紅的水筆一天天地劃去昨天，再期盼明天，她見過前店主美佳也有過一本類似的日曆，她不知自己何時才能脫離苦海成功上岸？

儘早獲批綠卡是目前唯一支撐她活下去的目標，就像一道光在她生命的盡頭閃耀。

最近伊琳的腹部隱隱作痛，月事兩個月沒來了。難道被兒子的烏鴉嘴說中了，她有喜了，不可能！不可能的！

伊琳被家庭醫生推薦去了婦科診所，一番檢查化驗再檢查，伊琳愈發感覺大事不妙，婦科醫生簡神情嚴峻地給伊琳講解起各類化驗報告：

「你受到了病毒的長期感染，我必須為你儘快進行手術切除病灶，然後再化驗切除的組織是否有癌變的跡象。這也是唯一可以防止癌擴散的手術方案！」

伊琳沉默良久，她就像被判了死刑的囚犯，卻還在做著最後的掙扎：

「醫生，能推遲三個月再進行手術嗎？我正在辦理家庭移民的永居申請。還有三個月我就能遞交完所有材料了，我現在還不能手術，萬一我有個三長兩短，那我之前的努力就全白費了。」

簡詫異於伊琳竟然此刻還在惦記著不相干的身外之事！

簡眉頭緊蹙再次研究著檢查報告不樂觀道：

「三個月時間太長了！這期間是否會產生癌變我不能確定。你拖延手術是個冒險的決定，我不贊成！生命要比任何事物都寶貴！我不能為你擔此風險！」

伊琳沒有意識到她不僅是在自毀生命，她也在摧毀醫生的職業前途，如果病人沒有接受到必要的治療，醫療委員會將會追究簡的責任。

「醫生，我現在非常能體會到你們職業救死扶傷的偉大！但是我的命我自己做主，我可以簽署任何免責的文件，但請安排我三個月後再進行手術！」伊琳一意孤行執意冒險。

伊琳覺得活得執著就是痛苦。她的痛苦曾是她的武器，她曾經需要痛苦，她下意識地想拿她的痛苦去讓唐痛苦！愚蠢的作繭自縛！如今她太累了，死亡或許是放下一切的最好方式，她已經可以想像當她的遺像掛在靈堂之中，所有前來弔唁的人都會為她感到惋惜，同時讚歎她的一腔付出，她要唐一輩子虧欠她而活在悔恨的地獄中。她拿她的生命去磨礪最後的復仇之箭！她這才真是最狠婦人心呢！伊琳徹底顛覆了她對自己的認知。

想到此伊琳竟然沒有了對死亡的恐懼反而大感復仇後的暢快！好啊！這次不用自己動手結束生命了，老天爺要滅了她正中她的下懷。好人不長命啊！可她又何以自詡自己就是個好人呢，她的陰暗面不過是受制於她所被灌輸的道德而不能被突破，她不過是一直活在別人的期望中罷了，她何時為她自己活過一回呢。

最後三個月伊琳料理著自己的後事，她簽署了唐的所有永居申請文件，她放棄了一次看似絕佳的復仇機會，她畢竟愛過唐，她做不到對他那樣殘忍。她終究不過是一個愛而不得的女人。她一直在逃避現實，她不想落入塵埃，殊不知世人皆是一粒微塵。

唐的鄙陋源自於他的自卑，他害怕看到伊琳輕蔑的眼神，他在她的眼裡總是暗淡無光。伊琳骨子裡的傲慢讓唐逃避愛她，而唐對伊琳的偏見又讓伊琳逃避和他相處。只有兩份愛才能收穫幸

福，而他倆缺少根基的愛只是得不到回應的虛門。

　　欲望這座都市就是超級墓地，每一座豪華別墅都有一扇通往墓地的門，而人們卻以為那是通往後花園的門，而錯誤地打開了它。伊琳和唐都打開了他們各自的欲望之門。

　　三個月後遞交完所有的家庭移民申請資料，伊琳在這世上的看似最重要的任務已經完結，她終於可以放心地前往醫院去接受手術了。

　　出發前，伊琳拿出一份手寫的遺囑，走到兒子的書桌前：

　　「兒子，你知道媽媽就要去醫院做手術了，這是媽媽留給你的信，如果媽媽回不來了，你再打開這份信，它能保你此生平安。」

　　伊琳忍住淚不捨地撫摸著兒子柔軟的黑髮。

　　兒子接過信低下頭癟了癟嘴，旋即裂開嘴角抬頭笑對伊琳大大咧咧道：

　　「媽咪，別擔心，醫生會治好你的！」

　　兒子順勢抱住了伊琳把頭貼在了母親的腰身上，人小鬼大的他看似在安慰伊琳，其實更像是在寬慰他自己。

　　推往手術室的過道狹長而明亮，伊琳躺在快速移動的手術床上，只看見一盞盞刺眼的日光燈在她眼前閃過，如同在放幻燈片，人生匆匆幾十年就這樣根本來不及回顧呀！

　　手術推床轉到拐角時，伊琳掙扎著抬了下身子，匆忙中眼角的餘光隔著玻璃門瞥見坐在等候區的父母，父母似有心靈感應也起身蹣跚著走向過道張望。

　　伊琳此前是抱著下不了手術臺客死他鄉的憂心，召喚父母來臨終告別的，畢竟她自作主張冒險拖延了三個月才去接受手術，

她沒有告訴任何人實情，她要把這份私心好好藏起，免得父母傷心。

此刻伊琳不知道父母是否認出這張不曾停留推往手術室的病床上躺著的就是他們的女兒，如果上帝召喚這將是伊琳和父母對望的最後一眼。

「姆媽，我也許就要與世永別了，對不起，姆媽，我好想吃您做的糯米團子！」伊琳的淚珠從眼角悄無聲息地滑落，

「哪怕太陽從西邊出來，哪怕月亮轉向另一面，我也無法像佛祖一樣無欲無求，果然我仍是一個庸俗的女人。爸爸，對不起！」

伊琳對這個世界還有留戀嗎，她不想讓自己的人生最終一無所成，好歹拿自己的生命給孩子和丈夫換張永居證書吧，最終她也只是一個普通的母親和一個普通的妻子。

伊琳還在乎謊言嗎，謊言是真相的影子，在影子裡投射的那是人心。

伊琳還在乎背叛嗎，背叛永遠是背叛者的墓誌銘。

伊琳感歎生命的盡頭唯一不變的只有死神，這半輩子她都陷在貪嗔癡愛中，如今人生到頭來不過就是幻夢一場，她的靈魂開始在此刻覺悟了。

手術室的大門被推床「哐當」一聲撞開了，世界的喧囂在此刻安靜下來，只剩下手術機械清脆的碰撞聲。伊琳在手術床上轉頭，看到無影燈下穿著藍色手術服的醫生護士都在轉過身向她微笑。

微笑，對，一張張溫暖微笑的面容，這是留在伊琳腦海裡的最後一張美好人間的畫面。

「伊琳，你和大家打個招呼吧！」主治醫師簡輕快道。

「Hello, Everyone!（大家好！）」

伊琳最後一次聽到了自己軟糯的聲音，還沒等伊琳感謝醫生的話出口，坐在伊琳手術床頭的麻醉師俯下身把麻醉劑注入了伊琳的血管。

伊琳瞬時和這個世界分離了……

十二

人間值得走一遭

「啪，啪！」

遙遠的聲音依稀從另一個世界傳來，麻醉師正用手拍打著伊琳蒼白瘦削的臉頰，

「醒醒，請醒醒！」

伊琳覺得自己的身子被人搖晃著，如汪洋中漂泊的一葉小舟，伊琳努力著睜開了眼，朦朧恍惚中麻醉師戴著口罩的臉放大在她的眼前，那雙湛藍色的眸子輕顫著，瀲灩波光中蕩漾出一片深邃的星空，伊琳眩暈在那片湛藍色的星空中，迷惑著眼前這是天堂還是人間。

「你要是再不醒過來，我就要對你進行搶救了！」麻醉師看著伊琳醒來長舒了一口氣，略帶嗔怪道，「你知道你昏迷了多久嗎？」

伊琳皺了一下眉頭。

「你覺得疼痛嗎？告訴我，我可以再給你加注一些止痛劑。」麻醉師見伊琳皺眉緊張起來。

伊琳清醒過來了，她皺眉是她好生遺憾她又被救回了人間，她害怕起將要襲來的疼痛，對疼痛，活在這世間就免不了的各種疼痛，她努力感受著疼痛，那意味著你還活著。

「謝謝醫生，我怕疼，請給我加點止痛劑……」

伊琳無力地在手術床上虛弱地吐字，看著麻醉師無言地往輸液瓶裡又注入了一針藥劑。

護士們湧了進來手腳麻利把伊琳推入了加護病房，安上各種監測輔助儀器。一晚上幾台輸液儀器不時地鳴響，資歷豐富的老護士們忙進忙出有條不紊地照料著幾個剛做完手術的重病患。

伊琳怕疼加注的止痛劑讓她嘔吐不止，伊琳昏睡又醒來，醒

來又昏睡，死神仍在門外徘徊。

天知道伊琳在黑夜裡踽踽獨行了多久。

出院後伊琳想，如果那一天她再也不會醒來，那她就此解脫了吧，她的肉體消亡了，她的靈魂將會去往哪裡？

留在痛苦中的人是那些愛她的親人們。她的那些愛恨情仇還有什麼值得去計較的，她已化為塵土，她的愛留不下，她的恨誰在乎呢！

母親走到床前用粗糙的手替手術初愈的伊琳掖了掖被角，低聲勸道又像是對她自己的喃喃自語：

「囡囡呀，兩個人總好過一個人。」

伊琳不響，母親老了，那雙曾在夏夜白紗帳裡搖扇的玉藕般的手如今已布滿斑駁的皺紋，「兩個人總好過一個人」，信佛的母親竟說出了聖經裡的句子。

「姆媽，兩個人的孤獨更甚於一個人的孤獨。」

伊琳的眸光暗淡了下去，她別過頭，把臉深深埋進了枕頭裡，不忍心和母親再爭辯下去，古稀之年的父母飛越大半個地球來照料病中的自己已然很不容易了。

伊琳有難第一時間想到的就是求助父母，唐評論過伊琳太不成熟，總想尋求父母的庇護。

是呀！中國式的父母總是會把孩子的需求放在第一位的。伊琳自己做了母親之後才深有體會。

父母才是擋住這世間所有困苦的最後屏障。

病來如山倒，病去如抽絲，伊琳在一天天地康復。母親掰著手指頭算著回國的歸期，異國他鄉的不適應讓母親每天都在倒計時。

「澳洲超市裡的青菜哪能這麼貴呀，都按棵賣呀，你爸爸每

頓飯都離不開青菜的。囡囡啊，儂也要多吃一點。」

　　伊琳想起小時候母親哄她吃青菜，總是說多吃青菜皮膚白。

　　「要是住的時間長呀，可以讓你爸爸學著種種菜，反正他小時候在鄉下也種過地。自家種的菜吃起來才最香了！」

　　母親一邊暢想一邊扒了口白米飯，菜園子從此在母親心裡扎下了根，她往伊琳的碗裡又夾了塊紅燒肉，

　　「囡囡啊，儂太瘦了，要好好補補身體了。」

　　伊琳細嚼慢嚥體會著久違的團聚親情，但她卻實在想像不出讓每天皮鞋刷得鋥亮的父親踏進泥巴地裡種菜的畫面。

　　兩個月後父母要回國了，母親苦口婆心再三關照伊琳：

　　「儂自己的身子自己要曉得保重，不要理會人家的胡攪蠻纏。多休息，別累著，儂要記記牢！」

　　送走父母，伊琳還是要回歸奶吧的日常生活，伊琳按醫囑需要休養三個月，唐應該也在每天數著手指頭看店，這不伊琳父母前腳剛走，他就開始天天嘮叨著奶吧的老顧客們如何想念伊琳，勸說伊琳趕緊回奶吧去頂班，讓伊琳不勝其煩啊。

　　哎，久病床前無孝子，伊琳想起母親臨走時的囑咐，母親倒是頗有先見之明啊。

　　光陰如梭，白駒過隙，一年之後。

　　「叮鈴鈴……」手機鈴響。伊琳接起電話，話筒裡傳來了移民仲介海倫的聲音：

　　「姐，恭喜恭喜，您全家今天獲批綠卡了！您可是這批申請裡第一個獲批的！姐，您申請材料中所附的那份文件我們當初都勸您報喜不報憂不要上交，不過現在看來卻是加分項呢！移民官一定是被打動了。」

海倫歡喜雀躍的姿態像全息影像出現在伊琳的面前。

伊琳想起了那些文件，法庭曾要求伊琳作為受害者寫一份陳述在法庭上宣讀，以此讓搶劫犯認識到他們的行為對受害者造成的傷害。伊琳在信中的片段這樣寫道：

「雖然我和兒子遭受到了巨大的身心傷害，但是我認為這個世界上不是惡太多，而是善太少。我知道哪怕是罪犯，他們也是他們父母的孩子，他們的父母也正在為自己孩子的所作所為憂心如焚。我希望法律是公正的，但我更希望他們能夠悔改，將來不再危害他人及自身，我希望法律運用的任何手段能夠幫助他們回歸到正常的有尊嚴的生活。」

伊琳因為手術沒有去到法庭，也好，她當時的心理還沒有強大到能夠再次直面罪犯。

伊琳只想讓移民官看到真實，知道那些前仆後繼像她這樣微不足道的為了一紙綠卡而努力奮鬥的小人物們曾經歷過什麼，她只是其中願意發聲的那一位，更多的人選擇了默默吞下那些苦果。

海倫還在電話那頭興奮地八卦著：

「姐，你怎麼沒聲音呀？你現在有沒有喜極而泣啊！不少客戶接到獲批綠卡的通知都會大哭的！姐，你現在想哭嗎？」

「哪有那麼誇張呀，海倫，改天擺慶功宴一定請你，你要來賞光呀！」伊琳在電話這頭哭笑不得。

伊琳掛斷海倫的電話，沒心思體會悲喜，只滿腦子開始盤算起如何才能關店擺脫這樁虧本的苦差事。

別看西方人生性慵懶，總是露著一副天真爛漫沒被欺負過的笑臉。但人家可不傻，整個社會自有一批精英在運作。商業移民是為了彌補本地商業市場的不足，吸引外資促進消費，他們可不

做虧本買賣，商業移民的門檻自然也在水漲船高。幾年下來，伊琳當年做商業移民時的各項考核標準早已過時，如今的考核標準已翻了一個倍數。正如伊琳所預見的，奶吧這種便利店在兩大商超——客澳市（Coles）和窩沃斯（Woolworths）的腳下就是只懶得踩的螞蟻，兩大商超低廉的價格，超長的營業時間，遍佈的網點，讓奶吧只有被淘汰的份了。

　　伊琳發出郵件通知房東她將不再續簽租約，到時租約期滿如找不到下家，她將直接關店。關店意味著買店的一大筆成本將血本無歸，這三年來所有的付出就換來全家三張澳洲綠卡，其中的得與失只能由每個人自己來衡量。

　　「不能關店呀！我們可以續約下一個三年租約的，在這期間我們再找找下家。伊琳，你看你能不能再堅持一下繼續做店。好歹把店賣了，賣得個萬八千的也好。」唐不甘心搓著雙手跟在伊琳身後懇求道。

　　「可以繼續續約呀，但是下一個三年租約得由你來簽約，要繼續做店也由你親自來做！」

　　伊琳整理著貨架把過期食品下架，一個轉身與唐迎面撞上，伊琳手上過期的薯片罐被撞落，骨碌碌滾得老遠，唐佝僂著身子追著去撿，那些過期的薯片多半都會進唐的肚子。

　　伊琳知道唐一定肉痛這一大筆損失，但唐也不是賠不起，只是看金錢和自由哪個更重要而已。

　　「當初買店時，我就提醒過，奶吧是個夕陽產業，如今商業移民的標準已經提高了，這奶吧鋪面達不到移民考核標準怕是找不到下家接手了。如果這鋪面改行當，比如改成咖啡店，那下家又何必來找你買店呢，各條商業街上有的是空鋪面在招租。我可

不願意再被一紙租約困住了，續約後如果中途要解約，怕是還要賠不少違約金吧。」

伊琳把這些天的市場調查和唐分析著，但續約一事她是絕不會鬆口答應的。

日子一天天地過去，房東終於來了回覆，只要求伊琳留下所有的店鋪設備，就可以清店離開了。

初夏的清晨略帶絲絲涼意，清風徐來，露珠在草葉上滾動，在晨曦的光影裡晶瑩剔透似一粒粒寶珠。對街亞瑟家院裡飼養的公雞已經啼叫了數遍，伊琳呼吸著清新的空氣，在後院裡提水準備做最後一天開店前的清掃。

幾枝野牽牛花繞籬縈架，幾日工夫就攀爬上了和魚薯店相隔的木柵欄頂端，魚薯店清洗垃圾桶的廢水從柵欄底下流淌過來滋養著它們，那些細小的花蕾在深夜裡不停地鼓漲，陽光一照，牽牛花便忙不迭地伸展腰肢，尖尖的花蕾綻開成了一朵朵紫色的小喇叭花，它們為了這一刻短暫的開放準備了漫長的日夜啊，它們是清晨的笑顏，開一朵便有一朵的歡喜，開一刻便有一刻的歡喜，讓你覺得人間值得走一遭。

伊琳也看得歡喜，忍不住放下拖把，走過去溫柔地端詳著小花們微笑道：

「嗨！你們好呀，牽牛花！」

一波波小學生迎著朝陽路過伊琳的店鋪去上學，都不免好奇地向店鋪裡張望，空落落的店鋪裡只有些餘貨和最後一天的報紙在供應。伊琳和買報紙的老顧客們道著別，納悶著山姆老頭今早怎麼沒第一個來，正思忖著，山姆氣鼓鼓地拄著拐杖推門進來。

「伊琳，今天是奶吧最後一天營業了嗎？」

山姆火氣沖沖地質問伊琳。明知故問嘛，這些天他幾乎天天都在問。

「是呀！我兩周前就已經貼出佈告了呀！」

伊琳不明白山姆的火氣從何而來，山姆已經很久沒有亂發脾氣了呀。

「你必須面對面地告訴你的每一個顧客，今天是奶吧的最後一天營業，而不是佈告，不是佈告！」

山姆提高了嗓門，不想卻被自己的口水嗆了一下，

「咳，咳，你……你把賒帳本拿出來再算一下，咳，咳……」

山姆咳著咳著咳出了眼淚，低下頭避開伊琳的注視掏出手帕揞了下嘴又偷偷去拭眼角，他把手帕放回褲兜同時掏出那只四角磨損的舊皮夾，抽出幾張剛從銀行取來的紙幣。

「嗯哼，嗯哼，我今天付你現金！」

山姆清了清嗓子恢復了一貫的高傲。

原來山姆一早沒來是跑去銀行取現金了，山姆的信用卡昨天連刷幾次都Declined失敗了。

「這家奶吧已經開了三十多年啦，從它開張的第一天起，我就每天都會來光顧啊，」

山姆眨巴了幾下渾濁的眼睛環顧著奶吧陷入了回憶中，

「以後這裡不知道會變成什麼樣的店鋪嘍。」

山姆悵然若失，一股莫名的哀傷也同時湧上伊琳的心頭。

下午三點對街小學放學了，孩子們嘰嘰喳喳地從伊琳的奶吧門口路過，伊琳正在撤除櫥窗布置，孩子們和家長議論著與伊琳隔著玻璃窗揮手道別。不時有好奇的家長和孩子推開奶吧的門伸頭進來張望，

「奶吧女士，再見！奶吧女士，祝你好運！」

那些熟悉的買糖果的孩子們還站在窗外戀戀不捨，伊琳抓起一大把還沒打包的糖果，跑出店去塞在孩子們的手上，孩子們的道謝聲和道別聲讓伊利的眼淚就像斷了線的珍珠忍不住滾落了下來……

奶吧多餘的物件能拆的拆，能扔的扔，能賤賣給同行的都賤賣給了同行，最後實在處理不掉的，唐租了輛麵包車準備運回自家住所先堆著，兒子已進入了青春期長高了個子，也有把子力氣了，他幫著他的父親一起在後院車道上使勁推塞裝車。

伊琳則在後院裡把栽種在地裡的杜鵑花一棵棵地移植到花盆裡準備帶走，她停在牽牛花藤旁直起了身，清晨開放的紫色小喇叭花已經收起了花傘蜷縮成了一團，經不住夏日裡毒辣的日頭都曬蔫了，它們耷拉著腦袋趴在藤蔓上，就像是帶著一個個回憶似地斷然離去。伊琳從枯萎乾癟的花托裡收集了些許種子，只有這樣她才能把牽牛花完好地帶回家，但願明年的夏天這株牽牛花的孩子能在伊琳自家的花園裡重新綻放笑顏。

伊琳最後一次把奶吧檢查了一遍，切斷了電源總閘後落上了鎖，她站在玻璃門外看著空空蕩蕩的店鋪心裡空落落的，一切就好像只是看了場不真實的電影，聽了首傷感的歌。

「叮鈴鈴，叮鈴鈴……」伊琳不用開店了，自然睡到日上三竿才起床，她要把這些年缺的覺都補回來。伊琳閉著眼摸索著鬧鐘，「叮鈴鈴，叮鈴鈴……」不是鬧鐘，是手機鈴聲。

「喂，是哪位呀？」

伊琳看了眼陌生的電話號碼接起手機口齒含糊地詢問道。

「我是阿布呀，我是你奶吧的房東，」

　　伊琳一個激靈從床上坐了起來。

　　「我現在在你奶吧門口，我沒有鑰匙，我進不去，你能來開門嗎？」

　　電話裡濃重的希臘口音讓伊琳聽不真切。

　　「好的，好的，您稍等一下，我大約半小時後到。」

　　今天是週末，所幸兒子在家，伊琳趕緊叫醒兒子一起去奶吧充當小翻譯。

　　半個小時後，伊琳駕著自家新買的大白馬急吼吼地趕到了奶吧，停在了奶吧門口的街道旁。

　　房東呢，房東在哪裡？

　　伊琳四下張望，兒子眼尖，

　　「媽，紅色電話亭那裡有一個流浪漢！那個人會是房東嗎？」

　　伊琳順著兒子手指的方向望過去，果然那流浪漢也正在向伊琳這邊張望，他邁開粗壯的短腿拖鋪蓋帶卷地向著伊琳這邊大步流星地走來。

　　正午陽光猛烈，他那頭蓬亂毛躁的加勒比海盜髒髒辮在熱浪裡像沙漠中狂奔的馬尾，滿臉飛揚的絡腮鬍鬚像馬蹄掀起的漫天狂沙，他棕色的肌膚更閃著賊亮賊亮的油光。

　　「砰」的一聲，他肩膀一甩，手提肩背的大花拉絨毛毯，軍綠色的破舊旅行袋和七七八八的水杯雜物袋子盡數扔在了奶吧玻璃門的拐角裡。

　　「也不怕弄髒了毛毯，真像個流浪的吉普賽人啊。」伊琳心裡疑惑著，「這個老年嬉皮士真是房東嗎？」

　　「我是房東，我是阿布啊！」

　　自由灑脫的老嬉皮士伸出了他那黑黢黢的手拍了下胸脯又指

向伊琳的車，

「那是你的車嗎？好車，好車呀！」

阿布湊近伊琳的車窗玻璃向車內探視著。

伊琳掏出鑰匙隔著一大堆阿布的行李打開了奶吧的門，阿布這才回轉來搬起他的行李家當進到了店堂。

「我已經離開這裡有二十幾年了，我剛從墨西哥回來，我心臟這裡剛做了手術開了一刀，」

阿布扒開他的衣襟露出一道長長的傷疤，

「我要在這裡住上一段時間，樓上臥室有床嗎？」

「按您的回覆，店裡一切可以移動的家具都已經搬走了，樓上沒有家具。」伊琳簡短地答道。

伊琳好奇著阿布帶著他那堆破爛行李是如何遠道而來的，看來阿布只能自己打地鋪了，伊琳看著老邁的阿布竟然有些於心不忍，還好阿布自己帶了鋪蓋卷。

阿布店前店後巡視了一遍，連誇店鋪乾淨沒有異議，伊琳把鑰匙交給了阿布，

「阿布先生，如果店鋪交還沒有問題，就請您把租房押金歸還給我吧。」

「有押金嗎，我怎麼不知道，這事我要問問我那經手此事的兒子，再給你回覆。」阿布露出一臉茫然。

「那就請您儘早給我回覆。」伊琳只能告辭離開。

「我也要去拜訪一下我的老鄰居嘍。」

阿布從地上起身拍拍屁股緊跟著伊琳一起走出了店鋪，伊琳發動汽車，從後視鏡裡瞥見阿布注視著她汽車離去的方向，似乎若有所思……

十三

問世間情為何物

　　爬坡而來的綠色巴士緩緩駛入了道克蘭（Docklands）海濱車站，伊琳腳踩猩紅色的高跟鞋邁下了巴士臺階，小心地避開落滿枯葉的溝渠口，還是有兩片潮濕的枯葉粘在了她紅色的鞋底板下。

　　傍晚的海風夾雜著鹹腥的濕氣從港口吹來，她駝色的風衣被風撩起融進步行道琥珀色的秋意裡，一截絲白裙裾從風衣的下擺露出，在這半寒半暖的秋風裡宛若白蝶翻飛。

　　道克蘭海濱區原是墨爾本的碼頭貨艙，時代更迭，碼頭貨艙逐漸衰落，熱衷在此地舉辦地下聚會的年輕人也早已垂垂老去。如今的道克蘭海濱區經重新規劃發展日漸興旺，餐館酒吧雲集，寫字樓更如雨後春筍般拔地而起。

　　伊琳走在空曠的海濱街道上，不遠處的海港傳來幾聲海鷗的鳴叫聲高亢嘹亮劃破天際，綠毛蟲似的巴士蠕動在城市的葉脈上漸行漸遠，消失在海港的盡頭。

　　上下起伏的坡度讓伊琳走著頗為費勁，紅色腳底板下粘著的枯葉早已不見了蹤影，好似人生旅程總有人在不同的月臺上車亦或是下車。

　　此刻伊琳有點後悔選了這雙後跟尖細的「蘿蔔丁」（Christian Louboutin），問世間情為何物，恰似此鞋奪人心魄卻也讓你寸步難行直教人愛恨交織，但是為了今晚移民仲介公司舉辦的慶功晚宴，伊琳還是翻了箱底想穿得隆重些。

　　「站在高跟鞋上，我就能看見全世界！」

　　美劇裡的臺詞鼓舞著伊琳繼續走下去。

　　菲利浦港灣（Port Philip Bay）灰藍色的海水蜿蜒著流經博爾特（Bolte）大橋，夕陽把粼粼的波光投在了微瀾的雅拉

（Yarra）河面上。伊琳駐足在遊艇碼頭的防腐木平臺上，眺望著遠處鱗次櫛比的高樓，朵朵白雲飄蕩投影在高樓的玻璃幕牆上，一半真實一半虛幻。

這座都市，誰在被迎接著，誰又在被拒絕著，曾經的夢想實現了嗎？

落日的餘暉漸漸在高樓中彌漫開來，伊琳捋了一下被海風吹散的髮絲，那些搖搖晃晃的光影斜射在伊琳清瘦的面頰上，使她素雅精緻的妝容平添了一份嫵媚。

伊琳推動薈萃酒店沉重的旋轉玻璃門，穿越豪華氣派的大堂就連通到了那個高朋滿座的饕餮盛宴。

移民仲介海倫身著黑色緊身職業套裝正幹練地站在宴會廳門口熱情地迎著客，一見伊琳出現眼睛一亮快步迎了上來，親熱地一把拉住伊琳的胳膊，

「姐，你可來了，我等你很久了，一會兒要安排你發表獲批感言啊，你可不許推辭。」

海倫搶著接過伊琳脫下的開司米風衣交給侍者寄存，伊琳從侍者手中接過寄存牌向他莞爾一笑表示感謝，對視之下年輕侍者充滿膠原蛋白的俊臉竟泛起了淡淡的紅暈匆忙垂下了眼簾。

「姐，你今天可真美像仙女下凡！看，你又俘獲了一枚小鮮肉耶。」海倫豔羨地搖晃著伊琳的胳膊咯咯笑著半開著玩笑。

「海倫，就你沒正經！讓我上臺發言，這不是先斬後奏嘛，也不事先通知我準備一下。」

伊琳被海倫拽著前進內心忐忑哪惦記什麼小鮮肉呀，不免嗔怪起來。

「那不都怪梅森的客戶芭芭拉嘛，原來安排她上臺發言的，

剛才接到她的電話說車還堵在半道上，恐怕來不及趕上場了。姐，江湖救急！姐，我知道你能文善武，你行的，對你來說這就是小菜一碟，姐，你就幫幫忙吧！」

海倫半耍著無賴，亂拍著彩虹馬屁。

「就你嘴甜，好吧，你把我排後面一些，讓我準備一下。你呀，就是個磨人精！」

千錯萬錯馬屁不錯，哪怕伊琳不吃馬屁這套，但若再不答應估計她的胳膊就要被海倫搖成斷樂了。

宴會廳門口這會兒擠滿了等著入場的賓客，伊琳一襲白綢晚裝禮裙勾勒得身形凹凸有致，在人群中顯得格外鶴立雞群，讓她不免懷疑自己是否穿錯了衣裝，可她明明記得請貼上標注了：正裝出席。她環顧四周，發現身著便服外加運動鞋的大有其人，可以如此休閒著裝大無畏地出席隆重場合，這些人簡直迷之自信啊。

「海倫，今天的晚宴需要正裝出席嗎？」

伊琳掃視著自己的一身行頭反倒覺得不自然起來了。

「是呀，今天這樣的高檔晚宴，還邀請了前移民部長和州政府官員，當然要求大家正裝出席啦，不過……」

「不過什麼？」

「不過，咱見怪不怪了。姐，你懂的……」

海倫也總結不出一個所以然，朝著伊琳擠了擠眼，算是只可意會不可言傳。

伊琳暗想今晚受邀來參加這場晚宴的人無一例外都算是成功的商業人士了，看來得體的著裝似乎與財富無關。

伊琳和海倫疏離在人群邊沿免得被擠，一邊等著入場，一邊琢磨著愛出風頭的芭芭拉今兒個怎麼會遲到。

話說另一邊，南半球最大的購物中心——查德斯頓（Chadstone）購物商場內，奢侈品專賣店星羅棋佈。芭芭拉和裘蒂兜了一大圈，此刻正站在杜嘉班納（Dolc&Gabbana）旗艦店的門口，芭芭拉黑超遮面，一成不變的波波頭捲髮，黑底罌粟花傘裙遮住了些許豐臀肥腿。

　　店門口已橫上了紅色滾絨警戒條限制顧客進入，但這豈能攔得住芭芭拉，她一吸肚子從金色立柱的空隙間擠進了店鋪。

　　「我是你們店的VIP尊貴客戶，我有事要找你們店的經理談，你們去把他給我叫出來！」

　　芭芭拉打小從皇城根腳下薰陶出來的凌人氣勢，讓死黨裘蒂看向芭芭拉的眼神裡充滿著崇拜，終於有人敢在洋人面前這麼揚眉吐氣了，裘蒂的內心裡悄悄為芭芭拉豎起了大拇指。

　　店內兩位金髮嫩妹導購統一的黑色裹身裙外加丸子頭青春靚麗，剛想攔住芭芭拉告知其馬上打烊了不再接待客戶了，可一看芭芭拉這趾高氣揚的架勢，兩人禁不住靠在了一起像連體芭比娃娃低聲耳語起來。

　　「請問您有什麼事嗎？」連體芭比娃娃分身一個出來客氣地問道。

　　「你去把你們經理叫出來，我要和你們經理說，和你說沒用！」

　　芭芭拉不耐煩地摘下黑超眼鏡，鄙夷地斜了眼金髮小妹。

　　「您不說什麼事，我們不能去叫經理來接待您！」兩位金髮小妹像兩隻驚起的小鹿不約而同齊聲道。

　　「嘿，好呀！你們就是這樣對待你們的VIP客戶嘛，我要投訴你們！」

　　芭芭拉扯高了嗓門，她這輩子哪裡求過人，只有別人求她的份，今兒這兩個小導購居然不買她的帳敢懟她，芭芭拉氣得指著倆金髮小妹，但也只能對著空氣一頓亂戳，一點沒轍。

　　「對，投訴她們，投訴她們！」裘蒂也在一旁幫腔道。

　　「什麼事這麼大呼小叫的？」

　　綠絲絨的簾幕後一位身材高挑的紅髮女郎款款而出，

　　「我是這裡的店長，經理正忙著，有什麼事您和我說也是一樣的。」

　　紅髮店長居高臨下口氣平淡但卻如同一桶冰水潑下，瞬間澆滅了芭芭拉的氣焰。

　　「是這樣啊，我兒子呢是墨大的大學生，他想來你們店裡打份臨時工，我呢就想見一下你們經理，幫我兒子推薦一下。」

　　這不分明是有求於人家嘛，芭芭拉這會兒伏低做小起來。

　　裘蒂眼烏子差點落脫，方才她還在為芭芭拉搖旗助威，直到此刻她才知道芭芭拉一定要見經理，竟然是……

　　哎，裘蒂恨不得找個地縫鑽下去，剛才她不是瞎起勁嘛。

　　「哦，我知道了，應聘呢有一定的流程，請問你帶來你兒子的簡歷了嗎？」紅髮店長淡然微笑耐心地問道。

　　「我……沒帶兒子的簡歷，不過我兒子英語好的很，可以讓他在電話裡和你們經理溝通的，我兒子溝通沒有問題的。」

　　芭芭拉怕自己蹩腳的英語無法說服店長，趕緊掏出手機按下快撥鍵，

　　「您等等，您等等，我兒子的電話馬上可以接通的。」

　　芭芭拉手忙腳亂一通，央求地看向紅髮店長生怕她跑掉，一邊對著接通的手機大聲嚷道：

「兒子呀，我現在杜嘉班納旗艦店，她們經理不出來接待我！要你的簡歷！你自己和店長說說你的簡歷情況！」

紅髮店長蹙了蹙眉伸出五指退後半步，不留情面地用手擋住了芭芭拉遞過來的手機，並不打算接聽，芭芭拉則一臉焦躁諂笑著，眼角厚厚的粉底卡在了皺起的魚尾紋裡。

「如果你兒子想應聘這裡的工作崗位，請他自己把簡歷投寄到杜嘉公司的招聘網站上。恕不奉陪了。」

紅髮店長一個轉身快步離去，扭動著挺翹的蜜桃臀隱入了綠絨簾幕後。

手機話筒裡遠遠傳來男孩略帶埋怨的聲音：

「媽，我就叫您甭管了！我自己的事自己會處理的，您就甭瞎操心了！」通話被掛斷。

芭芭拉悻悻然地收起手機，一張略帶橫肉的臉紅一陣白一陣的，

「嘿，你說這孩子，把我這好心當成驢肝肺了！」

芭芭拉嘴角歪斜著，當著裘蒂面上有點掛不住了。

「您就甭生氣了，這招聘的流程都是慣例，別說在澳洲了，就是在咱國內不也是這麼個流程，這店裡的員工做的都沒錯，是咱做的不對。」裘蒂在一旁小心翼翼地規勸道。

「您不還是上市公司的老闆娘嘛，平日裡國內公司裡的大小事您都遠端監控著，怎麼在這事情上您就糊塗了呢！」裘蒂嘴欠還給補上了一刀。

芭芭拉塗滿黑色指甲油的手指頭摳摳搔癢的頭皮，這一生氣啊血就往頭上湧，滿頭的熱汗捂在假髮套裡要發餿了。她這一肚子的怨氣無處發洩，小肚子越發鼓鼓囊囊的像懷了三個月的身孕。

　　兩位金髮小妹杵在店門口就等著芭芭拉離店好打烊關門，兩雙碧眼都直勾勾地盯著芭芭拉呢，她這撓頭皮的動作也只能收斂點，

　　「我上次在你們店裡買了兩件外套，你們忘了給我掛衣袋了，能補兩個給我嗎？」

　　芭芭拉還是要借機找回點面子的。

　　兩位金髮小妹聽聞，趕緊進到綠色簾幕後台一通嘰哩咕嚕，取來兩個掛衣袋恭恭敬敬地交給了芭芭拉，如釋重負地恭送這位VIP菩薩離開。

　　芭芭拉多得了兩個免費的掛衣袋也瞬間神清氣爽起來，有袋在手她VIP客戶的尊榮不就又回來了嘛。

　　「走，裘蒂，咱們得趕緊去參加移民公司的晚會了。」

　　芭芭拉一掃剛才的不快，開著她的賓利車和裘蒂趕赴下一場「戰役」。

　　墨爾本下班時段的高速公路不免擁堵，等芭芭拉緊趕慢趕趕到薈萃酒店的慶功晚宴時，晚會已經進行了一半了。

　　當梅森看到芭芭拉和裘蒂出現在宴會廳門口時，趕緊離席上前接待，

　　「一路上堵車了是吧，真是辛苦您了，我可眼巴巴地盼著您來呢，這次晚會得您贊助了一批紅酒作為禮物發給客戶，真是太感謝您的慷慨贊助了！」

　　梅森捏著嗓子的聲線更娘了，一挑蘭花指，指著貴賓席，

　　「您的座位在前排主桌，我領您過去。」

　　演講臺上，伊琳正在發表她的獲批感言，賓客們的目光就像追光燈打在伊琳的身上，她身著那襲白裙宛若盛開於幽谷之中的

一朵百合翩然絕世而獨立，令她在舞臺上熠熠生輝。

大家事後並不能記清伊琳究竟說了些什麼，只記得他們的心情被伊琳的演講牽動著起起落落，移民的艱辛與獲批的喜悅錯綜交織著激起了大家的共鳴。

梅森看著講臺上的伊琳附在芭芭拉耳邊暗戳戳道：

「您來遲了一步，您上臺發言的機會讓臺上這位給頂替了，今天來的可都是大人物，沒法等您遲來。」

芭芭拉斜眼看著在掌聲中走下講臺的伊琳，悔得腸子都青了，她好不容易靠著捐贈一批滯銷紅酒得來的演講機會，卻被伊琳輕而易舉地搶了風頭，芭芭拉把剛從愛馬仕包包裡拿出來的演講稿又狠狠地塞了回去。

「伊琳，你害我錯失了一次紅酒推廣的機會，有你好看的！」

芭芭拉今天受的這些氣沒處撒，現在可找到撒氣對象了。

移民仲介公司舉辦的慶功晚宴其實就是一個吐故納新的移民推廣會，以及各界商業人士尋找商機的聯誼會，再邀來些過氣的達官顯貴撐些場面。芭芭拉顯然想乘著今晚贊助嘉賓的演講機會找到更多的交易夥伴，以解自身燃眉之急。芭芭拉作為紅酒貿易商獲批拿到了綠卡，但出口去中國的紅酒在國內卻銷路不暢，半賣半送還是庫存積壓，紅酒也並不是沒有保質期，眼看一批批紅酒就要到期了，她得趕緊找些冤大頭去接盤。

冷餐會開始了，自助餐台前人頭攢動，伊琳端了杯香檳酒站在角落處，不時有方才因著演講收穫的粉絲跑來搭訕，伊琳禮貌地寒暄著。

「姐，你剛才的演講太棒了！我就說你能行吧。」海倫摺下幾個客戶擠了過來，

「姐，你怎麼也不去拿些吃的，你等著，我去幫你拿些過來。」

海倫二話不說一頭紮進了自助餐台區。

伊琳也不是不餓，只是她今天這身斜裁的禮服裙太合身了，以至於多吃點就會破壞了身材線條，所以她也不急著取餐，更何況她還在為方才收到的奶吧房東發來的短信煩心。

「喲，這不是阿拉奶吧小姐嗎？」

芭芭拉放下堆滿食物的餐盤，端著一杯紅酒看似漫不經心地走了過來，

「伊琳，恭喜呀，你也終於獲批綠卡啦，嘖嘖嘖，在奶吧坐了三年牢，不容易啊！聽說你還被打劫了，不知道是劫財呢還是劫色呢？」芭芭拉幸災樂禍陰惻惻道。

「我看呀，沒準都被劫了吧！」裘蒂也湊了過來。

「哈哈哈……」兩人相視大笑不止。

「你，你們……」伊琳一時語塞竟不知道如何為自己辯駁，宴會廳的冷空調讓她更覺得徹骨的寒冷。

「姐，別理她們，咱們到那邊去坐。」

海倫正好取餐回來，聽出那兩人不懷好意，瞪了眼芭芭拉，一手端盤一手欲拉著伊琳離開。

「別走呀，我大姐的問話還沒答呢。」

裘蒂擋在了她倆面前攔住了去路。

「讓開，咱們走！」

海倫拉著伊琳返身側行，恰巧撞上了芭芭拉，芭芭拉手上的一杯紅酒乘勢全潑在了伊琳的白裙上，像栽種了一片鬱金香花田瞬間開放又瞬間凋零。

伊琳一驚，手裡的酒杯震落，還有海倫的那盤食物，「丁零噹啷」隨著一陣碎裂聲砸落在地，現場一片狼藉，引得賓客們轉頭注目議論紛紛。

　　工作人員趕了過來清理現場，梅森也趕過來拉走了還不想善罷甘休的芭芭拉。舞臺上的小樂隊旋即奏起了舒緩的小夜曲，适才那場不和諧的小風波就此掩過。

　　海倫幫著伊琳在盥洗室裡草草擦拭了一下白裙，又返回到宴會大廳繼續忙她的事務。獨留伊琳在廳外的陽臺上憑欄遠眺，夜幕已然降臨，遠處萬家燈火，璀璨的燈火倒映在雅拉河上流光溢彩，與漫天的繁星相互輝映。

　　家在何方？

　　「美女，有什麼心事嗎？」

　　伊琳還陷在沉思之中，忽聞身後傳來冰塊清脆的碰撞聲，一回頭但見一戴著金絲邊眼鏡的中年男子正搖晃著半杯琥珀色的威士忌，定烊烊地看著她，像獵人瞄著他的獵物。他抿一口酒，再說：

　　「我很欣賞美女方才的演講，不知能否和美女交個朋友，這是我的名片啦。」

　　男人一口溫柔的臺灣腔，他從手裡變出一張早就準備好的名片遞了過來。

　　伊琳接過名片，藉著落地玻璃窗透過來的昏暗燈光細看了一眼，

　　「原來您就是黃大律師呀，久仰久仰，早就聽聞您的大名了，以後如有法律事務，一定找您幫忙處理。」

　　伊琳在朋友圈裡聽說過這名律師，在墨爾本混日子你得有三

個基礎標配：好律師，好會計和好GP（家庭醫生）。

「能為大美女效勞是鄙人的榮幸啦！這醬紫喔，我們不妨約個時間一起喝杯咖啡。」黃景瑜呵呵一笑正中下懷。

海倫招手把伊琳從黃景瑜身邊喚走，隨即加入了一圈又一圈無聊的交際，曲終人散晚宴終於落下了帷幕。

伊琳提著一袋移民公司分發的紀念品走在了夜深的海濱大道上，風衣腋下還夾著一幅書法作品，一個大大的筆力遒勁的「家」字被鑲在了鏡框之中，用以切合今晚的移民主題「心安即是家」，可是在伊琳這個過來人的眼裡卻覺得頗為諷刺，一場商業移民或多或少拆散了不少的家庭從此天各一方或是乾脆分崩離析。

心何時安過！

遠處的南太平洋漆黑一片，浪濤拍岸似在暗夜裡嗚咽與怒吼。伊琳脫下了高跟鞋赤腳走在了冰涼的柏油馬路上，沒有了束縛的雙腳這才真正的舒服了，她不在乎看見全世界了，她只要此刻的無拘無束……

# 十四

是否心安即是家

清晨的幾縷陽光透過百葉木窗灑進了室內，灰白相間的斑馬條夾雜著窗外風車茉莉藤蔓的身影投影在乳白色的牆面上，渾然一幅抽象大寫意壁畫。

客廳裡紅色的高跟鞋和禮品袋橫七豎八地散落在莎安娜大理石地板上，一襲白綢禮服長裙斜搭在皮質沙發靠背上，白裙上大片暈開的紅酒漬像一簇簇雨後凋零的薔薇花，無聲地回味著昨日裡綠卡獲批的慶功晚宴。

所幸慶功晚宴上伊琳只喝了幾杯玫瑰香檳，雖說瓊漿玉液催人醉，但回家的路上被清涼的海風一吹，伊琳只覺剛剛好的微醺，到家洗漱一番後竟一夜好眠無夢。

此刻伊琳素面朝天腦後隨意挽了個髮髻，正拿著一把大榔頭把一枚長長的銅釘往牆壁上敲擊，斜穿過三角銅鉤上的兩個小孔，就能把畫鉤牢牢地釘在木製隔牆板上。

伊琳抬手拂去畫框上的浮灰，移民仲介公司贈送的那幅書法作品──「家」字便躍然眼底。

「無論海角與天涯，大抵心安即是家。」

伊琳默念著詩句翻轉過畫框，俐落地在畫框背面的吊環間穿上了兩股麻繩打了個死結。

瞧！澳洲就是這樣硬生生地把一個個賢良溫婉的弱女子打磨成了堅毅彪悍的女漢子。伊琳一邊自豪一邊又經不住在心底裡疼惜了自己一把。

「路遠誰能念鄉曲，年深兼欲忘京華。」

這千年前的絕句竟然毫無違和地道盡了當下南半球新移民姊妹們的寂寞啊！

伊琳在畫框頂部放上水平儀調節著畫框的左右高低，那個大

大的「家」字被掛在了男主人形同虛設的書房牆面上。

「叮鈴鈴，叮鈴鈴……」手機鈴聲急促地響起，伊琳放下工具拿起書桌上的手機一看，螢幕上赫然顯示：奶吧房東！

伊琳趕忙接聽，濃重的希臘口音從電話那端急切地傳來：

「伊琳，我是房東阿布呀，店裡的熱水器沒法點燃，你來看一下吧，你昨晚沒收到我的短信嗎？」

糟糕！喝酒斷片，伊琳把昨晚收到的房東短信忘了個一乾二淨。

「哦，收到了，我收到您的短信了，我中午前一定會過去奶吧的。」伊琳在記憶裡搜尋著抱歉道。

「兒子，快醒醒，快醒醒，奶吧房東老頭讓咱們去一趟。」

伊琳跑上樓推搡著床上的兒子，這孩子是屬夜貓子的總是凌晨才睡，伊琳得催他起床一起去奶吧充當口譯員。

「嗯，還早呢，讓我再睡會兒。」

兒子一翻身露出一條澳洲少年特有的粗壯大腿來，伊琳費力地抽出兒子大腿下壓著的被子，給他重新蓋上。

「好好好，你再多睡一會兒，我先去準備早飯，一會兒再來叫你起床。」

兒子迷迷糊糊「嗯」了一聲又再睡去。

「哎，這墨村活寡婦們最難跨過的就是英語這道坎兒，唯一能依靠的就只有這熊孩子了。」伊琳不免顧影自憐起來，「這母子倆相依為命的日子，只要太太平平的別總出些么蛾子，就阿彌陀佛謝天謝地囉！」

可麻煩事情它總是不請自來的。

臨近中午時分，伊琳驅車帶上兒子前往奶吧，再一次回到熟

悉的奶吧恍若隔世，如今她已不再是那個逢人便要賠上笑臉的奶吧女士了，她已成為堂堂正正的澳洲永居居民了。

伊琳挺直腰板昂著頭，一抹自信不自覺地溢在臉上。她拍了一把兒子貓著的後背，

「挺起胸，走，咱們進店裡去！」

奶吧的玻璃門虛掩著，「吱呀」一聲伊琳推門而入，不再有熟悉的讓伊琳心驚肉跳的「叮咚」門鈴聲。

伊琳離開時收拾得乾乾淨淨的店鋪如今面目全非一片狼藉，貨架木板冷凍電機零件散亂一地。

阿布這是要拆家當產了嗎？

「有人在嗎？阿布，您在嗎？」

伊琳用腳挪開幾片木板好站在店堂裡向客堂間裡張望。

不多時，一位頭髮灰白捲曲的老漢從裡間快步走了出來，古銅色的臉上刻著一道道曲折的皺紋，使他那張臉猶如胡椒樹皮一樣粗糙，肥厚的下巴上耷拉著層層疊疊的贅肉，遊走於歲月所產生的這些「包漿」把他這些年飽經的風霜都記錄了下來。

「阿布，是阿布嗎？」

伊琳微張著嘴不可置信地看著眼前這位希臘老人試探著問道，那一頭恣意飛揚的加勒比海盜髒髒辮不見了，那滿臉飄逸的絡腮大鬍子也不見了，阿布現出了他的真容。

「是的，我是阿布呀，哦，我把頭髮和鬍子都剪了，太波西米亞了！太波西米亞了！」

阿布用食指和中指做出剪刀的樣子在自己的頭上和臉上比劃著修剪的動作，一顰一笑都蕩漾著一名老浪子的魅力。

「是阿布，他的眼睛沒有變！」

兒子在伊琳耳邊小聲地嘀咕了一句，伊琳沒料想兒子有這般驚人的記憶力和觀察力。

確實阿布那雙灰藍色的眼珠會讓你想起波斯貓，此刻迎著室外強烈的陽光咪成了一條線泛著些許金光，正賊亮賊亮地盯著犯著迷糊的伊琳透出一絲精明。

「阿布，您說熱水器無法點火，能帶我們去看看嗎？」

「跟我來！」

阿布走在前面領路，雖說店鋪裡的一切對伊琳這個做了三年的奶吧主來說輕車熟路，奈何店鋪已經歸還，此刻伊琳是客是在別人的地盤上了，她不能隨意行事。

穿過雜亂的客堂間和髒兮兮的廚房，伊琳腹誹這孤身老男人還真能糟蹋房子夠邋遢的。

邁進後院裡眼前的場景再一次把伊琳給驚到了，何止是驚到了，簡直是心痛：她心愛的牽牛花被連根拔起，從攀爬的籬笆上被整片拉扯了下來，爆曬在正午滾燙的水泥地上摧枯拉朽成了一堆乾草。

「哦，我可憐的牽牛花！」

伊琳就算再心痛也只能壓在心底，這裡已經是阿布的地盤了，他愛怎麼折騰那是他的自由。

原本鋪著木屑的泥巴地上這裡刨開一坑，那裡堆起一坨，難不成這阿布是想在後院裡尋寶嗎？

確實有不少奶吧店主愛把現金悄悄埋在後院花壇裡。

伊琳蹲在儲滿大罐水的立式熱水器前，掀開底部操控面板找到了點火器開關和送氣閥門，開始不停地按壓打火。兒子幫著伊琳一起研究操控面板上的說明書，跑前跑後開關煤氣閥，幾輪操

作下來兩人滿頭熱汗也沒能將熱水器點燃。奇怪呀，伊琳記得她走時熱水器工作正常呀，她只是關閉了煤氣總閥和電源。他們的操作沒有問題呀。

做了一番無用功之後，伊琳只得放棄，她費力地直起身，思忖著這阿布沒法洗澡真是件糟糕的事，便滿懷愧疚道：

「阿布先生，這熱水器我們也沒辦法點燃它，看來您要找修理工來幫忙了。很抱歉讓您生活不便了，這修理費用我來承擔。」

聽聞此言，阿布神色一變來了勁頭，

「伊琳，你要賠的錢可不止熱水器的修理費哦，你跟我來車庫！」

伊琳一頭霧水詫異地跟著阿布來到了空空蕩蕩的車庫，日久腐朽破爛的車庫木門歪倒在一邊，這些日子沒刮妖風呀，這上鎖的木門怎麼倒了？還好車庫內和伊琳離開時一樣清清爽爽。這裡能有什麼問題呢？

「這裡，我記得當年這車庫的捲簾門上有一把橫鎖，現在不見了，你要賠錢。」

伊琳兒子翻譯著，阿布則一臉嚴肅地在捲簾門上誇張地上下比劃著。

「阿布，您離開奶吧去墨西哥幾年了？」

伊琳不接阿布的茬，上前細細查看捲簾門後反問道。

「二十幾年了。怎麼？」

「這捲簾門是上兩任奶吧店主新裝的，應該經過您同意的。我接店時沒見過您說的橫鎖。這捲簾門在你比劃的位置上也沒有安裝過橫鎖的任何痕跡，這錢我是不會賠給您的！」

伊琳暗想這阿布都離開澳洲二十幾年了，奶吧也六易店主，就算當年捲簾門上真有一把橫鎖不見了，那也不能算在她伊琳的帳上，這子虛烏有的事她可不認帳。

阿布見伊琳不吃他那套，又緊逼上來：

「還有，這木門倒了，這院子裡的綠化都損壞了，還有，廁所和廚房的地板都破裂了。」

伊琳快步跟著阿布往回巡視，一樁樁一件件一路仔細聽著兒子的同聲翻譯。

「還有，廚房和樓道的玻璃都破了，樓上牆壁上還有彩筆印，臥室壁櫥櫃門上也有破洞，店鋪裡的設備更是沒有拆除……這些你統統要賠錢！」

伊琳聽著聽著甩下阿布，三步並作兩步飛奔上樓，眼睛像鐳射掃描器，一掃牆壁上，果然多了幾個紅紅綠綠的芝麻小點，不可能呀，離店時所有牆壁都重新粉刷過了。伊琳拿出手機「啪啪」拍了兩張照片留底。然後又衝進臥室，赫然看到了壁櫃上的破洞，原來是前店主美佳用卡通粘紙遮掩修補過的，如今粘紙被阿布撕掉露出了猙獰的破洞。怪不得美佳阻止伊琳報修住所破損，原來是想讓伊琳當背鍋俠呀！伊琳又「嗦嚓」拍下兩張照片，這才疾步跑下了樓。

「你，你在胡扯……我沒有答應過保留店鋪設備。」阿布氣急敗壞地跳腳。

「你明明在郵件裡答應了，你這是在訛詐……」

伊琳兒子和阿布兩人爭得個面紅耳赤。

「哦，哦，我不舒服……」阿布忽的用手捂住胸口，「我心臟這裡剛動過手術……」他瞥見伊琳下樓立馬做痛苦狀。

「兒子，趕緊打電話叫救護車！」伊琳見阿布搖搖欲墜上前扶住他緊張道。

「別，別叫救護車，我沒有醫療保險，我沒事，我沒事了！」

阿布見伊琳兒子欲撥打手機，立馬站了穩當，

「咳，咳，」阿布乾咳了兩聲面色恢復如常。

「哼，他這是裝的！」伊琳兒子摁斷手機嗤之以鼻揭穿道。

「阿布，你確定你自己的身體沒有大礙嗎？」

伊琳面露薄怒瞪了兒子一眼，這老人家可是氣不起的，阿布是不會拿自己的生命來開玩笑的。

可阿布那頭卻一閃念：他怎麼著也不能拿錢來開玩笑啊！救護車出動一次可要花費個兩千刀不止啊！裝病賣慘這招不能用！

「兒子，你告訴阿布，是我們損壞的東西我們照價賠償，不是我們損壞的東西，我一分錢也不會賠給他的。當初接店時的店鋪破損圖片都通過律師發給房東了！讓他去翻尋一下當年的記錄！他可以在退還押金時扣除賠償金！我不會賠他現金的。」

伊琳慶幸三年前自己一意孤行，極力要求自己的交接律師把店鋪的破損照片發給房東的律師留檔，避免出現退鋪時不必要的糾紛。律師當年還覺得伊琳小題大做沒有必要，怎奈伊琳堅持，最終還是按伊琳的要求照做了。伊琳當年就尋思過這專業律師做事怎也如此的不謹慎，看來在墨爾本的生存法則之一還是要找到一位靠譜的律師啊。

「當年那張銀行押金證書已經找不到了！我沒有拿到你的押金，沒錢還給你！」

阿布恢復了精神頭，身體看似無恙。見伊琳理直氣壯不似好捏的軟柿子，便使出了他的殺手鐧。

「那，咱們就只有找律師解決問題了！」伊琳無奈但也不示弱。

確實銀行押金證書只是一紙鎖定押金的憑單，只有把憑單歸還銀行才能解凍押金，阿布確實沒有拿到現錢。但只要伊琳認慫，阿布就可以通知銀行以賠款為由將押金占為己有。

阿布一定是看伊琳寧可損失大筆的買店錢也毫不猶豫地把奶吧關門大吉了，而且還開著輛豪華新車，料定伊琳定是新移民人傻錢多，哪能不想上來斬最後一刀啊！

「伊琳，你，你不能去找我的律師，我，我也不能去找我的律師。」阿布急了眼，但絕非語無倫次，「找律師，那是要花錢的呀！」

眼看他的如意算盤就要落空了，伊琳拿不回一大筆押金，他也扣不到他的賠償金，這是兩敗的局面呀！兩人談崩了！

伊琳回到家，翻找著晚宴包裡的名片，她記起了昨日晚會上新結識的那位聲名遠播的律師黃景瑜。

「黃先生，您好呀！我是昨日晚宴上和您有一面之緣的伊琳，我有點法律事務想找您幫忙呢。」

「哈，是伊琳呀，沒想到你這麼快就給我打電話了，能為大美女效勞是鄙人的榮幸啦！這醬紫哦，明天你來我CBD的辦公室詳細談。」

黃景瑜軟糯的臺灣腔把伊琳煩躁的內心熨得平靜下來。

翌日，伊琳換了雙平底流蘇馬靴，黑色麂皮絨緊身褲角塞在靴筒中，黑白格的千鳥紋短風衣，束一條同色腰帶勒出婀娜的嬌好身段。她穿行在CBD維多利亞石砌建築群中，貝雷帽下微卷的披肩長髮在風中起舞，與昨日晚宴時的端莊嫵媚判若兩人，灑脫

得似來自另一個平行世界。

　　步行到倫斯敦街（Lonsdale Street）上，現代摩登的寫字樓高聳入雲，馬路兩旁枝繁葉茂的行道樹更是遮空蔽日，能在這條商務街上擁有一席之地是每個成功商務人士的夢想。

　　伊琳推開黃景瑜律師行的大門，前臺優雅的老婦人似早就等著伊琳的到來，並無多加盤問直接引著伊琳進入了會客室，奉上一玻璃杯清水獨留伊琳在此等候。伊琳環顧會客室小巧精緻，一盆發財樹養在牆角的案幾上，綠枝上圈著幾道紅繩。

　　「伊琳，一日不見如隔三秋啊！」

　　稍頃，黃景瑜夾著幾個資料夾興沖沖地推開玻璃門走了進來。

　　「坐，你請坐。你今日這裝扮越發的迷人啦！」

　　黃景瑜見伊琳起身迎接連忙揮手示意，隔著會議桌上下打量著伊琳，似要看到她骨子裡去。

　　「黃先生，您謬讚了！我曾經經營的奶吧在退還店鋪後遇到點麻煩事還請您幫忙！」

　　伊琳被黃景瑜灼熱的目光盯得有些羞臊，趕緊拋磚引玉開始細說。

　　「伊琳，安啦，小開司（case）啦！我來幫你搞定！」

　　聽完伊琳的一番敘述，黃景瑜安慰道，這點小案子在黃景瑜這裡似乎根本不算什麼。

　　簽完委託協議書，黃景瑜殷勤地送伊琳去公車站，穿行在繪滿塗鴉的逼仄小巷中，身後忽地竄上幾個滑板少年，伊琳正一路欣賞著塗鴉藝術竟未曾留意險些撞上。黃景瑜機敏地一把攔過伊琳的腰肢避開了幾個滑板少年，伊琳的後背瞬間「砰」地一下貼在了塗鴉牆上，黃景瑜則一手攔在伊琳纖細的腰肢上，另一手則

維持著平衡撐在了塗鴉牆上，這畫面在外人看來宛若一雙登對的璧人在互訴衷腸。

時空靜止，伊琳頓覺腰肢上被黃景瑜的大手插上了交流電源，渾身似有電流湧過一陣酥麻，趕緊推開黃景瑜。

「嗯哼，伊琳，」黃景瑜手上一空頓覺悵然若失，「嗯哼，也許你的押金錢還不夠打官司的錢，你考慮清楚了，這醬紫，還要和房東搞個清楚明白嗎？」

黃景瑜清了清喉嚨讓血脈僨張的肌體平復正常，找出個話題來緩解适才的尷尬。

「黃先生，我知道在澳洲法律很健全，我就想要尋個公平，不想任人宰割！只是我沒有預料尋求公平也要付出不菲的代價，澳洲律師行的收費可真不便宜啊！」

伊琳和黃景瑜一路聊著穿過小巷來到了公車站，一輛有軌電車緩緩進站，

「伊琳，這CBD縱橫九條街上的公車都是免費的，這輛車可以去到福林德街（Flinders Street）火車站，你上車吧。」

伊琳和黃景瑜匆匆握手道別，西方人的貼面禮伊琳還是羞於效仿。

下午時分，公車並不擁擠，伊琳上車尋了個靠窗的座位坐下，轉頭欲尋月臺上的黃景瑜，卻已找不見他的蹤跡，正在茫然之際，一回頭黃景瑜卻出現在了她的身邊。

「我……我也坐兩站去拜訪一位客戶。」

「您不用帶上公事包嗎？」

伊琳看著黃景瑜空空如也的雙手不免好奇地問道。黃景瑜金絲邊眼鏡下的臉頰泛起了微不可察的紅暈，像個蹺課被抓包的國

中生。

有軌電車在軌道上側側棱棱往前行，伊琳和黃景瑜一路看向窗外街景皆是沉默無語，一絲若有若無的情愫在車廂裡飄蕩著。

「叮！」清脆的進站鈴聲再次響起，「前方到站伊莉莎白街（Elizabeth Street）。」

「黃先生，您到站了吧！」伊琳輕輕挪了下身子，提醒道。

「兩站路好快呀！」黃景瑜用手抬了下金絲邊眼鏡，喃喃道。

黃景瑜自己也沒弄明白方才為何就鬼使神差地跳上了車，一晃神卻又要下車了。

黃景瑜隨著人流魚貫下了車，站在月臺上終和車上的伊琳揮手道別了。

「當！」電車鳴笛，沿著既定的軌道向前方駛去……

「步行兩站路走回去吧，權當鍛鍊身體了。」黃景瑜鬆了鬆領帶大步往律師行方向走去。

十五

棉花糖的誘惑

秋更深了，總不時寒風乍起細雨迷蒙。後院裡尤加利大樹上聒噪了一夏的知了蜷縮在了枝葉間，等待著飛升去天堂繼續吟唱。夜半雨歇風止，雲輕露更重了。石階旁的薰衣草叢中，紡織娘們自顧自不知疲倦地夜夜笙歌醉生夢死。

一清早，伊琳穿上夾襖在院中清掃著落葉。鄰居家的三花邊境牧羊犬一聽到伊琳的腳步聲，就隔著兩家分界的藩籬使勁地刨著土，對著她家的院子一陣忘情地狂吠。

鄰居史蒂文一聲呵斥，把狗子喚了回去，萬籟重歸寂靜，偶有飛鳥掠過，時鳴在天際間。

太陽從雲層中探出頭來，草葉都伸出手去接天光，那薄薄的白霜在晨曦下漸漸融化，凝結成一粒粒晶瑩剔透的露珠掛了在草尖上，滾動滑落。蕾再禁錮不住花兒了，濕潤的泥土腐葉令蝸牛蛞蝓也匆忙出來覓食。

伊琳順著蝸牛們留下的閃亮涎線一逮一個準，她白色的帆布鞋也被花草露水層層打濕，猶如被繪上了淡淡的草綠和胭脂紅的水彩。

不多時，伊琳已攢了半罐子蝸牛在手，正欲撒上鹽巴，忽的記起今兒個是周日，她約了辛蒂一起去逛坎伯韋爾（Camberwell）的週末集市。她草草喝了一杯咖啡，食下兩片烤吐司，換了身行頭就出得門去。

史蒂文老漢牽著他的牧羊犬也正在鎖花園柵欄門，想必是要出門去遛狗。伊琳穿過自家花園走向停車篷，「嘀嘀」兩聲，按響了汽車的遙控鑰匙，那牧羊犬聞聲而來耷拉著大尾巴就候在伊琳的大門口不走了。

伊琳走上前去寵溺地撫摸了兩下狗子的腦袋，狗子搖晃著

大尾巴惬意得眯了眯眼睛，迅疾興奮地後腿直立撲將上來，流著哈喇子欲往伊琳臉上胡舔亂蹭，伊琳慌忙抓住狗子撲將上來的前爪，甩頭左躲右閃，好在史蒂文手裡的牽狗繩也在往後使勁拽著，終是讓伊琳逃過了滿臉狗涎之劫。

「這狗子就是太年輕了，心性浮躁，伊琳你莫害怕，它這個樣子是因為喜歡你！」

史蒂文一邊使勁拽著牽狗繩防止狗子再次撲向伊琳，一邊笑呵呵地向伊琳解釋著，

「狗子就喜歡美……女……」

史蒂文還欲繼續和伊琳再聊上兩句，怎奈那狗子已經迫不及待地想要去追趕路過的狗友了，蠻力拖著腿腳不勝利索的史蒂文往前方街道跑去。

伊琳整理著散開的髮鬢，看著踉蹌奔跑前行的史蒂文不禁啞然失笑：這不知道是人遛狗子呢，還是狗子遛人呢？

哎，可憐的史蒂文！

週末的坎伯韋爾集市人來人往甚是熱鬧，出攤的賣貨郎們開著自家的裝貨車子，規規矩矩停泊在預定的停車位內，打開後車廂蓋，把貨物碼放懸掛在支起的簡易桌子或架子上，或是就地鋪開毛毯擺放在地面上，又有甚者直接就敞開著後車廂當做展示櫃做起了生意。

伊琳慢悠悠盤桓在一個個貨攤間，手作香薰肥皂，唱片字畫，首飾古董，琉璃擺件，鍋碗瓢盆，花草美食無奇不有，不少貨攤主都把自家的老物件或是閒置物品都拿出來兜售。

集市上喧鬧的人群和五花八門的新鮮玩意兒，刺激著伊琳的眼球，她感受著濃濃的市井煙火氣，徜徉在懷舊的古早氛圍間。

生活如此多彩！她對這人世間又多了幾分眷戀。

越世俗，越安慰呢！

不遠處流動的熱狗車篷傳來了咖啡的奶香味，還混合著誘人的烤麵包烤肉腸和烤洋蔥的香味，令人在微寒的早晨更覺饑腸轆轆。

伊琳的腳步停留在了一個古玩貨攤前，她的目光被花布桌案上擺放的一個半身人偶首飾架所吸引，黑絲絨的人偶胸前別著一朵山茶花髮簪，銀色的簪子上一朵粉色的掐絲琺瑯山茶花豐盈高雅，發著幽幽的光芒。

「漂亮女士，你是喜歡這枚古董山茶花髮簪嗎？好眼光呀！這可是義大利的純手工製作，每一枚都獨一無二呢！」

守攤的義大利婦人像是從上個世紀穿越回來的，穿了件褐色小碎花燈芯絨長裙，亞麻布的白圍裙上繡著彩色的花邊，一條靛藍包頭巾下露出灰白蜷曲的髮絲。老婦人看出伊琳對這枚髮簪感興趣，小心地從人偶身上取下髮簪遞給伊琳。

「你看這髮簪多漂亮，這個髮簪有點年頭了，還是我母親留下來的呢，我把這髮簪拿出來賣呀，就是想給它找個有緣人吶。」

伊琳看得出這簪子的確是散發著歲月沉澱下來的光澤，不似新物件一色廉價的澤亮。

老婦人又取出一面鏡子用白麻布圍裙擦拭了一下鏡面，比劃著讓伊琳把髮簪夾在頭髮上試戴一下，伊琳看著鏡子中的自己，清晨料峭的寒氣凍得她雙頰微微發紅，一呼一吸之間還不時有白氣呼出，她蘭花指翹起一朵粉色的山茶花落在了黑髮間，竟然完全沒有古暮之氣，反倒是仙氣嫋嫋出塵脫俗。

「噢！真是完美，真是美豔不可方物啊！這髮簪就在等您這位主人呢！」老婦人捧著鏡子激動得大放溢美之詞。

伊琳對著鏡子左顧右盼，她一時之間竟也覺得這朵粉色山茶花清麗可滌塵世。

「請問這髮簪您賣多少錢？」伊琳取下髮簪弱弱地問道。

「兩百刀，只要兩百刀！」

老婦人豎起兩根手指，又放下鏡子，用另一隻手圈起一個零，用力頓了兩下比劃著。

「太貴了，對不起，我買不了。」伊琳躊躇著把髮簪還了回去。

「不貴的，不貴的，這可是古董呢！」

伊琳搞不懂這古董髮簪到底值不值這個價錢，她猶豫片刻還是搖搖頭朝前向其他攤位走去，老婦人的熱情她只能辜負了，也許是她不識貨，不過她確實沒想在一個週末的集市上花費這許多銀兩。

伊琳身後的熱狗車篷那邊，黃景瑜從戶外餐桌椅上起身，又新買了一杯熱咖啡來到了那義大利婦人的古玩攤前，熱絡地奉上咖啡與那老婦人口若懸河地話大白情，他當律師的口才了得，英語又地道一點沒有臺灣腔。片刻，他便掏出皮夾抽出兩張黃色紙幣換來了那支髮簪。老婦人滿臉堆笑滿意地和他握手成交。

伊琳還渾然不知正自顧自溜達閒逛，心中埋怨：這辛蒂怎麼老是遲到，又害她久等。

正胡思亂想間，一隻大手拍在了她的肩頭，

「辛蒂，你怎麼才來？」

伊琳一回頭，沒承想看見的卻是不速之客黃景瑜。

「哦，是黃先生，好巧呀！您也來逛集市。」

黃景瑜癡癡地望著兩頰緋紅的伊琳，這哪裡是不期而遇的偶遇，分明是他苦等兩小時的守株待兔，眼前這只「兔子」粉紅的臉頰又純又欲，他禁不住想去一親芳澤。

「哦，上次你來律所，提起週末喜歡來逛這裡的集市，所以……所以我也想來碰碰運氣，看，看能不能有什麼意外的收穫。」

黃景瑜的舌頭在伊琳面前就不那麼順溜了，他生怕管不住自己冒失起來。

「那，您今天覓到什麼寶貝了嗎？」伊琳瞪著那雙清澈明亮的大眼睛問道。

「當然，我當然是淘到了一個寶貝，這醬紫哦，那可是一個無比珍貴的寶貝呢！」

黃景瑜眼裡燃起的火苗似要把伊琳也點燃。

伊琳再木楞她也不是無知少女，黃景瑜話裡有話，她趕緊避開他的直視，

「哦，我在等我的好朋友辛蒂，她怎麼還不來？」

伊琳掃視著人群找尋著，她好想辛蒂趕緊出場，好把她救走。

「伊琳，你過來！」

黃景瑜拉住伊琳的胳膊不由分說一把把伊琳拉到了自己的眼鼻子底下，伊琳的心裡頓時「砰砰」小鹿亂撞。

「伊琳，你先閉上眼，我把寶貝變出來給你看！」

「什麼嘛，這麼神神祕祕的！」伊琳扭捏著。

「乖啦，不許偷看！」

周遭雜亂的腳步聲掩不住黃景瑜的心跳聲。

伊琳閉著眼覺得頭髮被黃景瑜輕輕撩撥了幾下，可是被撩撥的何止是伊琳的頭髮呀！哎，黃景瑜身上淡淡的古龍香水味和結實起伏的胸膛讓伊琳心神蕩漾。

　　「好看，好看吶！真是寶劍配英雄，美簪配佳人啦！」

　　黃景瑜稍稍退後了半步，看著一臉懵懂的伊琳開始用手摸頭髮上的簪子，急道：

　　「帶著，不要取下來！」他霸道地止住伊琳不聽話的手。

　　「哈哈！那是英雄配美人吧！」

　　古靈精怪的辛蒂不知從哪裡冒了出來，摟住了伊琳，調皮地看向黃景瑜調侃道。

　　「辛蒂，你總算是來了！」

　　伊琳嗔怪著取下頭上的髮簪趕緊還給黃景瑜。

　　「黃先生，這髮簪是古董呢，太貴重了，我不能收！」

　　「伊琳，小意思，收下啦！無影啦！在這集市上只要你懂得討價還價，砍個半價或者三成都是可以成交的啦！」黃景瑜握住伊琳捏著簪子的手往回推，

　　「況且我還央求那義大利老婦一定要賣給我，我有充足理由的啦，我要拿著這髮簪向方才那位青睞它的美女求愛！」

　　黃景瑜愈是感受著伊琳小手的光滑細膩肉感，他愈是不捨得放手了，他一衝動又把推回去的小手拉了回來，在伊琳的手背上快速印上一吻，

　　「那義大利老婦人還祝福我們有情人終成眷屬呢！」

　　黃景瑜看著伊琳似喜還怒的模樣心中竊喜，乾脆趁熱打鐵，

　　「伊琳，我不是開玩笑啦，我可是認真的哦，我想做你的男朋友啦！以後你叫我景瑜就好了，不用再那麼生分啦！」

「你們，你們這是在約會嗎？伊琳，那你還叫我來當電燈泡呀！」

辛蒂看著兩個人情意綿綿，故意賭氣噘著嘴不樂意道。

「辛蒂，你不要瞎說，這是黃大律師，我們只是偶遇！是偶遇！」

伊琳連忙抽回手跺著腳羞澀地解釋道，這手被黃景瑜連吻帶握的，手心裡直冒虛汗。

「兩位美女，我還有事要忙，你們慢慢逛，慢慢逛，鄙人就不叨擾了！」

黃景瑜多麼識趣，佳人已見，衷腸已訴，這些天輾轉難眠的相思病估計好了一半。

「伊琳，這律師姓黃，全名是黃景瑜？」辛蒂望著黃景瑜離去的挺拔背影問道。

「辛蒂，你聽說過這律師？」伊琳狐疑道。

「嗯，伊琳，我聽說他可是個大情聖呢，你可要當心點哦！」

伊琳手心裡把玩著那枚髮簪，似聽非聽心思大概飄到遙遠的義大利去了。手背上的那個吻印還在熱辣辣地燃燒著，把伊琳冰封的內心灼開了一條裂縫。

伊琳與辛蒂逛了半天，辛蒂一無所獲，伊琳的髮髻上則多了一朵盛開的粉色山茶花，似伊琳嬌羞的心花在怒放。

「伊琳，下周語言學校見！」

辛蒂揮了揮手，背起她的雙肩背包消失在了人群之中。

前方集市的盡頭圍了一圈小毛孩，越走近空氣中絲絲的甜味越濃，伊琳好奇地走上前一探究竟，原來是製作棉花糖的攤位，一粒粒粗糲的焦糖粒在機器中被慢慢烘熱，神奇地變成一片片白

色的薄絮從機器裡一絲絲地飛了出來，纏裹在木棍上，越纏越大，一朵碩大的棉花糖好似蓬鬆柔軟的雪白雲朵，彷彿風一吹就會飄然而去。

孩子們專注的小臉上寫滿了渴望！如果這人世間有什麼事物常常等同於美好，那唯有美麗的花朵和孩子純真的笑臉。

「老闆，給我來一朵粉色的棉花糖！」黃景瑜好聽的英倫腔從伊琳身後傳來。

「你沒走，還是又回來了？」伊琳即驚喜又詫異地回轉身問道。

「你覺得呢？」黃景瑜壞壞地一笑賣著關子。

機器裡一團碩大的粉色棉花糖漸漸成型了，甜蜜夢幻似少女的芭蕾舞裙。

「伊琳，你拿好了，我來付錢！」

黃景瑜掏出皮夾帥氣地結帳，依他愛聊天的性格，若不是洋人攤主手忙腳亂地應付著小毛孩們沒工夫搭理他，估計他又要聊上幾句了。

伊琳接過棉花糖，頓時一股甜香撲鼻而來。

「你吃呀！別客氣！」

黃景瑜微笑著看著伊琳，蓬蓬鬆鬆的一大坨棉花糖令伊琳不知從哪裡下口才好，她一點點咬上去，扯下一根根細絲，抿了抿嘴唇讓它們在口中融化，那甜甜蜜蜜的味道挑逗著她的每一個味蕾，就像偷偷品嘗幸福的味道，伊琳的嘴角黏黏地糊著蜜糖，像個小女孩一般咧開嘴無邪地笑了。

「看見你開心，我也就開心了！」

黃景瑜猛地湊過來摟住伊琳的肩膀在棉花糖上大大地咬了一

口，整個臉都快埋進棉花糖裡了。看著黃景瑜弄了個滿嘴大花鬍子，伊琳更是與他笑得前仰後合！

「伊琳，你笑起來太美了！我想一直看著你這樣開心地笑！」

黃景瑜霎時停住了笑，深邃的眼眸對上伊琳的黑眸發自肺腑到。

伊琳的大笑也戛然而止，笑意還停留在她的臉頰上，眼裡卻泛起了淚花。她柔軟的內心所包裹的堅硬鎧甲在此刻猝不及防地被擊碎在地。不是黃景瑜的攻勢太猛，而是她的防線太弱，她心裡的那些苦太濃，哪怕是一點甜，也會讓她癡迷不已。

伊琳倏然意識到她只會在關愛她的人面前流露出自己的脆弱：愛與被愛才是生命中最重要的事。那些憤怒，嫉妒，悲傷，背叛，傷害，流言與孤獨，最終都會變得微不足道。

此前伊琳的內心如同粗糙的焦糖，充滿著生活的雜質，沒有熱力烘培的時候，它沒有香氣沒有色彩。然而，黃景瑜觸動了它，此刻伊琳的心被熱力煎熬著，即喜悅又傷痛，但是很甘願。她甘願粉身碎骨，化做雲朵的輕盈去飛翔。

伊琳在俗世中不斷地掙扎與期望，黃景瑜是否向她伸出了一根可堪攀扶的浮木？

伊琳擎著一支火炬般的棉花糖，任寒風瑟瑟吹過，棉花糖不斷地變形，融化的糖汁慢慢流淌下來黏住了她的手，伊琳看著塌陷成泥的棉花糖，即不舍品嘗又不忍丟棄。這棉花糖就像易逝的幸福呀，她仍在這人世間找尋著自己的棉花糖。

幾日之後，「叮咚」郵箱來信提醒，這些天黃景瑜律師行已經和奶吧房東較量了幾個回合，房東推三阻四就是沒有最終定論。伊琳請求律師行發函，要求房東儘快確認奶吧店鋪最終的賠

損清單。伊琳打開律師行發來的郵件，一看嚇了一跳，房東開具的奶吧店鋪的賠損清單已經從最初羅列的八項，直接上漲到了二十八項，那些芝麻綠豆甚至莫須有的項目都羅列其中。房東這是發瘋了嘛！

三年前伊琳接手店鋪時發給律師的奶吧損壞照片，房東也一概抵賴拒不承認，反咬伊琳一口，謊稱那些照片都是伊琳那日去奶吧維修煤氣熱水器時新拍的。這還有沒有天理了！

伊琳撥通了黃景瑜的電話，強壓心中的怒火還是忍不住抱怨道：

「黃先生，我收到你們律師行的最新郵件了，怎麼你們把簍子越捅越大了，房東現在這麼蠻不講理，你們還有什麼解決方案嗎？」

「伊琳，這醬紫哦，你這樣的小案子呢，都是我的助理在具體處理的，你等等，別掛電話，我去瞭解一下啦。」

電話那頭傳來一陣嘰裡咕嚕的英語對話聲。

稍頃，

「伊琳呀，我瞭解過了，你那個奶吧的希臘房東呢，他的腦子已經瓦特了不太正常了，我們電話也打了，郵件也發了，他就是這醬紫不講道理，我們已經沒有辦法和他正常溝通了！」

黃景瑜在電話裡唉聲歎氣，真是秀才遇到兵有理講不清啊！

「黃先生，那麼這醬紫哦，這件案子請你們暫時停止一切操作，你們不要處理了，我自己來處理！請把你們律師行這些天工作所產生的費用給我一個報價。」

伊琳的口音也被臺灣腔帶偏了，可腦子還沒有被帶偏。

翌日，伊琳收到了律師行發來的收費清單，伊琳又一次被驚

到了，這高昂的收費真對得起黃景瑜的名聲。

「黃先生，我收到了律所發來的INVOICE（帳單），請教你們律師行高昂的收費是怎麼計算出來的呢？」

「伊琳啊，我們律師行的收費呢，不僅僅是按小時計費的，所有電話郵件的處理，以及對你案子的討論以及思考，全都是要計費的。當然那不包括我想你的時間！」

黃景瑜手握電話聽筒壓低了嗓音肉麻了一句，但還是刺痛了電話這端伊琳的耳膜。

「伊琳，你自己處理這案子，若有什麼郵件都可以轉發給我啦，有什麼進展也都可以告訴我啦，我會默默關注你的。」

「哦，這醬紫啦，黃先生，拜託您以後不要再想我和我的案子了，您的時間太金貴啦！」

伊琳可不敢再把她的案子交給黃景瑜去默默關注了，哪天再飛來張天價帳單，她可承受不起了……

十六

情愛是女人的修羅場

「離婚！你不是說你家所有的錢都捏在你老公手裡，你還想離婚！」

「你在澳洲英語不好，你都不能養活你自己，你離個什麼婚呀！」

「男人嘛，哪個沒有花花腸子，只要他還知道回家，你管他在外面做什麼呢！」

「要我說呀，你就安安心心做你的大太太，不好嘛？」

布萊頓（Brighton）海濱區一幢豪華宅邸內，歐式孔雀藍雕花壁爐內一條條黃燦燦紅閃閃的火舌跳躍著掙扎著，火燒得正旺，殷紅的木炭「嗶哩吧啦」地往煙道裡躥著火星子，豪宅內暖意融融令人渾然忘卻了窗外冬日的寒意。

空曠的豪宅裡回蕩著女人們的聊天聲，廚房裡大吊燈的水晶纓子一串串垂下來，光線迷離而璀璨，一張偌大的藍金砂中島櫥台恍若南太平洋上的一方孤島，透出一絲優雅神祕的美感，猶如這些墨村孤身的女子，理性成熟的背後總是藏著一些不為人知的祕密。

幾個語言學校的中年女生們圍著中島櫥台正忙活著，翻櫥倒櫃尋出些鍋碗瓢盆擺在桌面上，各種包水餃的食材剛從超市買來堆放在中島台的一隅。這天底下只要女人們聚在一起，話題永遠都離不開老公和孩子。此時這幫闊太們一個個的都操碎了心，忙著充當伊琳的人生導師，只有幫傭詠梅悶聲不響站在中島水池前低頭慢吞吞地洗著白菜葉，努力降低著自身的存在感。

「哎，伊琳，我尋思著你要是願意放下身段到有錢人家做個保姆，那倒也行。」

芭芭拉說著打開一袋子白花花的麵粉倒進伴沙拉的玻璃盆

裡，詠梅則關上水龍頭甩著水淋淋的白菜葉子放進濾水籃裡，瞟了一眼芭芭拉有了幾分不自在。

豪宅外，茉莉挺著七八個月的孕肚牽著兩歲的兒子凱文正蹣跚地走在鋪著鵝軟石的花園長廊裡，她打量著眼前這個精緻又蕭瑟的冬日花園，涼廊上的紫藤掉光了葉子，只剩下灰黑色的老藤糾纏著那些褐色的新條在庭院上空寂寂地繾綣著。幾株赤紅色的山茶花在拱形彩繪玻璃窗前開得正豔，淡淡清甜的馨香彌散在冷冽的空氣中。

茉莉踏上幾步花崗岩臺階，隔著繁複雕花的鐵藝玻璃大門按響了門鈴，詠梅在圍裙上擦了擦手邁著急促的小碎步穿過客廳走廊去開門。

「誰呀？你還請了誰？」

芭芭拉摘下鑽戒包上餐巾紙順手放進了櫥櫃抽屜裡，她和著麵團好奇地看向辛蒂等著回答。

三年前這屋子裡的眾人為了一紙永居證書紛紛離開語言學校去經商，三年後又都不約而同地回到了同一班級，繼續完成政府指定的語言培訓。這人生呀就是因緣際會，只是經過那三年的風風雨雨每個人都增添了不同的人生故事。

「我們還請了茉莉和她孩子。」

伊琳接口道，她放下了剁肉刀跟在詠梅身後一起去迎客，請茉莉來參加是她向辛蒂提議的。

茉莉是位清秀的臺灣妹子，這三年裡只有她收穫最大，孕育了兩個新生命。但作為單親媽媽她的生活也著實不易，上低級別的語言班可以免除托兒費用，所以她故意降低語言等級來到了伊琳的班級，好讓兒子凱文免費就讀幼稚園。

　　那日下課後，茉莉挺著個大肚子站在路邊遲遲等不到優步車，伊琳見了就開車捎帶她回家，一來二去經常搭車就熟絡了。伊琳想著今天在辛蒂家包餃子，不如叫上茉莉一起來熱鬧一下吧。

　　「嗨，你怎麼還把她給請來了呢，她大著個肚子還拖著個小毛孩子，怪煩人的！」

　　芭芭拉朝著伊琳的背影撇了撇嘴不樂意道，手裡的麵團更使勁地揉捏著，她耳垂上的大金環子隨著身子的晃動，也不住地拍打著她下垂的腮幫子一片浮光躍金。

　　「進來，快進來！外面好冷呀！別讓小寶貝凍著了！」

　　伊琳抱起凱文，示意茉莉換上詠梅遞上的拖鞋，進門換拖鞋是華人改不了的生活習慣，哪怕和客人的西服洋裙不搭調。

　　伊琳在凱文凍得紅撲撲的小臉蛋上親了一口，這小正太真是可愛極了，也不怯生，任由伊琳將他抱到了客廳裡，放在沙發前的波斯地毯上與泰迪小狗一起玩耍。

　　「姐姐們好呀！不好意思哦，我去接孩子來晚了，有什麼需要我幫忙一起做的嗎？」

　　茉莉看著眾人在廚房裡忙活著也想搭把手。

　　「茉莉，你就看著孩子和小狗不用你幫忙，一會兒等著吃現成的就得了！」

　　辛蒂邊說邊張羅著給茉莉和孩子沖奶粉拿點心，伊琳則在給凱文擦手擦鼻涕。

　　「嘿，我這費老勁地和麵，你們怎麼一個個的都歇菜不幹了！阿姨，你過來繼續剁肉餡兒。」

　　芭芭拉的京腔字正腔圓對著正在擦桌子的詠梅一嗓門子吼了過去。

詠梅磨磨唧唧地走到中島台前，不情願地拿起菜刀：

「我原來在家裡從來都不幹這種活的。」

詠梅居然死樣怪氣地咕嚕了一句，開始無力地剁肉。

嘿！難不成你詠梅不是來幫傭的，是來人家當大少奶奶的嘛！這墨爾本的幫傭都端這架子嗎？眾人皆在心中腹誹，但大家也沒立場開腔，畢竟這是辛蒂家的幫傭，就辛蒂那好脾氣早晚要讓幫傭騎到頭上去。

芭芭拉可不管這些，她儼然自動上升為總指揮，使喚著眾人幹這幹那。作為南方妹子的伊琳從沒學過包北方餃子，擀麵杖不太會使，擀出來的麵皮七歪八斜，包出來的餃子也全是躺平的，賣相著實難看，最後被眾人嫌棄分配去下餃子了。

「伊琳，記得要點三次冷水哈，別糊了！我聽說你還在和房東打官司，現在怎麼樣啦？」

芭芭拉一邊熟練地擀著面皮一邊包打聽。

「我已經在VCAT（維多利亞民事和行政法庭）官方網站上遞交了所有申訴材料，法庭會通知房東出庭來解決爭端，我要求法庭給我提供口譯員，到時候我自己出庭去稱述。身正才不怕影子歪！」

伊琳看著沸騰的水餃鍋回答得簡單，其實那背後寸步難行的煎熬也只有她自己知道。案子首先要經過小企業調解委員進行調解，在官方網站上填寫幾十頁的報告，她要藉助谷歌翻譯器花上幾天時間才能填完。長篇的案件敘述或者電話回訪，她都要央求英語能力好的鄰居或朋友幫忙把關。家裡的熊孩子是一點都別想指望上哦，熊孩子還美其名曰：「這是給你們家長一個提升英語的好機會，不要總有依賴心理嘛。」這是把當年伊琳教育他的話

全給還了回來，每回都能把伊琳氣得噴出一口老血來。

　　「你行啊！你自己幹，把律師費都給省了！要我說，就你那點萬把塊的押金錢你至於那麼費勁！」芭芭拉鄙夷道，「要是我，我早就不要那筆錢了！」

　　「伊琳在乎的可不僅是要回押金，她在乎的是要討回公道，憑啥子讓那房東黑白顛倒不講道理，傾吞押金呀！不就是欺負咱新移民人生地不熟嘛！」

　　辛蒂幫著伊琳和芭芭拉辯駁起來，伊琳感激地看向仗義直言的辛蒂，真是人生得一知己，足以撫慰風塵啊！

　　「阿姨，垃圾桶滿了，你把垃圾袋先拿出去扔了。」

　　芭芭拉一時語塞，索性反客為主地吩咐起詠梅，她自己洗淨手去一旁看手機了。

　　「哦！」詠梅應了一聲收拾了一下中島臺上的廚餘垃圾，出門去倒垃圾了。

　　墨爾本的冬天不會下雪，但總是陰雨綿綿，不知覺屋外開始飄起了濛濛細雨，像無數蠶娘藏在雲層中吐著銀絲，密密地斜織著。

　　「阿姨，怎麼還沒進來！」

　　眾人在餐桌上放上餐具，料碟，伊琳則端上兩大盆熱氣騰騰的水餃，招呼大家準備開吃。

　　「不用等了，咱們先開吃！」

　　辛蒂往凱文的碗裡盛了幾隻水餃，伊琳則抱著小奶娃在他短短的脖子上繫上圍兜兜，現在這圍兜兜可比伊琳當年養孩子時候用的高級多了，柔然的糖果色矽膠材質，底部向上彎起做成凹槽，小孩子吃東西往下掉的殘渣正好全兜住。

「辛蒂，要不我出去看看阿姨，不會有什麼事吧。」茉莉不免有點擔憂道。

「你去啥去呀，肚子這麼大，管好你自己就不錯了！」芭芭拉往碗碟裡舀了勺韭菜花醬和著老乾媽辣醬一起攪拌著。

說話間，詠梅神情忐忑地走了進來。

「阿姨，倒個垃圾怎麼也這麼磨蹭，快來吃餃子吧！」芭芭拉沒好氣道。

「我……我在外面接了個電話。」詠梅含糊地答道。

詠梅盛了一碗水餃退到廚房中島台的高腳凳上斜坐著，心不在焉地往嘴裡塞著水餃。

「叮鈴鈴……」手機鈴響，詠梅看了眼來電顯示旋即放下手裡的碗筷，快步走到走廊盡頭去接電話，隱隱約約的對話聲傳進餐廳，聽不真切。

「你們敢！你們敢動我的兒子，我就回去和你們拚命！」詠梅的聲音陡然拔高聲嘶力竭地吼道。

「阿姨這是怎麼了？發瘋了？」芭芭拉道。

辛蒂和伊琳趕忙起身向走廊盡頭走去，只見詠梅虛脫一般慢慢蹲下了身，蜷縮在高大的雕花玻璃門旁埋頭抱住了膝蓋，她所有的氣力似乎全用在了剛才的那聲怒吼中，此刻如嬰兒一般柔弱無助。

「阿姨，快起來，門口地上冷，怎麼回事？」

伊琳和辛蒂一左一右扶起了詠梅把她送回廚房。

「阿姨，我從沒見你這麼激動說話這麼大聲，這到底出啥子事了？」辛蒂給詠梅倒了杯熱水。

「我先前出門倒垃圾的時候就是接到了我老公的求助電話，

要我多匯些錢回國，但他又不肯說什麼由頭。我老公在國內一直好吃懶做的，啥活也幹不長久，全靠我掙錢養家。這倒也算了，可他，他偏偏還在外面找了個相好的，都這把歲數了也不嫌丟人！剛才就是他那相好的老公找人打電話來威脅我，說如果我老公繼續這樣纏著他老婆，他們就要去弄死我兒子！」

詠梅攥緊著拳頭怒目圓睜，

「他們敢動我兒子，我就回去和他們拚命！」

詠梅渾身顫抖喘著粗氣胸口不住的上下起伏。

伊琳和辛蒂皆沉默不語，不知道怎麼勸慰。

「你們說，我在外面吃苦受累的不也這樣熬著，為啥男人就不能呢？要弄就弄死那臭男人，為啥還要連累我兒子呀？為啥呀！」詠梅的兩行熱淚滾落下來。

窗外的冬雨淒涼幽怨地在天地間掛上了一道珠簾。

看詠梅的打扮和舉止確實不像個擅長家務的內地保姆，更像是個小城鎮的家庭主婦。其實詠梅並不是辛蒂直接雇傭的保姆，而是辛蒂的好閨蜜回國探親，慷慨地把自家的保姆暫時送給了辛蒂使喚。辛蒂的好閨蜜是妥妥的富二代，家裡富得流油，根本不在乎這點保姆費。

伊琳和辛蒂安慰了詠梅幾句，啥忙也幫不上。獨留她在廚房裡一個人靜一靜。

「你們快來吃，餃子都快涼了！」

芭芭拉和茉莉看著走進餐廳的兩人招呼道。

「那阿姨，沒啥事吧？」茉莉關切道

「沒啥大事，就是家裡面老公出軌了。情婦的老公放狠話想報復詠梅的兒子。」

「啊，這還不算大事？俗話說這男人吶有錢就變壞，現在這世道怎麼老男人沒錢也變壞呢？」茉莉不解。

「不是老男人變壞了，而是壞男人都變老了。」辛蒂道。

四個女人吃在嘴裡的水餃現在一點也不香了，都在心理琢磨著男人變壞那檔子事。

小凱文依舊努力地用小手抓著滑溜溜地水餃往嘴裡塞，一半吃進了嘴裡一半掉進圍兜兜裡，泰迪小狗繞著椅子腿尋找著掉在地上的一星半點殘渣。

「誰要是敢欺負我兒子呀，我也要和他拚命的！」茉莉拿過餐巾紙擦著凱文的大花臉共情道。

「嗯，女人吶，就是比男人更有感情更有靈性的生物。男人吶，不過是唯利是圖爭奪資源的低等動物，妻子情人紅顏一個都不想缺，就想從各種不同的關係中得不同的好處唄。」辛蒂似看破紅塵一語道破天機。

伊琳想起丈夫唐曾說漏嘴，他說妻子情人紅顏，不同的女人在男人心裡的位置是不同的，但他卻不願再道出男人最深層的祕密。

果然愛情使人盲目，而友情卻能令人醍醐灌頂。辛蒂的話對伊琳而言振聾發聵，她在此刻恍然大悟男人何以需要：「家裡紅旗不倒，外面彩旗飄飄」了。情人取代不了妻子在家中相夫教子的功能，除非妻子的位置空缺出來，情人才有可能上位，但男人終究還是會在情人的位置上再補上空缺的，不然他不就少了一份野趣麼。而這在女人的世界裡是矛盾的，女人的感情是要遞進昇華的，所謂相識相知相愛相守，一生一世女人的世界裡一次只容得下一個男人呢！

　　窗外雨還在淅淅瀝瀝不停地下著，像一張銀灰色黏濕的蛛網，掉進這紅塵蛛網中的螻蟻越掙扎越深陷。

　　眾人吃完水餃收拾起碗碟放進洗碗機，

　　「電視廣告裡說呀，使用洗碗機洗碗才更省水呢！」

　　辛蒂讓詠梅不用洗碗了，一旁歇著去。

　　「伊琳，今天買的這些食材我們幾個AA制平攤一下吧，小孩和阿姨就不用算了。」芭芭拉洗完手拿出超市小票遞給了伊琳。

　　「有護手霜嗎？」辛蒂遞過一罐護手霜給芭芭拉。

　　「哎呀，我的鑽戒不見了，誰看見我的鑽戒了！」芭芭拉抹著護手霜摸到無名指上空空如也驚呼道。

　　「沒看見呢，你想想剛才你脫下來放哪裡了？」

　　「我和麵的時候，脫下戒指放進廚房抽屜裡了。」

　　「沒有呀！」辛蒂翻尋著一個個抽屜。

　　「我把戒指包在一張餐巾紙裡了。」

　　眾人紛紛圍攏上來一起找。

　　「阿姨，你看見過抽屜裡的一團餐巾紙嗎？」

　　「唔……我剛才收拾廚房的時候，好像把抽屜裡的那團餐巾紙扔進廚餘垃圾裡了。」詠梅似反應過來回想著，「快，今天「康嫂」（Council）的垃圾回收車會來，咱們趕緊去外面綠化垃圾桶裡找！」

　　一眾人衝出豪宅，準備在那一桶枯枝爛葉中翻找出那枚鑽石戒指，卻不想一出門便看見綠色的市政垃圾車在細雨迷蒙的街道上揚長而去，泰迪狗對著遠去的垃圾車一陣狂吠，辛蒂準備開車去追，伊琳則跑回廊下和抱娃的茉莉商量著如何給「康嫂」打電話。

忽聽得：

「不用去追了，也不用打電話了，那枚結婚戒指就讓它消失吧，那不過是粒破石頭，什麼一鑽一生，騙人的！全是騙人的！」芭芭拉情難自已地啜泣起來：

「嗚嗚……我今兒早收到離婚令了！」

雨絲飄在眾人的髮絲上如破廟殘寺裡積年的爐灰被一陣闖入的風揚起又落下。

翌日，伊琳接到辛蒂的電話：

「伊琳，你快來！我家進小偷了！」

伊琳開車著急忙慌地趕到辛蒂家，

「你報警了嗎？現場有沒有保護起來？損失了多少？」伊琳一迭聲地詢問道。

「我臥室抽屜裡的一遝現金少了一半，我平時用錢就抽幾張，也沒計數，但是今天一看厚度薄了一大半。還有一個放禮物的盒子也不見了！」

「那咱趕緊報警呀！」伊琳拿起手機欲撥。

「不能報警！我估摸著就是詠梅幹的。她一來就說我家抽屜亂，要幫我整理，我當時還挺高興呢！」辛蒂歎了口氣，

「昨天你們走了之後，我看詠梅背著個包下班回家，那只包東突西鼓的，我想順路送她去車站，她說不用，結果我發現她往車站的反方向去了，當時我就覺得奇怪呢！」

「那你的禮物盒裡是什麼貴重東西？」

辛蒂的臉騰得一下漲的通紅，吞吞吐吐道：

「沒什麼，就是前夫送的聖誕禮物……那個東西！」

「什麼東西？」

「那個東西嘛，嗯……前夫送的電動男朋友！」辛蒂的臉紅得像花園裡熟透的柿子，「他怕我耐不住寂寞給他戴綠帽子唄，虧他想得出來！」

伊琳尷尬無語。

「我已經打電話問過我閨蜜了，她昨天剛到家，一檢查發現也少了不少奢侈品。她今天盤問了詠梅，詠梅還反駁，說她那是劫富濟貧。詠梅是旅遊簽證不能打工的，我們屬於非法雇傭勞工，所以不能報警！」

「可她犯法了呀，不能因為誘惑的存在就削弱和改變犯罪的定義。必要性不是犯罪的辯護理由！」伊琳就是眼裡容不下沙子，「辛蒂，你們這是縱容犯罪！」

「想想詠梅也怪可憐的，算了！就讓她劫富濟貧一回吧！那「康嫂」那裡也打來電話了，垃圾清運工人翻遍那車垃圾，也沒找到那枚鑽戒，奇蹟沒有再現吶！」辛蒂低頭蹭了蹭懷裡的小狗。

偶爾生命會像那一車垃圾一樣，被猝不及防地袒露在了光天化日之下，原來那些體面的婚姻裡都藏著隱忍，為了不讓人瞧見裡面的破敗，就用一個個鮮活的女子作為門面，掩住生活的千瘡百孔。

其實人生有很多事情都不過是他人賦予你的假像，人生本是修羅場，未登彼岸，哪有歸宿……

十七

何事秋風悲畫扇

　　南雅拉（South Yarra）熱鬧繁華的地鐵站人來人往，街邊一家中式茶館低調又突兀地坐落在這寸土寸金的寶地上。

　　店堂內，明清雲紋雕花的黃花梨茶桌上，一把黑色電熱水壺「嘟嘟」冒著熱氣。靠牆的一排紫檀博古架上幾把宜興紫砂茶壺和普洱茶餅在這南半球乾燥的空氣中靜靜地吐納著，幾支青黃相間的水培綠蘿從博古架上垂蕩下來，像施願張開的菩薩手印。

　　「禪茶一味」的匾額懸掛在了白牆之上，每日迎來送往默默地守著時光流轉。

　　「世人皆是無明，一念無明，無始無明，皆是無明吶！」

　　釋慧法師坐在店中央的茶几後面對著那一臉困惑的女生繼續開示道：

　　「何必用烤架呢，他人即是地獄！所謂五蘊皆空……」

　　芭芭拉從後堂間裡抱著個銀色熱水袋走了出來，但見她黑貂絨的披領遮肩，蜜色的錦緞夾袍束著寬寬的蟒紋腰帶，黑色的長筒靴與短裙之間露出一截粗壯的黑絲大腿來，這裝扮自帶幾分旗人戎馬沙場的颯爽，半月不見她清瘦了一大圈。她提起鳴響的電熱水壺灌滿手中的熱水袋，這墨爾本的冬天對她而言最是難熬，即便屋內有暖氣，她還是覺得手腳冰冷，那股子寒氣直把她的心凍得生疼。但只要捂上這熱水袋，她就可以想像自己就是那穿越亙古而來的千金格格，捧著袖爐還有丫鬟伺候，她可是正黃旗的後人吶！

　　芭芭拉把熱水袋抱在胸口，局部的暖意令她更覺四肢百骸的寒冷，她禁不住打了個寒顫，一閃身又退回後堂間裡繼續畫她的唐卡。一襲絳紅僧袍的格西雙頰上兩大坨高原紅，外加紅腫的酒糟鼻子像極滑稽的小丑，他正給幾個女弟子們分配著顏料。

芭芭拉帶上她的迪奧老花鏡開始仔細地給曼陀羅花案上色。興許是礦物顏料調色不夠均勻，她的那朵曼陀羅始終顏色斑駁，不能驚豔。格西聽到她的嘟囔聲走到了她的身後給她指點一二，看著前排畫友豔麗的畫作，芭芭拉不禁有些氣餒，她這幅象徵生命圓滿的曼陀羅何時才能畫圓滿？

「世情薄，人情惡，雨送黃昏花易落。

曉風乾，淚痕殘，欲箋心事，獨語斜闌，難難難！」

這茶館的老闆不知從何時起癡迷上了古箏，如今更是迷上了崑曲，咿呀婉轉的唱調剪不斷理還亂，迤邐繞梁從閣樓上絲絲傳來，芭芭拉聽不全懂，只聽出了「難難難」三個字，她頓住畫筆思緒飛出了這間茶館，回到了半個月前……

墨爾本的國際機場有點老舊，配不上這全球最宜居城市的盛名。芭芭拉坐上了飛往北京的航班，飛機向上爬升，她俯瞰舷窗下熟悉而又陌生的城市此刻一片燈火輝煌。

在維州的商業移民項目中最享有自由身的便是做進出口貿易的商人，只要對推廣澳州產品做出貢獻，符合移民局的考核指標，就能獲批永居綠卡。芭芭拉自持夫家財大氣粗，只要是澳洲的特產：紅酒，蜂蜜，羊毛被，橄欖油統統都向澳洲廠家砸單，銷往中國，由自家麾下的貿易公司接盤後再銷往終端客戶。因此芭芭拉得以隔三岔五地前往中國會見客戶或參加春秋兩季的全國糖酒商品交易會。

十幾個小時後，飛機開始緩緩降落。

「我回來了！」

飛機落了地，芭芭拉的一顆心卻懸了起來。她這個被放逐南半球的大太太，凡事還都想遠端監管著，可最近卻越來越覺得鞭

長莫及，萬事都有要失控的態勢了。

「少夫人，請上車，老夫人讓我來接您去她府上。」

司機一身夏季制服，帶著白手套打開了勞斯萊斯後座的車門，芭芭拉提起長裙鑽進了開足冷氣的車廂內。墨爾本的冬季正是北京酷熱的夏季，芭芭拉看著窗外被驕陽融化的氣浪，吩咐道：

「司機，請把冷氣關小一點！」

她在墨村收縮的毛孔此刻還沒來得及在北京的熱浪裡舒張開來。

這次回國並不在原定計畫之內，芭芭拉只告訴了婆婆，世人皆說婆媳關係最難處，但在芭芭拉家卻全然沒有這個問題。她和丈夫李思辰如果有什麼齟齬，她第一時間求助的人就是婆婆，難得婆婆吃得苦中苦一朝熬成婆，還能不忘初心，對媳婦們的難處都能感同身受，絕不偏袒自己的兒子反倒是幫襯著媳婦們。

芭芭拉正思來想去間，汽車停在了一處外表低調的四合院前，芭芭拉跨進門檻，兩棵老槐樹枝幹粗壯，烈日映照之下，滿樹似垂掛著忽明忽暗的藍綠寶石，樹上蟬鳴陣陣，滿園遮蔭清涼，假山前的小池塘裡幾尾五彩錦鯉遊姿雄然，穿梭在睡蓮間蕩漾起層層漣漪。

前廳裡，婆婆身著香雲紗長衫手撚一串翡翠佛珠，正坐在太師椅上雙目微閉口中念念有詞。聽得腳步聲傳來她睜開了眼，一見芭芭拉踏步走進，便顫巍巍地起身來迎，

「妞兒啊，你可來了，坐了一晚上飛機累了吧，趕緊坐下歇歇，餓了嗎？渴了嗎？」婆婆親熱地拉著媳婦的手喚著她的乳名。

「趙媽，趕緊去把茴香餃子下了端上來，」婆婆轉頭對扶著她的下人吩咐道。

「我知道你呀，最好這一口。」

「媽，我不累，在飛機上躺了一整晚，現在就想站著呢！」芭芭拉攙扶著婆婆坐下。

「好好好，那你先吃點東西吧，那飛機餐最是噁心人呢，我知道你是吃不慣的。」

婆婆把熱氣騰騰的茴香豬肉餃子推到了芭芭拉面前。

「好吃吧，」婆婆看著芭芭拉一邊喝著冰鎮酸梅湯一邊嚼著茴香豬肉餃子，那叫吃得一個香，

「我就知道你在墨爾本啊，吃不到這些地道的北京味兒。」

「嗯，甭說什麼北京味兒了，墨爾本的豬肉那是一股子腥臊味兒，屠宰場殺豬都是安樂死不放血的，咱華人哪吃得慣呢。」

「阿彌陀佛，阿彌陀佛！我平日裡吃素，今兒你來特意讓趙媽給你現包的葷餡兒。」

「媽，還是您對我最好了！」芭芭拉小嘴抹蜜但也是真心一說，「媽，那個我這次回來是因為……」

芭芭拉未及說完淚先止不住劈哩啪啦地往下落，喉嚨裡一半是被餃子哽咽著一半是被無法言說的委屈，她估計自己多半是在墨爾本憋出了憂鬱症。

芭芭拉打小是在象牙塔裡被家人寵大的，她記得小時候家裡面一共有五隻碗，有一次她一生氣砸了四隻，家人也不責備，只問她還有一隻碗她要不要再砸，小姑娘家轉念一想，再砸最後一隻就沒飯碗吃飯了，才搖搖頭說不砸了。在她的字典裡從來就沒有「委屈」這倆字。

「好啦，我想你突然跑回國也一定發生啥事了，甭難過，你慢慢說。」婆婆慈眉善目勸慰道。

「我就是前幾天給思辰打視頻電話，他總也不接，我就不停地打，後來他總算接了，背景裡烏漆嘛黑啥也看不見，我就說你打開燈我看看，他說睡了不肯開燈，最後拗不過我，他總算打開燈了，可是鏡頭一直對著個天花板，後來手機鏡頭一晃就是雜亂的床單。」芭芭拉疑神疑鬼地描述著。

「你也知道思辰管著那麼大個公司，全國還有不少分公司，出差應酬那都是家常便飯，你不放心，不如你自己親自去看看不就行了嘛！」婆婆不加思索順水推舟道。

「那思辰會覺得我是跑去突擊檢查的，他不生氣才怪呢！」

「你那不叫突擊檢查，你那是去關心他的生活嘛。」婆婆慈惠道。

有了老太太的「懿旨」，芭芭拉反倒冷靜下來了，心裡琢磨著，這老太太出的是不是個餿主意呀！萬一自己火急火燎地沖過去，看到什麼不該看的，那讓她該如何自處啊！

芭芭拉一夜輾轉難眠，終是好奇心占了上風，她倒要去看看思辰背著她在分公司裡到底有什麼鬼。

翌日一早，芭芭拉打開手機淘寶，下單了九十九朵紅玫瑰，外加大盒黑森林巧克力蛋糕，特意吩咐花店店主代筆寫一張愛心賀卡插在花束上：

「祝親愛的老公生日快樂！署名：永遠愛你的妻。」

「親，沒問題我幫你代寫，不過我的字可是馬馬虎虎哦！真羨慕你們伉儷情深啊！兩小時後我一定親自幫你送到，麼麼噠！」淘寶店主獻來愛心。

「謝謝店主，辛苦您啦！記得一定要親自送到前臺，讓辦公室裡的同事都能看到！」芭芭拉叮囑道，「你送的可不是鮮花蛋

糕，而是正義的來福靈！」

「來福靈？」店主不解。

芭芭拉估計這店主太年輕是沒看過當年那個風靡一時的電視廣告。

「我們是害蟲，我們是害蟲！正義的來福靈，正義的來福靈，一定要把害蟲殺死！殺死！」

芭芭拉哼唱起久遠的廣告歌，打字解釋道：

「來福靈就是殺蟲劑呀！我老公常年在外工作，身邊的狂蜂浪蝶太多了，你懂的！」

「嗯呐，親，都是女人，我太理解你了，保證完成任務！」

芭芭拉額外付了一筆不菲的加急費和外送費，果然有錢能使鬼推磨。

芭芭拉這邊收拾妥當，來到了高鐵車站，買了一張去往蘇州的火車票。她要去給思辰來個意外的驚喜。火車呼嘯著急行在山川田野間，芭芭拉看著窗外倒退的風景，墮入思流，隨波蕩漾，莫名感到一陣孤獨。

「叮咚」淘寶旺旺來信，「姐，鮮花和蛋糕已經送到，前臺圍上來一群美女在尖叫，很轟動耶！」

「謝謝店主，辛苦您啦！」

芭芭拉送上一顆愛心，她想問問店主見到收貨人了嗎？終是按捺著沒問，這個懸念還是留給她自己去揭曉吧。

中午時分，火車像一條巨蟒駛進了蘇州火車站。芭芭拉一下月臺就感受到江南悶熱黏濕的暑氣，皮膚就像走油肉一樣「嗞嗞」往外冒油。她鑽進一輛計程車，車廂內的二手煙味熏得她頭疼，

「師傅，您怎麼能讓人在車裡抽煙呢！請去塔園路。」

芭芭拉前些日子已經從思辰秘書那裡套出了他在蘇州的行宮地址，但她可不想又累又熱沒風度地去別墅門口打伏擊。她猶豫著是否要跑去思辰的分公司露個面，想想不妥，前腳鮮花蛋糕剛到，後腳太太又到，豈非司馬昭之心路人皆知了。

蘇州香格里拉酒店的大堂裡，芭芭拉坐在咖啡廳裡給蘇州分公司前臺打去電話，

「請接李總辦公室，我是她太太。」

「不好意思，李總出公司去見客戶了，請問有什麼事需要轉告嗎？」

「請轉告李總，我在塔園路的香格里拉大酒店。」

芭芭拉思索片刻輕籲一聲，還好她沒突襲分公司，不然撲個空，她捧著手機，像是舉著個千斤墜似的。

電話那頭，秘書趕緊往李思辰的手機上發了一條短信：「太太已到塔園路酒店。」

李思辰此刻正和外商客戶在工廠視察，並未留意手機。

午餐後，芭芭拉百無聊賴地走出酒店四處閒逛，一家裝修豪華的養生會館吸引了芭芭拉的注意，「吳宮麗都」金碧輝煌又古色古香，對比之下墨村那些泰式按摩店簡直是土得掉渣。

芭芭拉推門而入，一股清香的草藥味撲面而來，前臺一身漢服的江南小妹溫柔恬靜，軟糯細語，不消說思辰是個大男人，就是芭芭拉也會迷醉在這江南妹子的似水柔情中。芭芭拉索性要了全套服務。

隱約的琵琶聲中，足療師傅從盛滿花草藥水的原木桶中拎出芭芭拉一雙濕漉漉的白嫩腳丫，仔細地擦乾包上滾燙的毛巾，手

上祖傳的修腳刀在她一隻腳底板上「刷刷刷」輕快地翻飛著，一片片死皮像雪花紛紛飄落在白毛巾上。

「美女，你的腳長得真漂亮，是我見過的最漂亮的腳，都說手腳漂亮的人運氣好呢！」

修腳師不知捧過多少雙臭腳才發出這樣的感歎。

確實芭芭拉的腳趾一個個圓潤飽滿排列整齊，像放大版的嬰兒腳毫無歲月滄桑，難不成這修腳師是個戀足癖，芭芭拉「呵呵」掩嘴尷尬一笑。

前臺美女進屋給芭芭拉倒了一杯紅澄澄的桂圓藥膳茶，香甜暖胃。

「一會兒精油開背就免了，」芭芭拉想起精油燒傷客人的報導就有點心有餘悸，「古法按摩後直接拔火罐吧。」她只想驅散一身墨村的寒氣。

江南美女嚶嚶地應承著退出了貴賓包房。

吳儂軟語的評彈聲從門外傳進：「人成各，今非昨……

角聲寒，夜闌珊，怕人尋問，咽淚裝歡，瞞瞞瞞！」

芭芭拉躺在按摩床上昏昏沉沉地睡著了……

館外天色漸黑，養生館內的光線永遠昏暗柔和，讓人辨不清晨昏。

芭芭拉的手機響起，

「我在香格里拉的門口，你在哪裡？」

思辰的聲音裡聽不出喜怒，芭芭拉的一顆心卻突突亂蹦，讓她誤以為是少婦懷春。

芭芭拉急匆匆跑過馬路，果然思辰開著黑色的商務車停在香格里拉酒店門口，芭芭拉打開副駕駛的車門，往後座一瞥，那捧

火紅的玫瑰花束在昏暗的燈光下愈發妖豔。

「你怎麼來了？秘書中午發了短信給我，我還以為她發錯了。」

「我這不是想著來給你過生日，給你一個意外的驚喜嘛！」

芭芭拉喘著粗氣，剛才跑得急，現在覺得肺部像是要炸開了。

「我的生日還要過兩周才到！今天辦公室裡可被你攪翻了，都在吵著要吃蛋糕呢！」

李思辰暗想你確定這是驚喜而不是驚嚇？

芭芭拉臉頰連耳朵泛上紅暈漸漸發燙，試探道：

「可我過些天就要回墨爾本了，提前慶祝一下嘛！蛋糕搶光了，怎麼紅玫瑰沒有人搶？」

「有人搶，不過我沒給！」

李思辰發動汽車，她與他目光接觸，她心頭竟然一酸，連忙側過臉去。

「跑這一趟，值嗎？」芭芭拉臉上有幾許悵惘，欲說還休。

兩人驅車來到了金雞湖畔的加州牛排館，一人點了一份黑胡椒牛排。李思辰抿了口葡萄酒道：

「客戶聽說我太太來給我慶生，都讓我今晚不用去應酬了，多陪陪太太。」

芭芭拉切著牛排，「刺啦刺啦」刀具與盤子發出難聽的摩擦聲。

「來，我來幫你切吧，」李思辰切完牛排淋上黑胡椒汁，貼心地遞給芭芭拉，「你嘗嘗，可比澳洲的牛肉好吃？」

「嗯，還是頂級的日本A5和牛的口感最好，這黑胡椒汁有點喧賓奪主了！」

她看著他，眨眨眼，對他微笑，一如當年，人生若只如初見多好……

汽車駛過白牆青瓦的蘇式建築群，來到了塔園路別墅，芭芭拉把大捧玫瑰花插在客廳的花瓶中，她新奇地四下打量著，原來思辰就住在這樣的地方呀！她走進臥室，打開衣櫃並未發現其他女人的衣物，她唯恐面對，下意識裡給李思辰留足了時間去處理，她找出一套乾淨的床單被套，將床上的寢具更換一新，她有潔癖，她要保證自己不與那假像中的其他女人共寢。

「吧嗒」一聲，一隻珀金流蘇鑽石耳環從枕套中掉落在地。芭芭拉彎腰將之撿起，放在手掌中細細查看，這耳環太浪不是她的風格，她記得上次思辰來墨爾本時曾陪他去過瑪雅（MYER）百貨公司，這不就是那次思辰挑選買給客戶的禮物嘛。

芭芭拉不動聲色將耳環悄悄藏起，她走進了盥洗室，果然火眼金睛又從盥洗室的角落裡尋到兩根長長的烏黑光滑的髮絲，芭芭拉隔著餐巾紙將之撿起包好。

她呆坐在馬桶蓋上，

「他人即是地獄！魔鬼永遠在你和他人的心中……」

釋慧法師的口頭禪在她腦中翻來覆去。

她打開花灑，她越想越亂，外有命運，內有魔鬼，焉能不是地獄！她腦中似有列車隆隆駛過，穿越黑漆的山洞，轟然爆炸，灰飛煙滅。崩潰中她本能地用雙手抱顱，蜷縮在了水柱之下。

不知過來多久，芭芭拉穩住了心神，她紅著雙眼擦乾了短髮，換上了隨身帶來的黑色蕾絲露背睡裙，她扭身照鏡一看，白皙的後背上那兩排拔罐留下的烏紫色烙印顯露出來，猙獰醜陋滑稽，她有一絲後悔下午在養生館裡的選擇。沒法子遮掩了，她只

得硬著頭皮走出浴室。

　　李思辰已經半躺在床上刷著手機了，餘光掃來眼皮也不抬，冷冷道：

　　「這睡衣不適合你！」

　　她站在那裡良久，一時作不了聲，黑絲誘惑的戲碼被思辰看破了？不過她現在可沒那份欲念了。

　　她飄然而至攤開手掌在李思辰面前，一隻閃亮如蠍的耳環，兩根盤繞如蛇的長髮，她壓住內心的慌亂顫聲道：

　　「你看我發現了什麼？」

　　李思辰一怔，隨即扭頭背過身，關了檯燈怒道：

　　「睡覺，你不要瞎胡鬧！」

　　芭芭拉坐在床邊的黑暗中，聽著丈夫思辰的鼾聲，月光如水足如細藕，她長長的指甲擦著玫瑰紫蔻丹，指尖掐在手心裡像要滴出血來。

　　今夜她註定無眠，她準備一戰……

# 十八

## 唯愛與美食不可辜負

午後溫暖的陽光灑在萊貢街（Lygon Street）粗壯的梧桐樹上，樹上成群棲息的鸚鵡鳥一早都飛出去覓食玩耍了。道路兩旁的人行道十分寬闊，卻被罩在明黃色鮮紅色藍白條遮陽棚下的戶外餐桌椅占去了大半。這條有名的義大利風情美食街上，每天都香氣撲鼻，人聲鼎沸，生意火爆。

伊琳路過每一桌恣意暢聊的食客身旁，總能嗅到各種酒精和咖啡的香氣，還有風格迥異的香水味道。微醺的風裡更是彌漫著剛出爐的披薩餅底微焦的誘人香氣。

水煙店裡鑲滿彩色寶石的阿拉伯水煙壺旁，慵懶地斜靠著三三兩兩的煙客，水煙壺裡發出「咕嚕咕嚕」好似水沸騰的聲音，煙客就著長長的煙管猛吸一口，混合果味的煙霧在他體內環繞一圈後，從他的鼻孔和嘴巴裡噴湧而出，就像三條剛從洞裡鑽出來的眼鏡蛇，在空氣裡纏繞著舞動著，羽化而登仙，存在又虛無。

那水煙店門口氤氳的薄霧裡繚繞著馥鬱的熱帶果香，在過路人的心口上劃開了一道似有若無的漣漪……

站在每家餐廳門口熱情吆喝攬客的，多半是義大利餐館的老闆。

「你注意到了嗎？義大利語是要用手比劃來說的，」辛蒂手舞足蹈卷起舌頭吃力地學著義大利彈舌：

「特拉特拉，Ciao Ciao Hey How are you！」

「快別亂比劃了！別人都看著我們呢！」伊琳被逗得只想發笑。

「你知道嗎，如果把義大利人的舌頭都擼平了，雙手都捆綁起來，他們就不會說話了，哈哈哈……」辛蒂倒是人來瘋了。

此刻義大利夥計們那敦厚的身板，挺括的西服小背心，那高

亢的歌唱聲，那濃眉大眼，那笑到耳朵根的笑容，讓你徹底相信你來到了義大利社區，那每一刻歡樂的時光都值得被記錄下來。

辛蒂看見這麼多義大利帥哥簡直走不動道了：

「嗨，伊琳，我的腿太痠了，就這家，這家吧，伊琳，你看這義大利帥哥多熱情！」她撒著嬌，帶著引誘性。

「真是美色誤人，受不了你了！」

伊琳推開靠在她身上的辛蒂笑了。

兩人就座點餐，各自點了那不勒斯瑪格麗塔披薩和墨魚汁義大利海鮮麵，外加兩杯葡萄酒，陽光照在玻璃杯上閃閃發光。

澳洲人超愛喝酒，到了澳洲你也會無可避免地發現酒的好處，一出席非去不可又格格不入的場合，對著陌生的人群，只要喝一口葡萄酒，就可以增加你的忍耐力，再喝一口，你的眼前就泛起一片薔薇色，環境和閒人都不再壓迫你，你飄飄乎如遺世而獨立，瞬間自得其樂起來。

「伊琳，以後我們一定要去真正的義大利，坐在義大利街頭的露天咖啡館看滿大街的義大利帥哥，我保證你一定會喜歡的！」

辛蒂輕啜一口葡萄酒放下酒杯，上手直接撕扯披薩餅，那一絲絲濃郁滾燙的那不勒斯乳酪被藕斷絲連黏黏地拉扯開來。

「伊琳，你快嚐嚐這瑪格麗塔披薩，唔……就好像你在和這披薩談戀愛呢！」

「不，謝謝了！我不能再吃乳酪了，會發胖的，我最近都有小肚腩了！」

伊琳用叉子卷起烏黑的墨魚汁面送進口中，堪稱黑暗料理的黑色麵條裡夾裹著新鮮的墨魚塊，烏黑油亮鮮甜中略帶酸味，一

口口咀嚼，唇齒間頓時滿溢著來自深深大海的味道。

「我也有游泳圈了，這有什麼關係，愛到深處無怨「油」嘛！」

辛蒂又湊近過來並未壓低聲音：「我問你，你可曾在男人面前寬衣解帶過？」

「唔……我可不記得了。」

伊琳慌張得四下環顧，所幸，周邊的老外聽不懂這兩位曼妙女子的華語對話。

「有什麼好害臊的，你看過真正的脫衣舞嗎？那可是高雅的藝術，人體可是藝術中最神聖最美的！男人會因為你的游泳圈離開你嗎？才不會呢，因為他們才不在乎呢，他們能跟裸女在一起，那可是他們中了樂透彩票呢！」

伊琳聽著辛蒂大放厥詞也覺得新鮮好玩。

「好吧，我也吃一塊吧，明天再吃素。」

伊琳扯下一塊綴滿碎番茄和羅勒葉的乳酪披薩張大口往嘴裡塞。

「對呀，為什麼要放棄享受呢，人生苦短呢！」

雙倍乳酪入口的瞬間，絲滑濃郁，味蕾被無限滿足。啊！談戀愛也不過如此吧！

美食入口，伊琳似乎啥都看開了，操著一口被墨魚汁染黑的大白牙繼續大快朵頤起來。

「伊琳，你的嘴唇，哦，天吶！你的牙齒，你的舌頭，都發黑啦！」辛蒂震驚地看著伊琳。

「什麼？什麼嘛！」

伊琳掏出小鏡子一看，果然自己一口黑牙，這黯然銷魂的墨

魚汁海鮮義大利面就是這樣讓人又愛又恨。

「怎麼辦，怎麼辦呢？」

伊琳拿餐巾紙捂著嘴再也不敢大笑了。

前桌金髮碧眼的年輕帥哥忽然回頭，

「你不用緊張，回去用鹽多刷幾遍牙齒，就好了。」

誰說老外都聽不懂中文的，伊琳和辛蒂的談話估計都被這黃毛小子聽進去了。

「我叫馬修，很高興認識你們！在我的家鄉義大利啊，這墨魚汁義大利面可是檢驗真愛的利器呢！」

兩位美女的好奇心立馬被吊了起來，瞪大了眼睛瞧著眼前這位陽光帥氣的美男子：

「為什麼呢？」

「你看哦，你吃完這墨魚汁義大利麵呀，你立馬就會面目全非，黑嘴黑牙黑舌，這時候如果你和愛人還不互相嫌棄的，親嘴擁抱，那不就是真愛了嘛！」

黃毛帥哥坐到她們兩人身邊，指手畫腳侃侃而談起來：

「我順便再教兩位美女幾個義大利人慣用的手勢吧。」

兩位美女開始跟著馬修依樣畫葫蘆起來，用左右食指分別鑽著自己可愛的兩側粉腮，認真地學著：

「DELICIOUS！DELICIOUS！太好吃了！」

馬修頑皮狡黠地握起雙拳，白襯衫裡隱約透出的肌肉線條充滿著雄性荷爾蒙的張力，他在空氣裡相對敲擊了兩下拳頭：

「約嗎？」

「MA VA VA滾開！滾開！」

辛蒂輕微一笑，將藕臂伸出，比劃著切菜的動作，上下揮舞。

　　而伊琳則橫眉冷對，連忙握緊拳頭向上伸出胳膊，一個強勢暴力的巨型中指，直接拒絕幹他喵一伐。

　　馬修並不讓人討厭，「義大利男人可是世上最好的情人呢！」辛蒂心中暗想。有些男人一看便讓人生出親切感，你可以與他聊天約會甚至上床，電動男朋友如何比得過馬修那結實溫暖的胸膛。

　　三個人繼續學做著義大利手勢笑得五臟六腑都在顫抖，這一刻陽光下無所事事的快樂讓你不再糾結於享樂所帶來的罪惡感，享樂排第一，身材焦慮往後退，這興許就是義大利街的魅力所在……

　　地球的另一端，蘇州市立醫院。

　　芭芭拉穿著一雙拖鞋猶豫地站在病房門外，似乎所有人都比她先知道李思辰發生了車禍。昨夜整晚失眠，日上三竿醒來丈夫思辰已不見蹤影，估計是上班去了。她捧著牛奶杯坐在窗前，看著庭院裡的假山亭台，她對此刻身處何地還疑幻疑真，心中更是七上八落。接過電話後，她來不及換鞋直接沖出了房門，攔下一輛計程車趕到了醫院。

　　走廊裡充斥著來蘇水刺鼻的氣味，鬧鬧哄哄的就診人群從她身旁絡繹不絕地擦肩而過。丈夫思辰就在裡面的病房裡，可她聽到了病房裡傳來江南女子的說話聲。

　　「醫生，我這腿什麼時候才能拆石膏呀？不會留下什麼後遺症吧？」

　　女子聲音又嗲又軟，思辰一定是喜歡她的聲音吧，老男人就喜歡用少女來喚醒自己的青春。

　　「沒事的，輕微骨裂，1個月後拆了石膏就恢復自如了！你很幸運，幸好你的先生及時擋在了你前面，不然情況就嚴重

了！」

「謝謝醫生！」

「不客氣，你好好休養保胎！」

醫生退出病房疑惑地看了眼站在門口的芭芭拉，閃身走開。

「思辰，我口渴，幫我倒杯水嘛。」

果然會撒嬌的女人有人疼，李思辰額頭上纏著繃帶，臉上掛著彩，起身倒水遞到床前。

保胎！芭芭拉站在門口如遇五雷轟頂，血往頭上湧，心突突亂跳，她牙關緊咬，踮起腳跟趿拉著拖鞋走進病房。她無論如何也要將拖鞋穿出高跟鞋的氣勢來。

「思辰，看來你的傷沒有秘書說得那樣嚴重嘛！」

李思辰聞言手一抖，茶水潑在了白床單上。

「她懷的是你的種嗎？你要查查清楚！」

他轉過身方寸大亂，他早知道眼前這一刻是怎麼也躲不過去的了。

這個場面裡不知道誰更慌張更難堪一點，芭芭拉悄無聲息地站在他面前，他只覺得恐怖。他無法開口，他的沉默不是金，倒像是一把劍，刺痛著芭芭拉。

病床上躺著的青春肉體都是一票貨色，誰還沒有年輕過，芭芭拉鄙夷地不屑多看，約會一個年輕女孩子並不是什麼稀罕事，一個成功男人的生命之中一定有前赴後繼的年輕女人爭相撲過來，自家男人又不會吃虧。

只是眼前的這位夠心機夠手段，竟然留下了自家男人的種。

怪只怪自己糊塗，高估了自家男人，本以為他是個柳下惠，卻不想自家男人也不過是個血肉之軀，難經誘惑。李家可以不認

眼前這個女人，但不會讓李家的骨血流落在外，媳婦說到底都是外人，只有子嗣才是婆婆最看重的。

芭芭拉開始仔細研究起床上的年輕女人，看看到底她是哪部分生得好，以致於得到了丈夫的青睞，豐滿的胸還是高挺的鼻。難道她更能滿足丈夫的欲望？

其實到頭來每個女人對男人來說都是一樣的，生育能力才是女人的最終價值。

「我是李思辰的太太，我一直在澳洲忙於家族生意，謝謝你替我照顧思辰的生活，你長得和我當年有幾分相似呢。現在我回來了，你們打算怎麼辦？」

芭芭拉面青唇白站在床頭像主治醫生審判著病人。

病床上的女人也在打量著眼前這個風韻猶存的對手。她藏在枕頭裡的耳環是否被發現已經不重要了，離間計只適用於昨晚。估計昨晚失眠的不止是妻子一個人吧，不然好端端的，李思辰怎麼會開車一頭撞到樹上去，現世報呀！

芭芭拉一夜之間憔悴了許多，只有她自己知道她的心裡更憔悴。本來肥腴的女人一旦憔悴下來，臉上就會耷拉著鬆垮的皮膚，黑眼圈也無去無從。芭芭拉年輕的時候必定也是個美女，一朝春盡紅顏老，這就是歲月的無情，青春就那麼幾年。

兩人不免惺惺相惜起來，恍惚間兩人都在對方眼裡看到了彼此的前世今生。

芭芭拉沒來由去怨恨那些愚蠢的女人，反而生出幾分憐憫，女人何苦為難女人，一切還不都是男人惹的禍。她芭芭拉至少光明正大地擁有過李思辰最好的壯年，她才不虧。褪去衣衫，李思辰的肌肉早已鬆弛，不靠幾粒神藥加持他早就雄風不再了。

「李思辰，他現在也年過半百了，你還這麼年輕，你要為自己的將來打算打算，你也並不能成為他的唯一，你終要找到屬於你自己的幸福，你好自為之吧！」芭芭拉言盡於此，神情惻然。

年輕女人沉默了一會兒，哀怨地看向李思辰：

「你說，你到底有沒有愛過我？有沒有愛過我？」

女人哪，在最窘迫的境遇中也還是忘不了爭寵，

「你說呀！」

「我，我想……我是愛過你的。」李思辰毫無招架之力。

這不是被拋棄的糟糠之妻該說的臺詞嗎？角色混亂，芭芭拉不想看兩人醜陋的嘴臉，一轉身疾步走出病房，她還留在這裡做什麼，看他們深情表白嗎？

李思辰看向年輕女人又看向芭芭拉轉身離去的背影，像熱鍋上的螞蟻。

年輕女人用手掩住臉，嚶嚶哭泣，

「你出去！出去！」眼淚從她的指縫裡流了下來。

李思辰追上芭芭拉，攔在她面前。

「你說你愛她，那我算什麼？既然你說你愛她，我走，我成全你們！」

她轉身，她也犯了全天下女人都會犯的錯，靠本能驅使自己做出反應。

愛情是一場不幸的瘟疫，劫後餘生方值得慶幸。

李思辰掰過她的肩膀喘著粗氣哀求道：

「你不要走，不要走，你知道，剛才我如果不那樣說，我怎麼能夠脫身呢！你知道我每天也都過得很煎熬呢。」

李思辰頭髮散亂，眼白橫生血絲，可不是如瘋魔來自地獄嘛。

「是……是我的錯，我覺得寂寞。人總歸只能活一次，不見得來世我還能再投胎，我亦不信死後我的靈魂會上天堂……我也很辛苦呢……」

他李思辰一定要有傾訴對象，不然他會發瘋。

「我已是個中年人，我只能活一次……你明白嗎？」

李思辰用皮鞋恨恨碾著地板。

明白了，芭芭拉終於明白了。他不再年輕，生命本身的壓迫力讓他要去尋找出口。他未必真愛上了那個年輕女人，但他與她在一起，一切重又變得有活力有生機，時光好似倒流，他又偷回了青春，簡單明快。就算要帶著一個假面，那也是一個嶄新乾淨的面具：沒有家庭，孩子，親戚，應酬，只有舒暢快活的伊甸園，因此男人會留戀那些年輕的女子，但並不見得會娶她們回家。

可是做妻子的並不明白，所有的妻子都不瞭解她們的丈夫，她卻想得到丈夫的全部，他的肉身他的靈魂還有他的心，終逼得男人無處可逃。

「我就快老了。即使賺得全世界又如何呢？我只不過想解解悶，跟看書釣魚一樣的，但你不會理解我的，如果你沒看到……哎，這對你的生活又沒有什麼妨礙。」

「當然有妨礙啦！你的時間你的金錢你的精力你的感情都不再百分百給予你的家庭和妻子了！尊重和忠誠，是婚姻的底線！」

芭芭拉戰慄著，心中萬般滋味，瞪著他良久，贏過一時口舌也改變不了她目前的困境，李思辰已在作死的路上狂奔了。

「李思辰，你就是自私自利！」

千般道理都只化作了這一句話。

北京四合院中，

李思辰跪在母親面前，懇求道：

「我一定要娶她，她才是我的真愛！」

男人的荷爾蒙總會因偷情的緣故始終處在高位難以衰退，這會讓他誤以為找到了真愛。

哎，迷戀一個女人的時候，她什麼都是香的。

老太太手撚佛珠，長歎一聲：

「阿彌陀佛，阿彌陀佛，你這是在造什麼孽呀！」

如果說婚姻像手術，把不同的兩個人縫到一起，難免有排異反應。那離婚就更像是截肢，必須把壞死的組織切除。愛得越深的那個人，創面就會越大。

為了擺脫離婚帶來的傷痛，芭芭拉聽從朋友的建議去巴厘島禪修，短暫的修行就像一劑麻醉劑，讓她暫時好過了一些，但修行過後，她痛得更劇烈了，她失去了自我，失去了情緒管理的能力。時間並不能治癒所有的創傷，時間可能會讓你淡忘讓你好受一點，但你的大腦和身體會始終記住這種痛。

這天，穆拉賓醫院（Moorabbin Hospital）乳腺癌防治中心打來電話，通知芭芭拉再去複查，進一步排除癌症隱患。芭芭拉惶惶不可終日，上帝怎會對她如此殘忍呢，這該死的婚姻真是讓女人忍一時乳腺增生，退一步子宮肌瘤呀！

候症室裡，幾個坐在靠椅上等待檢查的婦人，都無心翻閱書報架上的雜誌，和芭芭拉一樣滿臉陰沉，渾身癱軟內心惶恐，忐忑地等待著醫生的召喚，就像在等待末日的審判。

芭芭拉預約的英語現場翻譯緊挨著她坐在一旁，年輕的華裔姑娘青春健康，她打聽著今天的醫療項目，她還年輕未經世事，

她怎會理解這些中老年婦人的恐懼，她們不是怕死而是怕拖著殘缺不全的身體半死不活地活著。

手術臺上，醫生在芭芭拉的乳房上一圈一圈認真地消毒，麻醉針刺進了她的皮膚，她哆嗦著全身繃緊咬牙忍住疼痛。

「放鬆，再放鬆一點。」醫生安慰道。

看著醫生手中準備穿刺的長針，芭芭拉再也忍不住了，滿腔的委屈心酸恐懼，種種情緒在此刻被無限放大一起湧上心頭，她放聲嚎啕大哭起來，像產房裡剛出生的嬰兒般哭得歇斯底里。

洋人醫生和護士驚得手足無措，不知道是哪裡出錯了，手術只能暫停，一個個趕緊上前詢問，

「女士，女士，你感覺怎麼樣？你為什麼哭呢？你還好嗎？」

翻譯不能跟進手術室，芭芭拉解釋不清她為何如孩童般如此失態，她失去了青春，失去了丈夫，她如今可能還要失去乳房，失去健康。

啊，金錢誠然也有買不到的東西呢！人太脆弱了！

她哭聲不斷像一隻受了重傷的小狗，哽嗆，急促，斷人心腸，她止不住哭泣斷斷續續道：

「我……我覺得好悲傷，我一個人太……太孤獨了……」

在眾人不停地安撫聲中，她又多挨了一針鎮靜劑，她漸漸安定下來，昏昏沉沉中她似又找回了童年被圍繞被寵愛的感覺……

# 十九

## 人生若只如初見

　　告別了義大利帥哥馬修，伊琳和辛蒂在萊貢街（Lygon Street）上漫無目的地閒逛著，書店禮品店裡各種澳洲本土元素的圖案設計讓人愛不釋手。兜兜轉轉間兩人轉進了街角的義大利冰淇淋店，眼前一排透明玻璃櫃檯猶如打開的潘朵拉寶盒，那一格格五顏六色的鮮奶鮮果冰淇淋散發著誘人的光芒。

　　辛蒂如被施了魔咒般興奮起來，十指妙變八爪魚觸鬚猛吸在玻璃壁上，她的鼻尖都快把玻璃戳穿了：

　　「伊琳，快來，快來看呀，我們一人來一個雙球甜筒吧，我就要，就要這個牛油果青檸味的，再加一個開心果味的！」

　　「嘎吱嘎吱」，伊琳嚼著新鮮烤製的華夫蛋筒，酥脆的外皮滿是黃油的香氣，奶黃錐型蛋筒裡麵包裹著粉紅櫻花和墨綠抹茶兩種口味的冰淇淋，冰爽脆軟綿蜜，又是花香又是茶香，讓伊琳的少女心瞬間炸裂。

　　這次第，怎一個「美」字了得！

　　「啊，吻住你的唇，凍結你的心；刺激你的舌，甜蜜你人生呀！給我一百個帥哥也不換呀！」

　　辛蒂舔著冰淇淋球，一副天真享受的模樣。

　　「很多時候呀，你必須活得全面一些，永遠不要喪失孩子般的熱情，那樣的話，你凡事才會順利一些。」

　　伊琳心裡頭這樣想著，嘴上卻道：

　　「呵呵，還想什麼帥哥吶，咱倆明天就成胖仙女啦！說不準一會兒還要肚痛拉稀呢！」

　　「哼！伊琳，你還真能煞風景！哎，我還真懷念我的義大利呀……」

　　伊琳聽聞不再作聲了，她腦海中浮現起半年前她倆的重逢：

夕陽下的雅拉（Yarra）河平靜而又舒緩地流淌著，兩艘皮划艇箭也似地滑行在水面上，舵手穩坐船首，船員們在有力的口號聲中奮力地劃著槳，在河面上你追我趕，狂飆著青春的荷爾蒙。

　　伊琳駐足在王子橋上，看著皮划艇消失在了河道的盡頭。她隨著河岸邊熙熙攘攘的行人前行，一家家酒吧門口燃燒著瓦斯取暖爐，鐵網罩中的一篷篷火焰向上噴射足高半丈，遮陽棚內縱橫的取暖管更是毫不吝嗇地噴發著熱氣，酒客們端著葡萄酒杯愜意地翹著腳坐在高腳凳上欣賞著河岸上的風景。

　　伊琳一路走來，她在橋上看風景，看風景的人在酒吧露臺上看她。

　　墨爾本這座都市又迷幻，又現實，她不知她可曾裝飾過誰的美夢？

　　伊琳踏進皇冠酒店，五星豪華的酒店一半是讓人欲罷不能的CASINO賭客世界，一半是讓人醉生夢死的高檔餐館酒吧，還有那讓人無法剁手的奢侈品名店。

　　皇冠酒店大堂是約會等人的最佳地點，辛蒂坐在大堂沙發上向伊琳微笑招手，三年未見兩人還是一眼便認出了對方，褪去一身的疲憊和滄桑，伊琳和辛蒂約好今夜不醉不歸。

　　黑卡義大利餐廳內，昏暗的燈光讓人卸去了白天的面具，越高級的餐廳貌似光線越幽暗，獨盞射燈在褐色大理石餐桌上投射出一個大大的光圈。辛蒂點餐的檔口，伊琳盯著這個光圈陷入了時光隧道：

　　「伊琳，等孩子們都長大了，我一定要帶你去我的第二故鄉義大利，坐在街角的戶外咖啡館裡，曬著太陽看滿大街的義大利帥哥。」

　　辛蒂手裡捏著香煙送貨單環顧陰冷曬不進陽光的奶吧客堂間，為伊琳畫著大餅，

　　「伊琳啊，我敢保證你肯定喜歡義大利帥哥勝過澳洲猛男呢！」

　　「等孩子們都長大了，咱們倆都變成老太太了，哪還有胃口去看帥哥呢！快來點貨吧！」

　　伊琳真是人間清醒啊，不過現在想起當年事她仍不禁啞然失笑。

　　伊琳瞄著辛蒂身旁正在負責點餐的澳洲猛男，高挑帥氣的肌肉男，緊身的黑色T恤下包裹著咄咄逼人的胸脯和塊狀的腹肌，爆裂的麒麟臂被袖子管口勒得緊緊的，一看就是健身房裡的常客。男侍手臂上更是刺著大片青紅相間的骷髏花朵紋身，這下她總算是在內心裡認同了辛蒂的評論：

　　「澳洲的猛男們只把浪漫紋在了皮膚上，而義大利的男人們則是把浪漫紋進了骨子裡哦。」

　　男侍細心地用白餐巾托著葡萄酒瓶給兩位美女斟酒，細膩的金黃色泡沫在酒杯裡不斷上湧爆破，被帥哥體貼伺候著，那感覺不要太享受哦！

　　伊琳從她玫瑰色的臆想裡回過神來，旋轉著酒杯欣賞著杯裡的泡沫，一句經文在腦中一閃而過：

　　一切如夢幻泡影，如露亦如電。

　　伊琳面對著落地玻璃窗而坐，窗外墨藍色的天幕悄然拉開，高樓的每一扇窗都亮起了璀璨的燈光。烏黑的鋼筋鐵軌橫架在半空中，下班時刻密集的列車呼嘯著穿梭在高樓大廈之間。面對面兩列火車不時擦肩各奔東西，像一列列飛馳的龍貓列車，夢幻地

穿越銀河而去，如同命中註定有相聚就有分離……

辛蒂扭頭望著桑德瑞（Sandridge）橋上行色匆匆下班的人流感歎道：

「伊琳，你看這些上班族，每一個人匆匆回到的家裡，就會有各種的人生百態在上演，是父親是母親亦或是情人，也要面對難纏的孩子，也有一個不知道是貓還是虎的配偶，也有一堆的家務和一身的貸款要應付，每一個人都活得如此不易，卻都在努力地生活著，眾生皆苦如微塵啊！」

伊琳和辛蒂碰了碰酒杯，仰頭一飲，當酒入喉時，有一種破裂的聲音，彷彿是破碎的寂寞，看著夜色裡走馬燈似出沒的人群兩人各自出神。

夜色中的雅拉河墨墨黑，堤岸邊的酒吧卻越夜越妖魅，一蓬蓬瓦斯篝火燃燒著釋放著不可抑制的激情，燭光下人影綽綽，伊琳已從一個局外人變成了景中人。

辛蒂鮮紅的指甲嬌翹著擒著雞尾酒杯，那杯瑪奇朵端在她的胸前就像佩著一枚粉色香奈兒胸針。一襲穿著紅色長裙的佳人，此刻不再是在水一方遙不可及，而是溫暖的在你身邊搖曳她醉人的媚態。

駐唱歌手嗓音低沉：「哦，我的愛人，最遠的你是我最深的思念……夜已沉默心事向誰說……」

辛蒂微醺著眸子記憶不可遏制地氾濫開來，那一個大雨滂沱的夜她在雨中狂奔……

婆母一腳踢翻了她的電腦桌，歇斯底里地衝她叫囂：

「你這個一無所有的野丫頭，你有什麼資格嫁給我兒子！」

婆母高挑著兩道墨線勾勒的拱眉，層層皺疊的油眼皮上塗

滿藍紫色的眼影，蚯蚓眼線下渾濁的眼珠因怒氣而暴突，口紅斑駁脫落的血盆大口如脫水鯰魚般不停地開合著，宛如那羅剎裟般恐怖。婆母以香梅二世自居，謀了個南美洲小國的外交大使虛職後，便自認為躋身了上流社會，普通人再也入不了她的眼了。

辛蒂驚恐著慢慢向牆角退去，單薄的影子孤單地落在灑金牆紙上顫抖著，她的存在竟然是如此的一無是處。是的，她貧窮而又平凡，但是穿越死亡的幽谷站在上帝的面前，所有人都是平等的！雖然她是個孤兒，可小姨把她當親閨女一般養大，她是沒有世間的財富，可是她自身不就是一件珍寶嗎！

小姨臨終的話語至今言猶在耳：

「記住，你是上天賜給我的最稀罕的寶貝！你是獨一無二的！你一定要堅強！」

公爹聽到婆母的叫囂來到客廳扶住婆母的胳膊安慰道：

「別和這個低賤的丫頭一般見識，小心氣壞了身子不值得。」

辛蒂欲加辯解，可公爹那嚴厲的嫌惡的眼神讓她不寒而慄。

大門「哐噹」一聲，丈夫一手夾著公事包淋了半身雨推門進來。辛蒂像看到了大救星剛想上前迎接，沒想到婆母風也似地衝上去拉著她兒子拖將過來：

「快來幫我評評理，這個你非要娶的野丫頭，今天快把我氣死了！」

辛蒂的辯解被卡在了喉嚨裡，只見丈夫的臉垮了下來，濃眉緊蹙，眼裡冒著火星，

「辛蒂，你怎麼又不懂事了，又惹媽生氣，知不知道我在生意場上有多累，回家了還不能消停，趕緊給媽道歉！」

辛蒂的眼淚在眼眶裡打轉，

「你為什麼問也不問發生了什麼事情，就認為是我的錯，就要我道歉，我只是為了趕論文趁孩子睡著了抽空看了會兒書，媽就說我故意偷懶，我辯解了兩句，媽就發火了！」

辛蒂倔強地抬高頭顱，成為設計師是她最大的夢想。

「總之不管怎樣，媽說你錯了，你就錯了，你要聽話，快道歉！」

辛蒂看著眼前三個巨大的影子向她壓了過來⋯⋯

結婚前辛蒂在義大利美院學設計，業餘時間在一家披薩店裡打工，羅馬的大街小巷到處留下了她騎著鐵皮二手小電驢VESPA送外賣的身影，那是她最自由最快樂的一段時光。

傍晚的夕陽撒向城市的大街小巷，彈硌路面似鋪了一層細碎的金箔，羅馬的許多道路既狹窄又多是坡道。本來不寬的道路，加上占道停放的汽車，道路就更狹窄了。

辛蒂迎著風騎著她的粉色小電驢，烏黑的長髮如瀑般從頭盔下溢在風中飛揚，白麻襯衣束在磨白的天藍牛仔褲裡，那麼青春，那麼優雅，那麼圓潤，還透著那麼一絲淡淡的天真，她有那麼一剎覺得自己就是奧黛麗赫本再世呢。

「活色生香」四個字用在她身上真是再合適不過了。

「啊！真可謂條條大路通羅馬，羅馬未必皆大道啊！」

辛蒂一邊作著打油詩一邊在V字街角轉彎，這輛二手小電驢啥都好就一老毛病，轉彎不靈活，這下可好不偏不倚一頭撞向停在路邊的豪車。

辛蒂「啊，啊！」大聲驚叫著猛得剎住了車，背著大大的外賣保溫包連人帶車摔倒在了豪車輪子旁。

豪車車門打開，黑馬王子明光鋥亮的漆皮皮鞋和筆挺的西裝

褲腿便赫然放大在了她的眼前……

「真是轉彎撞上車，轉角遇到愛啊！」辛蒂戀愛腦上頭詩接上段，「人生就是美夢一場啊！」

辛蒂看著迫近的影子，她的心在狂跳，她環顧四周急速地尋找女兒搖籃床的方向，她像暗夜裡敏捷的母豹，衝出圍獵，連被抱起熟睡的女兒，向門外衝去，女兒是她的命呀，是這個世界上唯一和她血脈相連的親人了，是她唯一活下去的勇氣，她什麼都可以不要，她只要她的孩子。

屋外的冬雨藉著風的力量，向辛蒂無情地打來，路燈把她的影子一片片地切割成碎片，她單薄的衣服濕透了，她不覺得冷，她腳上的拖鞋跑飛了，石子割著她的腳，可她感覺不到疼痛，懷中的孩子越抱越沉，發出嚶嚶的啼哭聲，辛蒂邊跑邊喘著粗氣小聲哄著：

「不哭，不哭，別怕，媽媽在，媽媽不會離開你的。」

辛蒂何嘗不是在哄她自己，這暗夜的路漆黑似沒有盡頭……

大雨把身後追趕的腳步聲隱沒了，辛蒂體力漸漸不支一個踉蹌摔倒在泥潭中，身後的腳步聲近了，辛蒂抱緊懷中的孩子想要掙扎起身，婆母一個箭步沖上來摁住辛蒂，公爹從辛蒂懷中爭搶著孩子，孩子發出撕心裂肺的哭聲，一道閃電在空中劈裂，辛蒂心頭一陣抽痛鬆開了緊抱的雙手。

「這孩子雖是個丫頭片子那也是咱家的骨血，你不能帶走，要走你自己走！」婆母的聲音隨著一聲響雷重重砸在辛蒂的心頭。

那個黑馬王子就是個媽寶男，遠遠地看著這一切，畏畏縮縮默不作聲。有些男人，你不依仗他的時候，他對你什麼都好。可如果你想靠在他身上透口氣時，他就會像拍蒜一樣把你拍死。他

只想靠在別人身上尋找安慰，他比你還要軟弱，他只求自保。

辛蒂跌坐在泥潭中痛哭失聲，心被挖去了一大塊，痛到無法呼吸。

臺上的歌手眼眸中含著的深情：「你有沒有發現，今晚的月亮一直跟著你，因為它擔心我看不清你的美麗……」

辛蒂從回憶中甦醒，一粒淚珠掛在眼角……

這陌生的城市啊，燃起了午夜從未見過的煙火，你是否聽見有人在歡呼有人在哭泣。

伊琳伸出自己的手輕輕撫上辛蒂的手背，眼神中透著關切似在無聲地詢問：「你還好嗎？」

辛蒂曾一度是伊琳奶吧的煙草供應商，伊琳陸陸續續地知曉了她的情況：女兒被判給了有錢有勢的男方，婆家的阻撓令辛蒂幾乎沒有見到女兒的機會。幾年前她和丈夫就已經拿到了澳洲商業移民的簽證，只是如今物是人非也，辛蒂獨自離開了那個傷心之都羅馬，來到了墨爾本，她用離婚補償金盤下了圖拉克（Toorak）的香煙店，開始了移民之路。她與前夫也是藕斷絲連吶，誰也沒有規定前夫不能排在追求者名單上，不是嗎？

「你的香煙店生意如何，盤出去了嗎？」伊琳關切道。

「唉，你還記得AMES語言學校的約翰老師嗎，他當年分析得一點沒錯，圖拉克就是富人區不適合開煙店，富人自律又惜命，所以零售銷量一直都上不去，只能靠批發生意達到移民局的考核指標，就是不停地靠壓資金在每季度調價前低價囤點貨，賺點小差價。」

「嗯，我記得你當年對約翰老師還很不服氣呢！我們一幫同學當時就怕你倆互不相讓掐一架呢！」伊琳笑著回憶道。

「我的香煙店已經找到下一個冤大頭了，移民局商業移民的指標水漲超高，我的煙店在營業額指標上還是沒問題的。雖然半夜裡也被洗劫過兩次，好在香煙店通常是不住人的，不像你經營的奶吧必須住在店鋪裡，所以不存在人身安全問題。最多是保險公司十賠九不足而已。」

「那你現在有綠卡了，賣掉店以後，你還準備與黑馬王子復婚嗎？你看你倆一不小心又多搞出兩條人命。你家的龍鳳胎多招人疼！」

「好馬不吃回頭草，我可不會再熱昏頭了，區區一張紙不足以保護彼此的感情。婚姻不過是一場披著愛情外衣的交易，女方提供美色和生育力，男方提供物質和生活保障，各取所需。我現在這樣也挺好，不用再成為某個男人專屬的私人奴隸啦，我現在有錢有閒男人不缺。」辛蒂洞若觀火啜著酒調侃道。

「我看你呀也就是嘴硬！女人呐都是天生的忍者，心軟是這個物種最大的缺陷。」

也許生活就是這樣的，有人說的對，得到了往往就不會去珍惜。得不到才會一直被牽掛。有情不必終老，暗香浮動恰好，無情未必就是決絕。

伊琳凝視著辛蒂俏麗的面龐，如此美麗的女人就像是跌落神壇的一位女菩薩，一路上跌跌撞撞遇到的無非都是男人，總要在一次次的傷痛中學到些什麼。

此時無言的陪伴勝過安慰的言語，閃爍的燭光中伊琳盯著辛蒂那長長的耳垂想到的就是那菩薩才會有的垂肩大耳，按面相來看，辛蒂應該很有福氣才對呀，何以她一次次地以為自己重生了，卻一次次地又被打回原形。

難不成辛蒂和她都是被貶入凡塵來此渡劫的嗎？

　　辛蒂此刻想起她遠在義大利的大女兒，她的心像瓷器碎了一地。身邊總有好事者勸她回去，為了孩子求和去當個賢妻良母。可是她還能回頭嗎？她的自尊已被踐踏入泥，她好不容易才爬出泥潭，她不能再次喪失自我。總有一天她要把大女兒接到墨爾本來，從此再也不分離。

　　辛蒂已經知道這個世界沒有絕對的安全，沒有永恆的保護人，你再怎麼白也抵擋不住這個世界的黑，她已經不再是丈夫的玩偶與奴隸了，卻依然是商品的玩偶與金錢的奴隸。但她也知道她就是這世界的一部分，她告訴自己莫怕往前走，她心中似有什麼東西已破土而出。

　　受傷的人不會介意再痛一點，唯一能擊潰心防的就是愛與關懷，如果寂寞能下酒，那友情就是最好的療傷藥，辛蒂的淚像一滴墨掉進水裡，消散於無形。

　　「寶貝，對不起，不是不愛你……真的不願意又讓你哭泣……」

　　歌手灼熱的目光像聚光燈照射過來。

　　辛蒂放下酒杯回看歌台，泫然欲泣的兩腮綻開了笑容，伊琳拉起辛蒂飄像舞池，舞池的暗流上漂浮起兩朵幽然的蓮花，周圍的一切都暗淡下去，只有兩朵蓮花蕩漾在水面上，又像兩片浮萍不知要飄向何方？

　　人群四退圍攏成一個圓環把兩朵蓮花圍在中間，伊琳打著節拍環繞著辛蒂，辛蒂像一簇小火苗，遇到了鼓動的風，她如一團火紅的烈焰般燃燒起來，旋轉上升，旋轉上升，她白幼的手臂無盡地延展無懼蒼穹。此時一個舞者的魂魄已全然臣服於她，她的

靈魂正在片片燃燒……

　　這夜晚風微送，已把她的心扉吹動，多少塵封的往事都清晰地留在她心中，流淌在她的夢裡。人生如此，浮生如斯，情生情死，乃情之至。

　　不是嗎？

　　她只記得初遇時黑馬王子向她伸出了柔軟的手，彈硌路上留下了彼此那迎著夕陽的微笑。

二十

不再沉默

「伊琳，你快來，我羊水破了，我要提前生了！」

電話那頭傳來茉莉緊張急促的大口喘氣聲。

「好，好，你別緊張，你買了救護車保險了吧，你是單親媽媽情況特殊趕緊打電話叫救護車，我馬上就來你家！」

伊琳匆匆起床披上外套，跑去對街的茉莉家，隔壁鄰居家的三花牧羊犬在黑夜裡警覺地叫喚了兩聲，許是聞出一跑而過的是老熟人伊琳便安靜了下去。

茉莉忍著痛在家一通收拾，動靜聲大了些，把借住的房客麗娜也給吵醒了。兩歲的兒子凱文白天玩累了，此刻還渾然不知呼呼大睡著，嘴角上的哈喇子流在小床的枕頭上。

「伊琳啊，我去醫院後，凱文就拜託你照顧一下，我媽現在還在飛機上，要明天中午才到，你能幫我去機場接一下嗎？」

茉莉又犯起愁來，

「可是凱文上幼稚園誰去接送呢？」

哎，單親媽媽的生活簡直一團糟。

「嘀嘟，嘀嘟……」

醫院的救護車聲在門外響起，茉莉和伊琳大眼瞪小眼還沒想出對策。

「你就放心生孩子去吧，明天我幫你去接送凱文。」

麗娜打開冰箱拿了瓶蘇打水擰開瓶蓋「咕咚」喝了一口，操著半生不熟的中文開口道：

「你把幼稚園位址告訴我就可以了！」

「謝謝哦，這，這怎麼好意思呢！」

茉莉咧著嘴角忍著一陣宮縮的劇痛弓起了身子。

「謝什麼謝，瞧瞧你都痛成啥樣子了，男人真他媽不是個好

東西！」

麗娜看著茉莉痛苦的樣子用彆扭的中文飆了句髒話，衝上前扶住了茉莉。

伊琳把救護車醫生們迎進了屋，眾人七手八腳地把茉莉抬上擔架，送上了救護車。在澳洲如果你沒有購買救護車保險，那起碼要花費兩千刀救護車費用。

救護車門「砰」的一聲被關上，在深夜的街道上隨著一路狗吠聲鳴著警笛呼嘯而去。

下半夜小凱文翻了幾個身依舊呼呼大睡，伊琳則睡在他小床邊的沙發上操心著茉莉的情況，到凌晨才迷迷糊糊地睡著了。

一隻軟乎乎的小貓爪子揉搓著伊琳的臉，伊琳甩甩頭用手撥了兩下，那只小貓臉忽的變成了黃景瑜的臉，竟然對著她的唇直接吻了下來！一隻手壓在了她的胸脯上，她的奶水「嗞」地一下飆了出來，濺了他一臉！

伊琳從春夢中猛地驚醒過來，一睜眼竟是凱文這個淘氣包正俯在她身上拿著油畫棒往她臉上塗鴉。

這黃大律師怎麼會出現在她的夢境中呢？她奶吧的房東在收到法院傳票後就認慫了，房東不敢打官司，已經把奶吧的押金退還給伊琳了，伊琳已經很久沒有想起黃景瑜了。

伊琳一個激靈坐起身，

「你這個臭小子，別逃，看我抓住你，看你往哪逃！」

伊琳做出一個駭人的張牙舞爪的姿勢，小凱文一看也不害怕，反而格格笑著踉踉蹌蹌地返身逃跑，一邊跑著一邊還不住回頭逗引伊琳去追。

伊琳一邊唬著凱文一邊追到了客廳，一抬眼看見麗娜正在花

園裡晨練，豆綠露臍的小背心秀出美好的馬甲線，淡紫色的緊身健美褲包裹著翹臀，春日裡的陽光把麗娜健美的身影鑲了一圈金邊，她俐落的短髮在晨曦的照耀下如絲絲閃亮的金線，這澳洲長大的女孩子都是曠野裡最健壯的母鹿。

麗娜也看到了在客廳嬉戲的伊琳和凱文，她把粉色的啞鈴往草地上一扔，輕快地跑來抱起頑皮掙扎的凱文，

「你們趕緊梳洗吃早飯，伊琳，噢，你的臉還真是好看呢！」

伊琳被她一誇摸著自己的臉道謝，一時間竟還有幾分自得，她是還沒照鏡看見自己的大花臉呢。

「我已經做好早飯放餐桌上了，一會兒我送凱文去幼稚園。伊琳，你去醫院前替茉莉買些食品日用品吧，清單我已經列好了，你順便再替我買一把花送給產婦，然後就去飛機場接上茉莉媽媽去醫院。」

麗娜儼然像個一家之主，把事情一樁樁安排得妥妥當當。

吃完早飯，伊琳去窩沃斯（Woolworths）超市按著清單替茉莉買了一些食品日用品，然後在結帳櫃檯的鮮花區挑了一把澳洲原生花束準備帶去醫院。之所以選澳洲原生花，她是琢磨著，茉莉生完孩子哪有閒心管一束花，這粗獷的澳洲原生植物不嬌貴，在沒有水的情況下就能自動風乾成一束乾燥花，出院帶回家可以多看幾天不浪費。

墨爾本國際機場的到達區擠滿了接機的人群，伊琳一眼就認出了茉莉的母親，五官身材簡直就是茉莉的翻版姐妹。

「伊琳，謝謝你來接我，你幫了茉莉不少忙，茉莉常常提起你呢，還把你的照片發給我看呢，我一看你就是個有福氣的人！茉莉呢？她怎麼沒來？」

「阿姨，茉莉昨晚送去醫院了，估計這會兒已經生完孩子了吧。」

「好好好，你以後就稱呼我梅姨吧，那咱們現在趕緊去醫院吧。」

兩人推著行李車越過馬路走向假日酒店旁的停車場。

「伊琳，那凱文現在誰帶著呀？」

「梅姨，您不用擔心，茉莉的房客麗娜在照顧凱文呢。」

「哦，那就好，茉莉說起過她的房客，據說是個本地混血姑娘會說些中文，還是個健身教練。這房子借出去一間呀，也好貼補一下家用。茉莉就是不聽我勸呀，當年暑假拿了打工度假簽證後非要留在澳洲，在我眼裡啊她還是個孩子呢，可現在一下子怎麼就當了倆孩子的媽了！」

兩人在車上一路閒聊著來到了蒙納士（Monash）公立醫院。

在澳洲沒有購買商業醫療保險的普通老百姓，一般都選擇在公立醫院做手術，基本上費用都由政府負擔。澳洲的公立醫院資源有限不免出現排隊做手術的情況，但澳洲還是很人性化的，會按病情的輕重緩急來安排手術的等候時間。如果碰到緊急情況醫院還是會第一時間救助病人的，並不如外界謠傳的澳洲公立醫院很糟糕會等死人。

推開病房的房門，只見茉莉筋疲力盡地躺在病床上，一團小小的粉色肉球躺在身旁的透明亞克力搖籃車裡，茉莉偏著頭用溫柔的目光注視著小嬰兒。

「媽，又是一個男孩子。」茉莉看到母親出現喜極而泣。

「好了，好了，月子裡不興哭的，會把眼睛哭壞的。」

茉莉媽安慰了兩句便迫不及待地去看搖籃車裡的小嬰兒，

「長得和老大凱文還挺像的呢。真是基因強大呀！但願別像他們爹那樣混帳。」

「媽，您就少說兩句吧！」

茉莉見伊琳走到窗前把花插進水瓶裡，嗔怪地瞪了一眼母親。

護士推了輛輪椅走了進來對茉莉說：「請去洗澡吧，我推你去洗澡室！」

「這月子裡怎麼能洗澡呢！」茉莉媽皺著眉頭反對到。

「媽，我都出了一身大汗要發臭了，這裡的醫院都是要安排每天洗澡的，要保持清潔衛生，媽您就甭管了。」

「那毛巾肥皂浴袍，我都沒給你帶來呀。」茉莉媽一時手足無措。

「媽，您別擔心，護士都會提供的。」茉莉的輪椅被推走了。

茉莉洗完澡渾身舒暢，疲憊感如大浪般湧了上來，她躺在床上昏昏欲睡。

「梅姨，我們走吧，明天再來醫院探望，澳洲的醫院是不需要家屬陪護的，一切都由護士打理照顧。您放心，我們走吧。」

茉莉媽一步一回頭在伊琳的催促下離開了病房。

茉莉太累了，她陷入沉沉的睡夢之中⋯⋯

「死三八，你給不給錢，不給我就揍死你！」

阿強喝得醉醺醺的，他揪著茉莉的頭髮就要往牆上撞。

「放手，你放手啊，我沒錢給你了，孩子的奶粉錢都要沒有了！」

茉莉掙扎著衣服被粗暴地撕裂著。

「沒錢，沒錢，那你就別想有好日子過！」

阿強兩眼冒著野獸的欲望⋯⋯

「呱，呱」嬰兒尖銳的啼哭聲把茉莉從惡夢中吵醒，做母親的就是有這樣的原始本能，睡夢中都能聽到孩子的哭聲。她忍著下身傷口的疼痛，抱起身邊的嬰兒準備餵奶，她一向奶水不足，可憐的一點奶水像泡飯湯一樣清淡，她看著臨床婦人那擠出來的一可樂瓶淡黃色奶油樣的乳汁好生羨慕啊。

生老大時，還沒等她用擠奶器擠出奶來，凱文就睡熟了。茉莉好不容易擠出來一點初奶，剛想讓阿強存冰箱，卻不想阿強一邊打開奶瓶蓋一邊埋怨道：

「是不是你奶子太小了，你飯也沒少吃，咋連點奶都擠不出來，我還不如去養頭母牛呢。這小子睡著了沒福氣喝，我勉強喝了吧。」

阿強仰頭一飲而盡，還不忘多嗦幾下吸吸乾淨，

「這初奶最有營養了，總不能浪費！一會兒你再多擠擠，乳頭擠破了也得擠。」

「人奶是啥子味道？」

茉莉心中嘀咕，沒攔住阿強，被他一通埋怨更不敢吭聲了。

「也不知道這人奶腥氣不腥氣，人奶他竟也要和孩子搶，真是奇葩！」茉莉的心裡又驚又氣。

擠不出奶，讓茉莉瞬間自責起來，她覺得自己這當媽的真不夠格虧欠了兒子，看著身邊的小肉團，她開始擔心起來：

「這孩子這麼弱小，就這麼一點點大，母親在臺灣照料兄嫂的新生兒也來不了澳洲，我一個人怎麼能把他養大呀！」

阿強除了給她增添煩惱，一點幫不上忙，無盡的擔憂襲上茉莉心頭。就在這生產後的時段裡，產婦體內的激素因生產大幅劇烈地變動著，牽動著情緒也像過山車一樣忽上忽下，全不由自己

掌控，茉莉在不知覺中已患上了產後抑鬱症，像個蚌殼精，一碰就掉眼淚。

阿強坐在一旁沙發上只管手中擎著熟睡的兒子聚精會神地仔細端詳，他的內心裡升騰起一股自豪感：

「老子總算也有後代了！不枉在這世上走一遭啊！」

正如大部分家屬，新生兒出生後都只關注嬰兒，卻忽視了在生理和心理上其實更需要照顧的恰恰是產婦。就如阿強常掛在嘴上說的：

「生完孩子後，你就會更強壯的！你看母牛不都是那樣。」

這強勢的洗腦讓茉莉覺得如果自己不強壯起來就有推卸不掉的責任，壓力山大呀！

茉莉為了拿到澳洲永居綠卡，一時情急走捷徑嫁給了澳洲籍身分的同鄉阿強，阿強人如其名身強體壯，他在一家超市送貨，除了酗酒這個毛病似乎一切正常，在澳洲男人愛喝個老酒似乎沒什麼大不了，只是茉莉不知道酗酒這個毛病會越來越嚴重，已致於阿強連工作都丟了，自那以後他索性自暴自棄，整日裡除了酗酒就是打老婆。

茉莉忍無可忍提出了離婚加入了婦女家暴援助組織，法院更對阿強下達了暴力禁制令AVO，不允許他出現在茉莉的住宅附近。

兩天後，茉莉出院回到了家中，母親梅姨從華人超市買來烏骨雞準備燉雞湯給茉莉補補身子。小小的後院裡陽光耀眼，蟹爪蘭從花盆裡傾瀉而下，黃色的水仙花圍著牆角開了一圈，小奶娃們的小衣服晾在旋轉晾衣架上，在微風裡像一面面五彩的小旗子隨風悠悠地旋轉著。

伊琳和麗娜也來後院裡幫忙，兩人在後院的戶外桌子邊圍著

水盆，不知道對那只拔了毛黑乎乎的雞該如何下手。

「你倆就幫忙摘摘豆角和蒜苔吧，這雞我來處理。」梅姨笑道，「在臺灣啊，這廚房裡的活都是我一個人幹的，男人呢是從來不下廚房的，因為廚房是污穢之地呢。」

梅姨輕輕一掰，就嫻熟地把雞爪上的一個個指甲給剝落下來了。

「我聽說過的，我姆媽是寧波人呢，她和我說過，在她的家鄉也有過這樣的習俗，不乾淨的活都是留給女人幹的，甚至還有規矩不許女人摸男人的頭。」

麗娜洋腔洋調的中文最近進步神速，揮舞著蒜苔繼續道：

「男人自詡高貴，生怕被女人的手玷污，卻喜歡讓女人摸別的部位，看來他們也知道那地方髒呢。」

伊琳一聽心領神會，撲哧一笑，招著手中的豆角笑而不語。

梅姨小心地撕下雞胗上面的雞內金黃膜開口道：

「如果把那二兩肉拿來和蒜苔爆炒，味道肯定非同一般，又軟又脆。」

這真是一個臺灣主婦獨一無二的奇思妙想，三個女人就在以男人為主題的葷段子中，竊笑著幹著最髒的活。

一轉眼孩子滿月了，又要張羅著慶祝滿月。茉莉做完月子也開始進廚房忙活了，只見麗娜切開一隻熟透的番木瓜，橘紅的果肉中鑲滿一肚子黑褐色的木瓜籽，一粒粒渾圓飽滿，閃著黑珍珠一樣的光彩。

「麗娜，原來你愛吃木瓜呀，怪不得你胸器逼人。」茉莉似發現了新大陸。

「你說什麼兇器？」麗娜不解地看著茉莉。

「我是說你的大胸脯。」

茉莉羨慕地盯著麗娜，如果她有這樣的胸脯一定能產好多奶吧，麗娜被茉莉盯著臉皮直發燙。

「姑奶奶，我是想燉木瓜羹來給你催奶的，可不是給我豐胸的。」麗娜笑道，「明天我休假，我們帶上孩子一起去市區逛逛吧，你一定悶了很久了吧，讓你媽媽也休息一天。」麗娜建議道。

「好呀，好呀，總算不用再坐月子了，澳洲女人是從來都不坐月子的，就是我媽老法頭講究，說一胎落下的病，要用二胎坐月子養回來。」

「你媽媽也是為你好，我真羨慕你還有媽媽疼你。哎，我的媽媽已經去天堂了。」

「哦，不好意思耶，勾起你的傷心事了。那你父親呢？」

「我父親在我還沒有記憶時就離開我們了，我媽媽一直在找依靠，可男人們哪有可靠的，那些賊眼最終都盯在了我身上。我媽媽後來嫁了個澳洲鄉下佬，我們就搬到小鎮去住了。高中後我媽媽為了保護我，一直和繼父爭吵不斷，一次吵架時心臟病發作就離世了。我就一個人跑到了墨爾本一邊打工一邊上學。」

「原來你的經歷也這麼坎坷呀！」茉莉聽著聽著留下了眼淚。

「沒什麼，都過去了，你哭什麼呀，我現在不也過得挺好的嘛。」

茉莉揉著眼睛，看著一臉陽光的麗娜，陰霾也隨之散去，兩人不免惺惺相惜起來。

週末的市區春光明媚，憋了一個冬季沒有出門放肆的人們，如出籠的小鳥在大街上跑來跑去好不熱鬧。

茉莉懷裡的嬰兒背包裡兜著小嬰兒，麗娜則推著手推車裡的

凱文，兩人在斯旺斯頓街（Swanston Street）上一路看著風景。市政廳門口裝飾著風信子和鬱金香的花壇，凱文吵鬧著要下車玩耍。麗娜解開安全扣，讓凱文下車撒丫子跑跑，凱文在花壇邊一門心思要爬進去摘花，麗娜不停地抓住他的小爪子阻止著，但一點也不見惱。

「麗娜，你對小孩子可真是好脾氣，我這當親媽的都沒你耐心呢。」茉莉抱著嬰兒坐在一旁的人行椅上休息，笑道，「將來你一定是個好媽媽。」

「我已經沒有機會當媽媽了。」麗娜的臉色難看至極，「我被繼父侵犯懷孕後墮胎，子宮被摘除了。」

茉莉的心頭跟著一緊，

「我把那個人渣送進監獄了。」

麗娜說得風平浪靜像在說別人的故事，信息量卻著實巨大呀，不知道麗娜經過了怎樣地獄般的日子才熬到了今天，瞬間茉莉又替麗娜悲傷起來。

「你怎麼又哭了，你當你是多愁善感的林妹妹呀！」麗娜抱著凱文遞給茉莉一顆巧克力鄭重道，「如果你同意，以後我就當凱文的教母吧，這樣我不就也有孩子了嘛。」

「嗚，嗚……兩個孩子都讓你當教母，」茉莉和著淚剝開紙把巧克力含進嘴裡，「等我把政府資助的幼教證考下來，在家開了幼托班，家裡就全是小孩子了，你那時可別嫌煩嘟。」

「嗯，沒問題，我最喜歡孩子了，我有空還可以幫你一起帶孩子呢。」

麗娜把手瀟灑地搭在了茉莉肩上，兩人如一對百合姐妹花親密無間。

　　這人生啊，就像一盒巧克力盲盒，不吃到最後一顆，你永遠不知道下一顆巧克力會是什麼味道。

　　大街上警車開道，週末遊行的人群舉著旗幟，吹著喇叭，敲著鑼鼓一路浩浩蕩蕩地走來，騎警則騎著高頭大馬在周邊護衛。

　　「對暴力說不！對暴力零容忍！」

　　遊行的人群高喊著口號，給路邊的行人們散發著宣傳小冊子：原來暴力不僅僅指身體上的傷害，更包含語言上的侮辱，精神上的虐待，和經濟上的控制等各種形式的暴力。

　　多少弱勢的群體都生活在暴力的陰影之下，不自知更無力解脫。

　　「不暴力！不沉默！」一句句吶喊聲響徹城市的天空。

　　「茉莉，走，我們也去參加遊行。」

　　麗娜把凱文快速放進手推車鎖好安全扣，拉起了茉莉，兩人加入了逐漸壯大的遊行隊伍，一路高喊著口號熱血沸騰，她們相視微笑，這一刻她們意識到她們不再是形單影隻煢煢孑立。

　　在南半球燦爛的陽光之下，她們義無反顧地大踏步向著國會大廈前進。

二十一

旅行是一種病

　　一幢造型獨特的黑色洋樓佇立在基尤（Kew）大街的交匯處，從馬路不同的角度望過去，那洋樓猶如一隻巨大的黑色蘑菇長在一片鋼筋水泥的叢林間。穿梭其間的有軌電車斯斯文文地行駛著，如忠誠而又老實本分的英國老僕始終堅守沉默敦厚的姿態，連電車司機彷彿也受了感染，絕不粗魯急躁地亂鳴笛，除非情不得已。

　　伊琳跳上一輛老式48路有軌電車穿越市區，電車一路行進在山體鑿開的路軌上，一面是綠植苔蘚的峭壁，一面是從高地流經河谷的溪流。二月的風還有些晚夏的燥熱，伊琳拉下老式電車的車窗，讓風吹進車廂，一縷陽光撒在她臉上泛起些許油光。

　　「世間有一種旅行，不是去往遠方，而是在通往一顆心的路上。伊琳，你要聽從你內心的聲音。」

　　「辛蒂，你說的話怎麼和心理醫生一個調調。」伊琳撇撇嘴。

　　「怎麼樣，我也可以做你半個心理醫生吧，」辛蒂笑言，「不過我的意見可是帶有個人色彩的，僅供參考喲！」

　　「你別說，心理醫生這活還真不好幹，一個活體思想垃圾收集場，心理健康的人也要聽殘廢了！官方統計每五個澳洲人中就有一個人存在心理問題呢。」

　　「每五個中就有一個，這麼誇張，有這麼多嗎？」

　　「有呀，只是我們普通人諱疾忌醫不當回事，不良情緒持續超過兩周不能緩解，就算輕度抑鬱了！這可是排在癌症和心血管疾病之後的第三大疾病呢。所以澳洲政府非常重視，每年財政專項撥款用於防治心理疾病呢！」

　　伊琳又再次獲得了政府批准的心理健康計畫療程，每次前往心理諮詢診所的路途就像翻開一頁頁繪本，時而清新療愈，時而

幽黑奇幻，通往那個她未知的內心世界，那片被她有意無意暗藏起來的布滿荊棘和重重迷霧的記憶森林。

就像伊琳此刻坐在電車上想著和辛蒂的對話，分不清自己置身都市還是誤入了森林。

心理診所等候室的牆上繪著一株綠色的蒲公英，它彎著纖細的長莖，微風把一朵朵蒲公英小傘吹向遠方，伊琳的思緒也隨著蒲公英飄向了遠方……

「我聽儂姆媽講，你還想分你丈夫的財產！那些錢都是你賺的嗎？你太令我失望了！」

伊琳從中國移動銷戶回來，剛踏進大門便覺山雨欲來風滿樓，坐在紅木搖椅上的父親停止了悠閒地搖擺，臉色鐵青，周身散發著寒氣。

伊琳心裡頭一驚，她看向母親，母親手裡的縫紉針一偏戳到了自己的手指頭，連忙吸吮著滴血的手指不敢抬頭。看來母親又一次把她們母女之間的私房話出賣給父親了，這大抵就是伊琳青春期始就不愛和母親說心裡話的緣由。

「爸，為什麼我不能分到財產，我是做了許多年家庭主婦，但家庭主婦對婚姻家庭的貢獻和賺錢的丈夫是同等的！婦女的合法權益是受法律保護的！」

「法律！那是法律偏袒了你們這些婦女兒童！」

伊琳真搞不明白父親為什麼不幫著自己，反而胳膊肘往外拐。他這是幫理不幫親呢，還是僅僅出於對男權的維護。

怪不得丈夫唐會沖她叫囂：

「你想離婚，我先問問你父親會不會答應吧！」

果然他們才是一丘之貉心意相通。

「結婚當年也是你自己要結的，我們父母沒有干涉過你的自由，你現在又想要離婚了，是不是你翅膀長硬了！你讓我們的老臉往哪擱，我們沒有你這樣的女兒！」

「結婚自由，離婚也自由！」

伊琳全身都燃燒起猛火，每根毛髮上都閃著火星，她早忘了父親已八旬高齡，

「你們光想著自己的面子，光看著我表面的風光，我為什麼要假裝活得幸福？活著就光為了面子嗎？活著就光為了物質嗎？我精神的痛苦難道就不是痛苦了嗎？」

伊琳的手掌拍著紅木桌面「砰砰」作響，鐵一樣硬的木頭怎會疼，恐怕只有她的心比手更疼。

父親沉默著。

「我去過寶林禪院進修，我去過基督教堂禮拜，我也去做心理輔導，我一直在調整自己的心態，我也在反思，否則……我，我哪有勇氣今天坐在這裡面對你們！」

伊琳哽咽了一下，母親抬起頭看她，眼裡滿是憐惜。

「是的，沒人能再折斷我的翅膀了，不是我的翅膀硬了，而是我現在有足夠的心理承受能力來忤逆所謂的權威了，我不是要來控訴討伐原生家庭的，我只是想讓你們知道，所有女性委曲求全的討好型人格都是專制的家庭和社會一手灌輸造就的。」

伊琳眼中閃爍著淚光和不屈的光芒。

「重男輕女，男尊女卑，嫁出去的女兒潑出去的水，中國的家庭和社會何時給過我們女性真正的尊重和保護！」

「沒有嗎？你的房間我們一直為你保留著，我和你爸歡迎你隨時回來住的。」

母親忙不迭地辯解道，同樣生為女性她卻也在不知覺中把女兒當成了潑出去的水。

　　「那個住只是暫時的！如果我的人生失敗了，我在外面走投無路頭破血流了，你們仍然會毫無保留地接納我嗎？你們就是無法接受自己的女兒會是個失敗者！」伊琳淚崩。

　　「囡囡啊！你不要和你爸爸吵架了，他最近心臟不好，我們都是為了你好，為了你好呀。」

　　母親出來打圓場。一句一切都是為了你好，多半是為了他們自己能心安吧。

　　父親面色慘白捂著胸口癱坐在搖椅上頹然失神，伊琳驚慌得趕緊翻找著桌上的一堆藥瓶，找到一瓶麝香保心丸，抹了把眼淚倒了杯水給父親遞了過去。

　　「姐，你的行李整理好了嗎？我幫你搬上車。」

　　伊琳的弟弟風風火火地衝進家門，看著屋裡緊張的氣氛不解道：「你們這是怎麼了？」

　　「沒什麼，你送你姐去飛機場，路上小心點。」母親把大衣紐扣多縫上幾針加固好，給伊琳披上，依依不捨道：

　　「囡囡呀，你昨天突然買了機票說今天就要走，我這心裡面呀還真沒準備好呢，你出門在外自己當心身體，到了墨爾本就打電話來報個平安，不要讓你爸擔心，曉得伐。」

　　父親緩過勁來默默提起伊琳的一件行李尾隨跟著送出家門。

　　「疫情剛起，飛機場那麼亂，爸，您就別跟著去機場了，我送姐去飛機場就可以了！」

　　「好吧，一路上你自己保重，回去以後呀，你自己的事你自己好好處理吧！」

　　父親吃力地幫著把行李箱推進後車廂，喘著粗氣蓋上了後車蓋，他拍了拍伊琳的肩膀留下一句憋了良久的話，轉過身佝僂著背脊黯然離去。

　　「姐，你何必和父親當面起爭執呢，他那硬脾氣你受得了？你想做什麼事，自己去做就好了。」

　　汽車緩緩發動開始前行，伊琳不知她的車窗後面，老父親已回轉身站在保安室的屋簷下，露出一臉擔憂之色，目送著她的車遠去……

　　「丁零噹啷，」一串風鈴聲響起，診室的隔門從裡面推開，送走一位滿臉愁容的年輕人，心理醫生麥琪迎接伊琳進會診室。

　　「好帥的小夥子，這麼年輕，能有什麼煩惱呢？失戀了嗎？還是工作不順？」

　　伊琳好奇心起，但心理醫生有保密之責。

　　在國內我們肯定心裡一不痛快了就去找朋友訴苦，可朋友也不專業呀，只能傾聽你的煩惱而不能解決實質問題，而且也沒有義務一直當你的垃圾桶呀，時間一長估計連朋友都會受不了你的嘮叨，最終離你而去。

　　心理醫生麥琪是位眉眼彎彎的臺灣妹子，花粉過敏季讓她的臉頰起了兩坨紅紅的疹子，讓人誤以為她剛去過西藏高原，伊琳只覺得她嬌小的身子裡藏著不可思議的力量，那麼多人的煩惱都壓在她的心頭。

　　麥琪拿出彩筆讓伊琳在白色卡紙上隨意畫個小房子，伊琳畫完停筆看著俯身過來看畫的麥琪，視線落在了麥琪烏黑的長髮上：「穿過你的黑髮的我的手，照亮我灰暗雙眼的是你的眼……」

這伊琳的腦子裡竟然響起了臺灣民謠，但願麥琪能照亮她灰暗的雙眼吧。

「人類自從創造了語言便開始無法真實的表達了，諾言，謊言，流言讓人們的心與心彼此遠隔，無法再彼此貼近。不如讓繪畫這無聲的語言來揭秘你的內心世界吧。」

看著伊琳畫的網格狀的屋頂瓦片，麥琪坐直身子手指靈活地敲擊著筆記型電腦記錄著：

「你對自己的父母懷著深深的愧疚之情！」

伊琳心頭一怔：這也看得出來！

中國的孝道講究的是父母老了，可以坐享兒女的福。也許伊琳潛意識裡始終覺得她沒成長為值得父母驕傲的孩子，也許伊琳覺得自己顛沛流離的人生讓父母操心了，也許伊琳覺得自己對父母除了一顆赤心可獻其他寥寥。

原生家庭對每個人的成長都烙下了不可磨滅的印記，並終將使你拼盡一生去抹除那些印記。幸福的人用童年去治癒一生，不幸的人用一生去治癒童年。

伊琳不再需要諾言，不再相信謊言，也不再介意流言，她只要做回她自己。

滄海終有一天會變成桑田，冰冷的世界終有一天會改變。

伊琳獨自一人又回到了墨爾本，一次次地歸去來兮，青春將蕪，一次次地歸去來兮，老友將無，他鄉已然變成了故鄉，故鄉卻漸漸成為了那個無所留戀的遠方。

南半球的天空還是那般湛藍，朵朵白雲似觸手可及。一隊大雁「嘎嘎」地低空鳴叫著飛向溫暖的棲息地準備過冬。

伊琳抬頭看去，那領頭的大雁歪了一下脖子似在向她致意，

它的腳上似飄蕩著她的紅色髮帶，許是春天那只受傷掉隊的大雁吧。伊琳不禁跟著天上的雁群跑了起來，

「嗨，嗨，雁仔，是你嗎？你好呀！」

伊琳揮舞著手中的黃絲巾，目送著雁隊飛向遠方……

「伊琳，你在幹什麼？看你跑得這樣氣喘吁吁的。」

「噢，辛蒂你相信嗎？相信嗎？我竟然……我竟然看見那只春天落在我後院裡的受傷大雁了，它們剛飛過去，它現在已經……已經做了領頭的大雁了！」

伊琳氣喘吁吁興奮得像在說自家得獎的孩子。

「你不會看錯了吧。」

「不會的，不會的，它剛才還對我鳴叫打招呼了呢，它腿上還有我當時給它包紮用的紅髮帶，我可是把我從國內帶來的一支金黴素眼藥膏全給它敷上去了呢。」

「是嗎，還有這等神奇的事！」辛蒂一臉的不可置信，「說正事，我來是想請你明天去我香煙店，我明天轉讓店鋪要見對方買家和交接律師簽合約，你幫我來一起把把關吧。」

「好好，沒問題，提前恭喜你順利「畢業」，明天你可要請客吃飯哦！」伊琳敲起竹槓來。

翌日，秋高氣爽，辛蒂開車接上伊琳就來到了位於圖拉克（Toorak）的香煙店。時間還早，兩人尋了家咖啡店一起坐在戶外遮陽傘下吃頓BRUNCH早午餐。伊琳喝了口拿鐵咖啡，奶泡上的愛心花紋瞬間化了開來，

「辛蒂，你什麼時候去義大利接你大女兒來墨爾本呀？」

「變更撫養權的官司沒那麼好打，估計一時半會兒還解決不了。」辛蒂手中的餐刀把水波蛋切開，金黃的蛋液流淌在鋪了一

層煎蘑菇的培根土司上。

「你怎麼樣，分居到現在還沒下決心辦離婚手續嗎？」辛蒂插起一小塊麵包和沙拉沾著蛋液，送進口中細細咀嚼著。

「都說長痛不如短痛，可我自己要過的始終是心裡那些關，我真想把自己的心剖開來看看清楚呀。」

伊琳手起刀落水波蛋被一切兩半，金黃的蛋液瞬間流淌下來，把一坨紅色的甜菜根泥圍成了一個紅太陽。

「聽說芭芭拉去印度了，她去追尋一名高深的瑜伽大師薩古魯，去他的ISHA瑜伽中心參加身心靈訓練營了，有機會我也想去看看呢。」伊琳又道。

「是嗎，她乳房沒事了吧，現在搞靈修項目到處都很吃香呢！也不免魚龍混雜，希望她找的那位大師靠譜些。」

「哎，她沒事，虛驚一場！本來醫院就事先申明過：通知你複查不代表你就被確證得癌了，人呢都是被自己嚇死的！也都是被自己煩惱死的！做做瑜伽冥想或許對她有用。」

兩人就餐完畢回到香煙店後庭裡坐等買家和律師到來。

門鈴「叮咚」一響，沒想到推門而入的竟是高大帥氣的義大利帥哥馬修。

「你怎麼和馬修還有聯繫，今天還把馬修給請來了？」伊琳大感意外，壓低聲音問道。

「噢，上次在義大利街吃披薩你還記得嗎？你上洗手間時，我和馬修互相留了聯繫電話。馬修中文英文都不錯，我讓他來幫忙看看英文合約把把關。」辛蒂有點心虛道。

「那你還把我叫來當電燈泡呀！」伊琳故意嗔怪到。

「嗨，是伊琳吧，好久不見，你看起來精神不錯呀！」

「馬修，你真是好記性呀！」

「誰能忘了美女呢！」

馬修的眼睛像蜜蜂一直盯著辛蒂這朵花，伊琳看著馬修和辛蒂曖昧的表情，抿著嘴偷笑看破不說破。

「叮咚」門鈴聲又響，這次應該是煙店的下家來了吧。伊琳又伸頭去看店鋪大門。不承想卻見黃景瑜帶著金絲邊眼睛提著黑色公事包跟在了買家的後面，伊琳不知怎地竟然一時想躲，已經來不及了，這巴掌大的小店往哪裡躲，華人的圈子可真是小呀！

「伊琳，好巧在這裡碰到你啦！」黃景瑜有些喜形於色，「你是不是把我給拉黑啦，我都沒法聯繫你了。」

「好，好巧，我，我……」伊琳承認也不是，不承認也不是。

「一會兒等我工作辦完，我們一起去喝杯咖啡，等我別走！」

黃景瑜囑咐了伊琳兩句，趕緊和辛蒂與馬修握手。這交接律師和清點公司都是買家負責找來的，估計辛蒂也不知道來的律師會是黃景瑜。

人都到齊了，看著買賣雙方交涉著，沒伊琳什麼事，她推開了通往後院的小門，後院裡有一棵粗壯的銀杏樹，金黃的落葉鋪滿整個小院，兩根粗礦的麻繩從粗壯的枝椏上垂吊下來，綁著一塊舊木板做成了一架秋千。

伊琳踩著沙沙的落葉，坐到了秋千上慢慢晃蕩起來，腳下的黃葉隨著她飄動的白色裙裾在底下四處翻飛著。一會兒怎麼面對黃景瑜呢？她是把黃景瑜的聯繫方式都拉黑了，連她自己都不清楚到底是為了什麼。

伊琳掏出手機，把黃景瑜的電話暫時移出黑名單吧。她翻看著手機新聞百無聊賴，忽聽背後有沙沙的腳步聲，她調轉秋千的

方向，見是黃景瑜健步走了過來，她本想瀟灑地一躍而下，沒料到卻失去了重心，一個出溜從秋千的後方倒栽蔥摔了下去，只聽「撲通」一聲，伊琳摔了個四腳朝天，一篷落葉飛起擋住了她的春光乍泄。

「怎麼可以在黃景瑜面前這麼丟臉呢！」伊琳快速整理著裙擺想要爬起身來。

黃景瑜已跑到秋千下，

「伊琳你沒事吧！」他拽著伊琳的胳膊想要把她拉起來。

「丟死人了！竟然在黃景瑜面前這樣走光！摔得這樣狼狽！」

伊琳惱著借力拉著黃景瑜的胳膊只想站起來，卻被自己的大裙擺給絆住了，拉著黃景瑜又一次摔倒在了落葉之上。

落葉漫天翻飛，黃景瑜健碩的身子重重地壓在了伊琳的身上，看著黃景瑜的唇幾乎要貼到自己的唇上，伊琳忽地想起了自己做的春夢，臉騰得一下升起一片更深的紅暈。

「黃律師，黃律師你在哪裡？」辛蒂的聲音在後院門口響起，

「哎呀，你們兩個怎麼躺在地上抱在一起呀！」

伊琳趕緊推推愣在她身上的黃景瑜，

「你快起開呀！你好重壓死我了！」

黃景瑜爬起身，順勢也把伊琳拉了起來，幫她撣去頭髮上的枯葉，整理了一下自己的西裝，關切道：

「你沒受傷吧？」

「沒沒沒，你快去辦正事吧。」伊琳紅著臉低頭整理著裙子。

「黃律師，貨物清點完了，可以交接簽支票了。」

辛蒂把黃景瑜喚進屋內，走過來揶揄地看著滿臉通紅的伊琳，

「伊琳，瞧你臉紅得像個猴屁股似的，你們倆這是欲火焚

身，在我後院裡席地為床呢！」

「去去去，就你沒正經，我們就是摔了一跤而已嘛！都怪你那破秋千！」

伊琳回頭瞪了眼秋千架，她沒人好怪罪，只好怪罪那塊破木頭嘍！

# 二十二

## 聽海哭的聲音

　　辛蒂的香煙店順利交接給了下家，買賣雙方收起合約和支票互相握手道別。圖拉克（Toorak）的街道上兩對俊男靚女在秋日的陽光下比肩而立，微風陣陣拂過樹梢，金黃的樹葉閃耀著旋轉著似離離金幣雨紛紛飄落。

　　「前面就有一家網紅咖啡店，我們去那裡坐坐吧。」辛蒂提議道。

　　於是四人漫步走進了布達妮法式咖啡店。週二的下午咖啡店內依舊十分繁忙，店內的顧客一多半是頭髮雪白著裝考究的老人家們，他們喝著咖啡享用著甜點悠閒地坐在一起聊天。

　　「這幾十年澳洲的經濟發展迅猛，礦產資源全球搶手啦，伊琳，你看這些澳洲的老人家們，一般都有一些物業投資的，所以他們生活得體面而又愜意，他們是在享受這個時代的紅利呀！」

　　伊琳耳聽著黃景瑜的分析，目光卻在留意另一半澳洲帶娃的家庭主婦們，手推車在店門外停成一排，主婦們乘著午後大孩子們下課前的閒暇時間，聚在一起聊聊育兒經。

　　奶娃娃們則圍在媽媽們身邊叼著各色奶昔管好似一群嘰嘰喳喳的小麻雀到處跳躍，媽媽們時不時要停下聊天去約束一下過分吵鬧的孩子們，幾隻拴在桌腿上的寵物狗倒是乖巧地蹲在主人的椅子旁邊，偶爾喝口小盆裡的清水一點也不吵鬧。

　　一番比較下來伊琳不免得出個結論：看來還是養寵物比養孩子省心呀，這家庭主婦一天24小時輪值，勞心勞力一點不比上班族輕鬆。讓她們老公請個24小時全方位保姆試試，分分鐘讓男人們破產，所以澳洲的已婚男人們一下班就幫忙帶娃做家務，著實是全球好爸爸好丈夫的模範生。

　　辛蒂幾人因為沒有提前預約，正在擔心人太擁擠無法享受一

個安靜的下午茶，好在陽臺那邊的客人覺得戶外桌位受冷風吹有點冷，臨時改變主意換到了室內，馬修見狀連忙和服務員溝通，很快他們就有了寬敞的臨街座位。

四人落座在白色藤編靠椅上，二樓的陽臺上一面布蘭達卡白牆上裝飾著復古宮廷壁燈，一盆盆綠植懸吊在廊架上鬱鬱蔥蔥，地面上鋪就著一塊塊不同花樣的波爾圖青花瓷磚。

從鐵藝雕花的陽臺上望出去卻是滿目綴滿金葉的枝椏，陽光透過枝葉把斑駁的光陰投在了白色亞麻的流蘇遮陽傘上，頗有幾分在歐洲度假的氛圍。

伊琳點了一壺蝶豆花茶，赤紅色的鐵壺旁放著一小罐綠色的沙漏計時器，玉漏沙殘時將盡，伊琳將藍色的茶水倒入放有切片檸檬的玻璃茶杯中，茶水遇酸漸變成了奇妙的紫色，一股來自山谷的幽香瞬間也彌漫開來。

「伊琳，你點的茶居然也這般夢幻。」

在黃景瑜的眼睛裡伊琳倒茶的手臂熱氣氤氳著似那白乳般從紅色的壺嘴裡流淌下來，他由也由不得自己整個地也跟著陷了進去，又從杯口溢了出來。

辛蒂點的甜菜根拿鐵被端了上來，紅色的咖啡上浮著一顆白色的奶油愛心，異常美麗，引來眾人的目光。

「哇，好美麗的咖啡，味道一定也很美麗吧！」馬修讚歎道。

「我今天已經喝了兩杯咖啡了，點這低咖啡因咖啡只是不想晚上失眠。」

「真是秀色可餐吶！估計我晚上又要失眠了。」黃景瑜盯著伊琳怔怔道。

「什麼秀色可餐，我看你們一定是飢餓難耐了吧！黃律師，

快吃你的綠咖喱雞飯吧！飯要涼涼了哦。馬修，你的歐姆雷特蛋餅也來了。」

　　辛蒂幫著服務生把馬修的午餐遞了過去，男人們開始埋頭吃飯。

　　「辛蒂，你看這地上的青花瓷磚多漂亮，幾何紋樣簡約卻不簡單，秩序的排列組合總能產生一種動靜結合的美，就如蕭邦的鋼琴曲，婉轉優雅而又不失浪漫。你看得見嗎？在每一片葡萄牙瓷磚的後面都有一張葡萄牙人的臉呢，有微笑，也有悲憫呢。」伊琳呷了口茶盯著地板看。

　　「哪有，不過每一片的花紋都很美呢，溫潤的白，典雅的藍，我倒覺得這藍色讓我想念起了大海呢。」

　　辛蒂端起咖啡杯神往道，兩人近中午才吃的BRUNCH早午餐，現在一點也不餓，男人們低頭大快朵頤，這倆無聊的女人卻在一旁研究起地上的瓷磚來。

　　「是呀，很久沒有去看大海了呢！」伊琳也隨聲附和。

　　「那用完午膳後，我們去看大海，如何？」

　　黃景瑜總算逮到了機會趕緊吞下口中的食物提議到。

　　「黃大律師今天這麼空閒嗎？看來今天我這單生意收穫不錯嘍。」

　　「哪裡哪裡，都是朋友幫忙互相照應。伊琳，上次你奶吧的押金問題沒有幫你處理好，實在是不好意思啦。」

　　黃景瑜推了一下鼻樑上的眼鏡架語氣誠懇，轉頭看向伊琳，

　　「聽聞你自己後來和房東鬧到了法庭，最終房東都認輸了，鄙人還真是佩服你吶！」

　　「哎，都是過去的事，黃律師不用心存芥蒂。」

伊琳嫣然一笑嘴上客氣道，心中卻不免悲涼，人生呢就是一道又一道的坎，邁完這一道又來下一道，

「黃律師您繼續用膳吧。」

「好，好，你叫我景瑜，或者斯蒂文就好。」黃景瑜訕訕一笑。

「馬修，你就快讀完碩士了，將來有什麼打算嗎？」

見馬修吃完放下刀叉拿起了口巾布擦嘴，辛蒂問。

「噢，我打算先去非洲做一段時間義工，然後再去中國的IT公司發展。」

「你可真有愛心，在墨爾本做志願者還嫌不夠，還要去非洲條件那麼艱苦的地方。中國九九六的生活也不知道你能不能適應啊，據說捲得很。」

「辛蒂，你說什麼『捲』，是什麼意思？」

「捲就是一個新的網路流行語，不過康德最早使用過『內捲』這個概念，一類文化模式達到某種最終形態後，既無法穩定下來，又無法轉變為新的形態，只能在內部變得更加複雜。捲起來的系統就好比一個漩渦，人捲進去後，就會放棄思考放棄選擇的權力，把個人徹底交給了環境。捲得好，命運垂青，捲得不好，懷疑人生啊！」

「新一代人有這樣消極嗎？那看看我們能不能改變這種情況吧！」

馬修睜著他那雙迷人的藍眼睛，透著澳洲青年在自由民主氣氛下獨有的純粹熱烈的眼神，他對那片土地完全陌生，如此樂觀可以理解。

下午茶後，伊琳搭黃景瑜的車回市區，辛蒂則送馬修回莫納

什（Monash）大學的學生宿舍。

　　黃景瑜駕著車沿著海邊33號公路一路急駛，一路上黃景瑜指著海邊的一幢幢豪宅如數家珍給伊琳不厭其煩地介紹著這些樓盤不菲的地價和歷史。擁有一幢海邊豪宅估計是每個男人心中不變的奢望吧，買不起並不妨礙你去窺探和覬覦，說到底欲望才是人類前進的動力。

　　紅綠燈切換的路口，車子猛地一個左拐，黃景瑜把車駛進了聖科達（St Kilda）海邊的停車場。

　　「我們這是要到哪裡去呀？」伊琳始料未及慌忙詢問。

　　眼看著汽車快要衝進大海了，前方波濤滾滾，伊琳的心提到了嗓子眼，

　　「停車，快停車！」

　　黃景瑜卻氣定神閒如騎士勒住了野馬的韁繩，汽車一個漂移車尾揚起一陣黃沙，車頭頂著護堤欄穩穩地停了下來。

　　「哎呀媽呀，嚇死人了！黃景瑜，你這是哪裡想不開呀？我可不奉陪啊，虧得你懸崖勒馬呀，如果掉進海裡我只會狗刨啊！」伊琳驚魂未定，捂著胸口快要跳出來的小心臟語無倫次。

　　「放心，你放心，我不會拉著你殉情的，我只想你開心地好好活著。」

　　「誰為你殉情啊，做你的春秋大夢吧！」

　　「好，來，伊琳，請把你的故事說來給我聽吧！」

　　黃景瑜的臉衝著大海並不看向伊琳，不知道他在想什麼，海面上有風，卷起一堆堆浪花向岸邊奔湧而來。

　　「你想聽什麼故事呢？嗯，不可以告訴你！你做完騎士又想要當小偷了嗎？」

「我怎麼會是小偷？」

「你不是正想竊取我的隱私嗎？」

伊琳只想把她的往事都默默沉入眼前的太平洋。

「你的眼睛裡寫著那麼多的惆悵，你知不知道你的眼睛會說話，」黃景瑜躊躇滿志探究著伊琳的眸子像要把她看穿，

「我帶你來看看大海，或許你會心情好些。」

一個大浪擊打在堤壩上掀起丈高的水花，伊琳眼神閃躲，只見浪花碎玉似的亂濺開來，那濺起的水花撒在了車擋風玻璃上像一簇簇白梅瞬間綻放。

黃景瑜啟動汽車電源，撥動雨刮器一左一右不停地搖擺著。唱碟機裡傳出了深情的老歌：「某年某月的某一天，就像一張破碎的臉……」

黃景瑜跟著哼唱起來，嗓音醇厚深沉，

「伊琳，你看現在的海是什麼顏色？藍色是有點憂鬱，灰色是不想說。」

他轉過頭看著伊琳的眼眸問道：

「伊琳你感到寂寞嗎？別讓內心的孤獨感吞噬你。」

伊琳不響。

「你孤獨寂寞嗎？」這全世界男女通用的萬能語錄，比任何告白都給力，一下就擊中了她的內心。

這一刻，她精心縫製的遮羞布被黃景瑜撕得粉碎，她甚至聽到了尊嚴被撕碎的聲音，車窗外的海朦朦朧朧起來，眼前這雨刷怎麼就不能把玻璃上的水花給刷乾淨了呢？

「伊琳，你怎麼哭了，噢，對不起，都是我不好，惹你不高興了！」

「不，不關你的事，對不起，我也不想，我不想在你的車裡哭泣的。興許，興許是這歌聲太感人了吧。」

伊琳接過黃景瑜遞過來的紙巾擦著臉頰上的淚水，車窗外海浪一浪緊接著一浪不知疲倦。

「伊琳，我聽說你早已和前夫分居了，按照澳洲的法律從正式分居的那一刻起，你就已經離婚了，只是沒有辦理法律手續而已。你是自由的，你何必禁錮著你自己呢！」

黃景瑜握了握伊琳冰冷的手似要給她一點鼓勵，

「我支持所有想要掌握自己命運的人！」

伊琳不響，她自己也說不出個所以然來，她的心沉浮在浪花之間無邊無際地漂流著。

「我想下車去走走，這車裡太悶了。」

伊琳打開車門輕盈地跳下了越野車。

海面上浪越大，滑板愛好者越是興致高昂，幾隻海鷗也不懼滔天大浪翱翔在巨輪周圍低空盤旋著，嘹亮地鳴叫著，許是發現了魚群在呼喚同伴。

冷風一吹，伊琳的心緒平靜了下來。

天色陰沉下來開始漲潮了，每一朵浪花聚集起新的力量咆哮著一浪高過一浪，一個高潮猛地撲向海邊的岩石，凌空激起萬朵潔白的水花。

伊琳拽緊紫色風衣的大斜領子，慌忙向狹窄的海邊步道內側閃躲，黃景瑜在伊琳身後一把擁住她一個轉身，用自己的背脊擋住了那片飛濺的水花。

浪濤褪去，黃景瑜放開伊琳掏出了手機退後兩步，鏡頭對準了伊琳和她身後那片怒吼的大海，

「伊琳，看我這裡，笑一下。」

「哧嚓」一聲，伊琳心神恍惚回眸茫然若笑，那似笑非笑的面容被定格在了那個剎那。

幾年之後當手機相冊自動推送了這張照片，黃景瑜仍會點開放大一看再看，能有伊琳這樣的人存在於他的心尖，悄然喚醒他心底的喜悅，他不免遺憾他在錯誤的時間遇到了對的人，讓他開始做一些傻事，他有些期待再一次的重逢，這已是後話。

話說另一頭，辛蒂載著馬修駛進莫納什（Monash）大學克萊頓（Clayton）校區。

「快到了，我就住在前面那座公寓樓。」馬修指著前方坡道上一幢橘色的公寓樓示意辛蒂停在路旁的停車位上，「你想上樓去坐坐嗎？喝杯茶？」

「好呀，我倒也正想去參觀一下這全球著名的高等學府。」

辛蒂關上車門，隨著馬修爬上了小坡，馬修指著一幢幢高校建築群向辛蒂介紹著，這是體育中心，那是亞歷山大劇場，那是法學圖書館。

「一會兒我帶你在校園裡參觀一圈。」馬修熱情地一邊開門一邊說道。

馬修的學生單間公寓小巧整潔，沒有辛蒂想像中男生宿舍的髒亂臭，反而滿室散發著淡淡的香子蘭的奶油味。

「馬修，你的公寓好整潔呀，東西收拾得這般井井有條，真讓我這個女生都自愧不如呢！」

「謝謝誇獎，我的媽媽出生在德國，即使移民澳洲後做家務也一貫嚴謹，我小時候也是一直要被我媽媽教育的，」馬修聳聳肩，「我那散漫的義大利爸爸可不比我受媽媽的教育少。」

　　馬修頑皮地吐了下舌頭，笑著到廚房沏茶去了。

　　辛蒂在馬修的屋子裡東看看西瞅瞅，翻翻馬修書桌上的課本，都是一堆深奧的英文單詞，沒興趣看。牆上張貼的照片倒是吸引了辛蒂的注意，一群年輕人在雪山上抱著雪橇板燦爛地笑著合影，馬修摟著身邊一位東方姑娘舉止親密。幾張滑雪比賽的得獎證書也貼在了牆上。

　　「馬修，你把照片貼在牆上，以後搬家可是要把牆面清理乾淨的噢。」辛蒂話一出口才想她這是操的什麼姨母心呀！

　　兀地她看到最末一張CFC城市生殖中心的獎勵證書讓辛蒂倒吸了一口涼氣。

　　馬修走了過來遞給辛蒂一個馬克杯，「當心燙！」

　　一個立頓茶包浸泡在滾燙的熱水中，辛蒂接過茶杯，深深地看了馬修一眼，又退後一步把馬修上上下下地仔細打量了一番，猶猶豫豫地問道：

　　「馬修，你能告訴我牆上那最後一張證書是什麼嗎？」

　　馬修從餐桌椅子上探了探身看了一眼，辛蒂坐到了馬修的對面，焦急忐忑地等待著馬修的回答。

　　「辛蒂，你聽我慢慢講哈，嗯哼，」馬修的臉微微一紅，「大一那一年，我走過校區的餐廳一條街，街道上有人在發傳單，我以為是促銷廣告，沒想到是號召捐精的宣傳單。」

　　馬修喝了一口熱茶不想被燙舌，又滑稽地吐了幾下舌頭，

　　「我好奇就去CFC諮詢了一下。原來全澳的精子庫告急，那些想要孩子的單身母親同性母親以及不孕症夫妻都在一精難求呢。CFC的諮詢師說服我做了各項檢查和評估，我竟然完全符合他們的要求，於是我就助人為樂了。」

「你確實是在助人為樂。我知道在澳洲捐精純粹是一種利他行為，你很有愛心啊！」辛蒂的眼中冒著火花，「馬修，請問你還有其他血統嗎？」

「我還有四分之一的比利時和英國血統，辛蒂你對我的家族史很感興趣嗎？」

「我只是隨便問問，隨便問問。那張照片上的東方女孩是你的女朋友嗎？」辛蒂若有所思轉移話題到。

「那是我的前女友，那年去布勒（Buller）山上滑雪出了滑雪事故，她退學回到中國去了，我們就斷了聯繫。」

馬修臉色開始不好，估計是想起了不愉快的往事。

「噢，抱歉，提起你的傷心往事了。」

「沒什麼，棄我去者，昨日之日不可留啊。怎麼樣我背得沒錯吧。」

「馬修，怪不得你中文這麼好，原來你有過中文私教啊！」兩人相視笑了起來……

辛蒂一路胡思亂想開車回到家中，脫下高跟鞋連忙抓起電話打給伊琳，

「伊琳，你能來我家一趟嗎？我有個天大的祕密要找個人分享。」

「你說你找到雙胞胎的父親了？」伊琳跟著辛蒂躲進了她家相對狹小的儲物室裡，兩人竊竊私語。

「雙胞胎的父親不是羅馬的黑馬王子嗎？我的腦袋被你搞死了。」伊琳扶額。

「我可從來沒有這樣承認過噢！那都是你們自己的猜想。」辛蒂附在伊琳耳朵上耳語起來。

「啊，雙胞胎原來是試管代孕啊！怪不得黑馬王子他家從來不跟你搶雙胞胎的撫養權。」

「噓，噓，你小點聲！」辛蒂把食指放在了嘴唇上，「你知道我那次在羅馬離家出走是在月子裡，剖腹產手術的傷口還沒長好又淋了雨，結果大病了一場，命是保住了，但是這裡的專科醫生認為我不再適合自然懷孕了。你知道我是孤兒，而我就想有自己的親人。於是專科醫生提議我可以經過評估後，用自己的卵子體外受精，再找代孕媽媽幫忙生產。」

辛蒂壓低的聲音裡透著慶幸和感激之情，

「澳洲真是一個富有愛心的國度呀。捐精者和代孕媽媽都是「利他主義」的志願者，他們無私贈與了另一位女性生命的禮物啊！」

「所以，我猜代孕媽媽就是在你家幫你帶孩子的那位女士了，那你是沒法和她說你找到了捐精者，說了好像怪怪的呢。所以你知道雙胞胎的爸爸是誰了？」

「嗯，八九不離十了。」

「誰？」伊琳的眼睛睜得圓圓的，抓心撓肝地等著答案。

「是馬修！」

「啊？這世上竟然有這等巧妙之事？」

伊琳的嘴大張著足可以塞下一整只蘋果。

# 二十三

## 人生如河前方有光

　　伊琳與辛蒂聊至夜深，返回空蕩蕩的家中，倦意襲來卻輾轉難眠，墨爾本的夜總是這樣寂靜難耐，她的魂靈栩栩然蝴蝶熱烈地在他人的夢裡流浪著：

　　「你和我結婚時年齡也不小了……」唐靠在竹榻上眼裡露出一絲怨懟陰惻惻道。

　　又是這句老話，若干年前唐也曾念叨過。

　　「剛才你那句話，到底什麼意思？請你把話說說清楚！」

　　唐愛說半句話的老毛病又犯了，伊琳這次定要打破沙鍋問到底。

　　「和我結婚前，你，你也有過男朋友的！憑什麼你老揪著我出軌的事不放！」唐不再吞吞吐吐了，「你，你不能生育了，我懷疑都是你自己不檢點造成的，和我不相干！醫生的話你不能信的。」他積怨多年這次終於甩鍋一吐為快了。

　　當男人的權威受到挑戰，「愛」很快就會轉化為恨，親暱和體貼就轉化為攻擊。

　　唐專攻伊琳的死穴。

　　伊琳聞言心頭大震到處崩塌，往事浮現：

　　「我們還是分手吧！唐，你這人太複雜了！」

　　燥熱的廚房間裡伊琳脫下了圍裙，擦了把濕漉漉的額頭，她踢開裝修工從犄角旮旯裡扒拉出來的婚紗影集揚起了一蓬灰，旋即她甩脫木屐赤腳向大門口走去。

　　「你不要走，不要走！要知道失婚的人他們也是很不幸的！」

　　唐追在身後，伊琳一時錯愕扭轉身，一隻手卻僵在了門把手上。

　　唐衝向茶几一把抓起招待裝修工的紅雙喜香煙抽出一根，顫

抖地點燃猛吸兩口頹坐在了沙發之上，煙霧嗆人他咀嚼著苦味不免嗆出了些許淚花。

伊琳心中不忍，口氣軟了下來，

「菜都給你做好，你平時又不抽煙的，別抽了，還是先去吃飯吧。」

客廳裡的立式空調機終於啟動了「嘶嘶」地噴著白霧。

兩人移坐飯廳，伊琳起身欲去廚房端湯，唐以為伊琳又要走心慌意亂之下握緊伊琳的光腳丫子擱在他腿上卑微道：

「你如果肯下嫁給我，我是不會計較你的戀愛史的！男朋友越多說明你越招人喜歡。每個人都有過去，我不會像其他男人那樣一直刨根問底的。你相信我！」

唐在伊琳的臭腳丫子上來回摩挲著，諂笑道：

「你看哪個男人能一邊吃著飯還一邊捧著你的小腳丫子呀！」

伊琳當年怎麼就信了他的鬼話居然還莫名動了惻隱之心，可笑啊！畢竟自己當年還是太年輕了啊！

無聊的澳洲電視新聞播放著，伊琳回神盯著一臉扭曲癱在竹榻上的唐，他溫文爾雅慣了的面孔在光影下陰鬱著，可怖如溫順的獵豹渾然不覺間咆哮著露出了尖利的牙。

不錯，就是你伊琳蠢，不然他的假面何以就戴不住了。不然他如何能引燃周遭的空氣驚人的安靜卻烈焰灼灼焚燒著你伊琳的心臟呢。

「我有什麼需要你原諒的？結婚後我有什麼對你不起的，要你來原諒我？我婚前的戀愛史那是我生命的一部分與你無關，如果你覺得不滿，當年你大可以另覓淑女，何必死乞白賴求我下嫁於你。」

　　伊琳渾身抖如篩糠，唐休想把她釘在恥辱柱上潑髒水，

　　「如果你一直心有不甘，大可以和我離婚另娶！不必以此藉口來出軌滿足私欲禍害其他女人，我的未來你也大可不必參與了！」

　　唐此刻啞口無言，心裡卻恨得牙癢癢，他不過是想和伊琳來個扯平。

　　「唐，你的思想雙標得很，妻子不是處子之身，就要經過你的偉大原諒才能重新做人，你以為你是誰啊？你的過去才紛繁複雜，我還沒要求你是個處男呢！」

　　唐惱羞成怒從竹榻上爬了起來，一棱棱竹條印子刻在他的脊背上像剛受了鞭刑，他的膝蓋與茶几磕磕碰碰間，拂袖落荒而去。

　　生活埋下的雷總有一天會被踩響，你以為在雷區種上五穀鮮花就能安穩度日，不過是苟且偷生片刻歡愉而已。語言是辯解不通的，觀念才是橫亙在他們之間無法逾越的鴻溝。

　　兩年後，

　　墨爾本人來人往的CBD大街上，伊琳和唐走下「邂逅露天咖啡館」的臺階，在人行道上告別，寒風卷起深秋的殘葉在石板路上打轉。匆匆忙忙的路人從他倆身旁擦肩而過，唯有他們靜止在這一刻的時空裡彷徨著，唐失魂落魄全身籠罩在密布的烏雲裡。

　　「伊琳，你好冷酷！」

　　适才唐在咖啡館裡放下滾燙的咖啡杯低沉道，還是那般富有磁性的聲音，伊琳還是會被唐儒雅的外表所誘惑，誰能不愛「榮少哥」呢。眼前一塊切成兩半的提拉米蘇吃在嘴裡，只覺得甜到發苦。

　　「我好不容易來到墨爾本你卻一直避而不見，你這個樣子，

我也身心疲憊，我也要考慮一下我將來的日子怎麼過，你見到我就想逃，現在我見到你也只想逃，我們離婚吧！」

離婚！當「離婚」這個詞從唐的嘴裡蹦出來的時候，伊琳的心裡殘垣斷壁一地就像遭遇了一場地震，雖然表面上強作鎮定貌似一切如故。

逃，唐也想逃了嗎？

休想！伊琳下意識地又想去拽風箏線。她覺得自己就像一盞搖搖欲墜的風箏，隨時會被一陣寒風刮落到地上。

她腦筋飛轉想起了那日和心理醫生麥琪的對話：

「你註定會在生活中碰到唐這種類型的男生，因你是焦慮型人格，而唐是逃避型人格！」

「不對呀，明明是我想逃離婚姻呀，怎麼回事？」伊琳在心裡質疑著麥琪搞錯了吧。

「你看你畫的這些小人，肩膀線條又寬又直，看得出你的個性是非常倔強的嘞！」麥琪指著畫中攜手撐傘的母子這樣說道，

「你想保護你的孩子，同時你也希望你的孩子保護你。這些顯而易見。可為什麼還有個人躲在大樹後只露出半個身子呢？」麥琪打斷了伊琳的思考詢問道。

「麥琪，你說要畫一幅全家福，我就畫了我和我兒子，我總覺得如果把其他人畫進去，就會破壞了畫面的和諧呢。但又不能不畫孩子他爸。你看我還畫了彩虹還有小鳥呢，風雨之後見彩虹，畫面多美。」

麥琪沉思不語敲打著電腦，

「所以躲在樹後的人是你的丈夫咯，你可以用兩個字來描述一下對你丈夫的感覺嗎？」

「恐怖！」

伊琳不假思索脫口而出，說完之後她又想了想，她還是想不出第二個形容詞。

「那你現在畫一幅關於恐怖的圖畫給我！」麥琪再次遞上畫夾。

伊琳有些美術功底，她努力用彩鉛在卡紙上描繪著，不多時一幅小紅帽與大灰狼在幽暗森林裡遭遇的畫面躍然紙上：小紅帽從頭到腳披著鮮紅的斗篷，小小的身子如一株弱不經風的含羞草僵直不動，她低頭用雙手緊緊摀住了臉，一頭巨大的吐著紅舌的大灰狼居高臨下對著可憐的小紅帽張牙舞爪……

「你居然告訴心理醫生我是大灰狼！」

伊琳從心理診所回家後接受唐的盤問如實彙報，唐氣急敗壞地在廚房裡來回踱步，他一把抓起切菜板上的一條黃瓜指向伊琳，

「你說你是善良的小紅帽！我恐怖，我是大灰狼，虧你想得出來！」

「我其實是想畫披著羊皮的狼，有點難畫，就……」

伊琳暗暗藏起切菜刀挑釁地看著唐的反應，

「反正都是狼！」她等著看恐怖的劇情是否又要上演了。

伊琳心裡既恐懼又興奮，她睜大了雙眼等著看唐失控……

耳邊響起了辛蒂的話：「兩性博弈中啊，如果你在博弈中沒有打擊過對方，沒有辨析過謊言，沒有糾正過錯誤，那你只不過是這場博弈中的膽小鬼。」

離婚當年是伊琳提的，她一心只想逃離這一段讓她窒息讓她痛苦的關係，當年唐可堅決不接受離婚，

「伊琳，你這人也不算壞，雖然脾氣有點犟。」唐崩潰著，

「離婚，離婚後孩子就沒有家了！」

唐在心裡權衡著，他捨得了伊琳和孩子，但他怎麼捨得了財產和面子，更何況男人將妻子孩子也視作他財產的一部分。

當然伊琳也只是光打雷不下雨。他們還不能饒過對方，不僅僅是因為和對方分離與自己的內心不相容。更是因為他們的潛意識裡也許就喜歡這樣，戰鬥就是他們的愛情，抵死糾纏才是他們的交歡之舞。

疫情突然爆發世界被按下了暫停鍵，遠隔重洋哪怕兩人逃避著不聯繫彼此，但冥冥之中他們命運的齒輪仍緊緊咬合著隨時代的巨輪滾滾前行。

離婚！無數次伊琳想想都會覺得痛徹心扉，如果一朝面對時，她以為她定會以淚洗面的，但此刻她唯獨沒料到自己的外表竟然可以毫無波瀾，就像被後浪拍打的泡沫，雖然還有水花，卻無法再掀起波瀾。

愛就是泡沫一捅就破，無愛的女人確實是冷酷的，情緒是留給愛人的，沒有了愛意的維持，所有的缺點都會被無限放大，猶如兇猛的惡獸，氣勢洶洶地撕裂著兩人的關係。

「我對家庭一直都是負責任的啊！你看看家裡面到處都是你亂買的東西。我不抽煙不喝酒，我也不亂花錢，我們省下來的錢都是要留給孩子的呀！」

伊琳的家裡面確實都是她從跳蚤市場淘來的寶貝。女人就愛囤貨也愛翻舊帳，她在內心裡清算著，吃喝嫖賭，唐到底占了幾樣。唐不是個十惡不赦之人，怎奈伊琳只想擺脫他的掌控，就像結婚是想要擺脫父母的掌控一樣。

「婚姻的基礎難道不是愛嗎？你對夫妻的感情負責了嗎？你

不是也常去教會嘛，你們的牧師應該宣講愛才是一切關係的真諦吧。你看，店門口那對老夫妻手牽手多麼恩愛，我就想要那樣的兩性關係。」

「伊琳，你對婚姻要求太高了。我做不到！別人不都是這樣將就著過一輩子嘛。」

在唐的意識裡對妻子未必是無情的，但唯有保持疏離才能維持住他居高臨下的主人對奴僕的威儀。

「別人願意將就那是他們的選擇，並不代表那就是幸福的生活。」

「夫妻關係才是家庭的第一關係，這是我到澳洲才聽說的。可是怎麼你就不幸福了，你都不用為一日三餐發愁，你應該對我感恩。」

「感恩，現在的我確實能感恩你對家庭經濟做出的貢獻，我在超市刷銀行卡的時候，我就會想如果沒有你提供的生活費，我就要忍饑挨餓了。」

湯匙的攪拌聲蓋住了伊琳的心跳，卻無法阻止她內心裡泛起的漣漪，難道唐就不需要感恩妻子對家庭的貢獻嗎？

「那不就好了，你要多表達對我的感恩，沒有我哪有你的今天！」

在唐的意識裡沒有妻子與他的平等，一旦淪為他的妻子就是他的附庸，是他可以隨意揉捏的一坨橡皮泥。

伊琳確實需要感恩眼前這個男人，他把她從錯覺的狀態中推向了最終極的現實，他沒有讓伊琳的整個人生都陷在錯覺裡，人生的終點不是宗教，而是認識自我。

伊琳和唐你一言我一語，他們的觀念被兩個世界不同的價值

觀所洗滌，他們已無法在同一個頻道上對話了。

熱戀時，萬物皆沉寂，她也曾是唐眼裡唯一的一抹旖旎，只是當「愛」意散去，獨留滿眶猩紅的濕意。

這世上無論多高的聰明和智慧，總在感情面前潰不成軍。情關的盡頭是斬斷自己偏執的幻想與心魔：看似戀他實則愛己。當褪去那層你為他鋪上的金光，也就不需用他來彌補你內心的缺失與匱乏了。

「我不會為你所改變的，以後我再找妻子，一定要找一個不那麼敏感的女人！」

唐痛心疾首得出了這麼個結論，伊琳攪動咖啡的杯勺聲像刀子一樣，一刀刀地剡著唐孤寂的心口，他無奈地接受了現實，他失算了，伊琳不是閒置牆角不需要雨露的塑膠花，她是曠野的玫瑰只為愛才削去了利刺。

「我知道，我從不認為我有能改變你的魔力，沒有任何人會為任何人改變的。」

其實她分明知道女人都愛犯那個毛病，越是愛一個人，對他就要求越高，害他窒息，忘了他只是一介滿身缺點的俗人而已。

「我也希望你能找到一個抗擊打能力強的女人，我祝你好運！」

伊琳淡然一笑，不想再做無謂的爭辯。她假裝無情，其實是痛恨自己的深情，果然愛才令人痛苦不堪，恨才是如此的直截了當，無愛無恨才無敵。她不再多說，她不用再為他設想，不用再為他好，不必再替他操心，她的責任已盡，除卻失落的痛苦，她也有種放下重負的感覺。唐有他自己的人生功課要做，只是那已和她伊琳無關了。

「我已經想通了，面子是給別人看的，生活才是自己的。離婚吧，但共有財產我是無論如何也不會分割給你的！」

伊琳似再次聞到了硝煙的味道。

果然當女人還陷在感情的漩渦裡不能自拔的時候，男人卻已在清醒地算計財產分配了。男人雖然從未明說對妻子的控制，但他所渴望的目標，不就是成功控制經濟進而控制妻子嗎？

一陣呼嘯的北風掀起伊琳粉色的紗巾，迷住了伊琳的眼睛。唐在寒風中拉起羽絨背心領口的拉鍊，縮起了脖子，「那我走了，」

（伊琳灑淚飛奔……）

「如果有事你可以打我電話。」

唐落寞的告別聲把伊琳從那一剎那的幻境中拉了回來，沒有眼淚沒有擁抱，伊琳只是點了點頭，這悲愴的淒涼感讓唐有點難受，漫天的落葉與風聲中他獨自轉身向福林德街（Flinders Street）火車站走去。

伊琳佇立在原地，怔怔地看著唐轉身離去，唐一步步地踏了出去，就像一步步地踏出了她的世界，直到他的背影消失在了茫茫的人流中，伊琳最後的一絲留戀似乎也隨風而逝。

夾行在下班熙熙攘攘的人流中，伊琳的心頭湧上陣陣的酸楚，她兀然意識到，她不是在和這個男人告別，而是在和她自己過去的一段人生告別。她能怪誰呢？好似下雨濕了衣裳，你如何能怪罪那場雨，只能怪自己沒有帶那把傘。她眼中曾經的少年郎不是一朝一夕變得這般面目全非的，男兒本色皆風流。只是凡人都執著於虛妄之相而不願接受真相，如今他已如同一位陌生人，再看他的所作所為都像是在看一出荒謬可笑的鬧劇，只覺得匪夷

所思卻感受不到半分傷心。

曾經夢想著一起白首偕老，可當她在婚姻裡迷失自我的時候又如何能保證永結同心，如今情難散緣已逝，伊琳自己織了張情網只把自己罩了進去，她光滑的臉上仍是平靜無恙，內心裡卻下起了滂沱大雨……

無盡的荒蕪將她吞噬，原來洋蔥剝到最裡面是眼淚啊，原來面具揭掉後是空虛啊，自由的代價要用孤獨來償還！

唐回頭，她走了，在那剎那，她可曾由輸家變為贏家？她背影筆直，灑脫堅決，唐又像是看到當年的伊琳，他想叫她，終是忍著心看她走遠。

斯旺斯頓（Swanston）人行街道上一名肥碩的流浪婦人裹著一堆毛毯坐在壽司店與貢茶店相隔的廊柱下聽著音樂看著書，她懷裡一隻棕色斑點的小奶狗向著茫然路過的伊琳興奮地跳躍著「汪汪」叫喚著。

伊琳頓足多看了兩眼小奶狗。

「它很喜歡你耶，親愛的女士！」

流浪婦人放下書，輕柔地安撫著小狗向伊琳報以友善的微笑。她的流浪漢伴侶從不遠處的麥當勞店鋪走了過來，蹲下身擁住婦人撫摸著她蓬亂的髮絲在她滄桑的臉上印上深情的一吻，他從懷裡掏出一盒漢堡薯條以及一罐飲料，兩人開心地依偎著分享起食物來，小奶狗擠在兩人破衣爛衫之間歡快地搖晃著小尾巴。

伊琳豔羨地看著這一幕，她竟然……她竟然羨慕起這些無家可歸的失意者來，他們根本不在乎別人的眼光，他們不活在別人的期盼中，他們不再被世俗之物所捆綁，他們一貧如洗卻如此快樂，他們互相陪伴他們有愛他們不畏懼明天，他們比很多人都

富有。

　　芸芸眾生都生活在自我保護的圍牆裡，豈不知那也是自我囚禁的圍牆。伊琳安然了，她不再擔憂從此以後除了自己她將一無所有，經文裡有云：不驚不怖不畏，大抵就是他們此刻的模樣。

　　不遠處聖保羅大教堂（St Paul's Cathedral）的鐘聲「當當」地敲響，幾隻鴿子驚飛在不羈的晚霞中，伊琳凝視著南半球絢麗非凡的蒼穹在心中默默祈禱：

　　「救我的靈魂脫離刀劍吧，救我的所愛脫離枷鎖吧！」

　　伊琳迎著寒風一頭紮進了暮色漸起的街道，人聲鼎沸的街道上霓虹燈一盞盞地被點亮，異鄉人就是這座移民大都市的養料，滋養出這番的繁華與熱鬧。

　　在這片英女王曾經統治的土地上，自由與孤獨並存著。這裡文明的進步不是讓每個人都能收穫幸福，而是讓每個想要追求幸福追求自我的人，不再因為身分，種族，性別等原因而遭到不公，不再將自己的命運交到強者的手中飽經欺凌還要感恩戴德。

　　街邊的流浪歌手像在對她吟唱：

　　「歌唱吧，就算沒有人聆聽；跳舞吧，就算沒有人注視；去愛吧，就像從來沒有受過傷一樣⋯⋯去遠方吧，只為緊緊摟住你自己。」

　　一群年輕人路過，隨著歌聲在街邊呼擁著旋轉著，青春真好！但伊琳更滿意現在的自己，她仍然沒有足夠的智慧去面對生活中的理智與情感，她在閱盡滄桑之後，也許失去了不可再生的天真和無畏，但會得到後益無窮的通透。當她只贏不輸未嘗人間六苦時，又怎知何為慈悲，又怎知眼淚是苦是鹹。又如何能懂得放下，放過自己亦饒過所愛。她的經歷或許微不足道，但冷暖自

知才能成為此生的絕響。

　　天邊的一輪新月正在升起，人生如河，雙手是槳，前方有光。
那滿載生命迴響的移民之夢，終將隨那時光如銀河般流淌而去。

　　墨爾本還是那個墨爾本，但她已經不是那個她了⋯⋯

國家圖書館出版品預行編目

不羈的晚霞：忘情墨爾本 / 簡西著. -- 臺北市：
　獵海人, 2023.02
　　面；　公分
　　ISBN 978-626-96408-7-4(平裝)

857.7　　　　　　　　　　111021579

# 不羈的晚霞
## ——忘情墨爾本

作　　者／簡西
出版策劃／獵海人
製作銷售／秀威資訊科技股份有限公司
　　　　　114 台北市內湖區瑞光路76巷69號2樓
　　　　　電話：+886-2-2796-3638
　　　　　傳真：+886-2-2796-1377
網路訂購／秀威書店：https://store.showwe.tw
　　　　　博客來網路書店：https://www.books.com.tw
　　　　　三民網路書店：https://www.m.sanmin.com.tw
　　　　　讀冊生活：https://www.taaze.tw

出版日期／2023年2月
定　　價／新台幣440元